写真　三浦綾子記念文学館

100th
MIURA
AYAKO
BIRTHDAY
2022

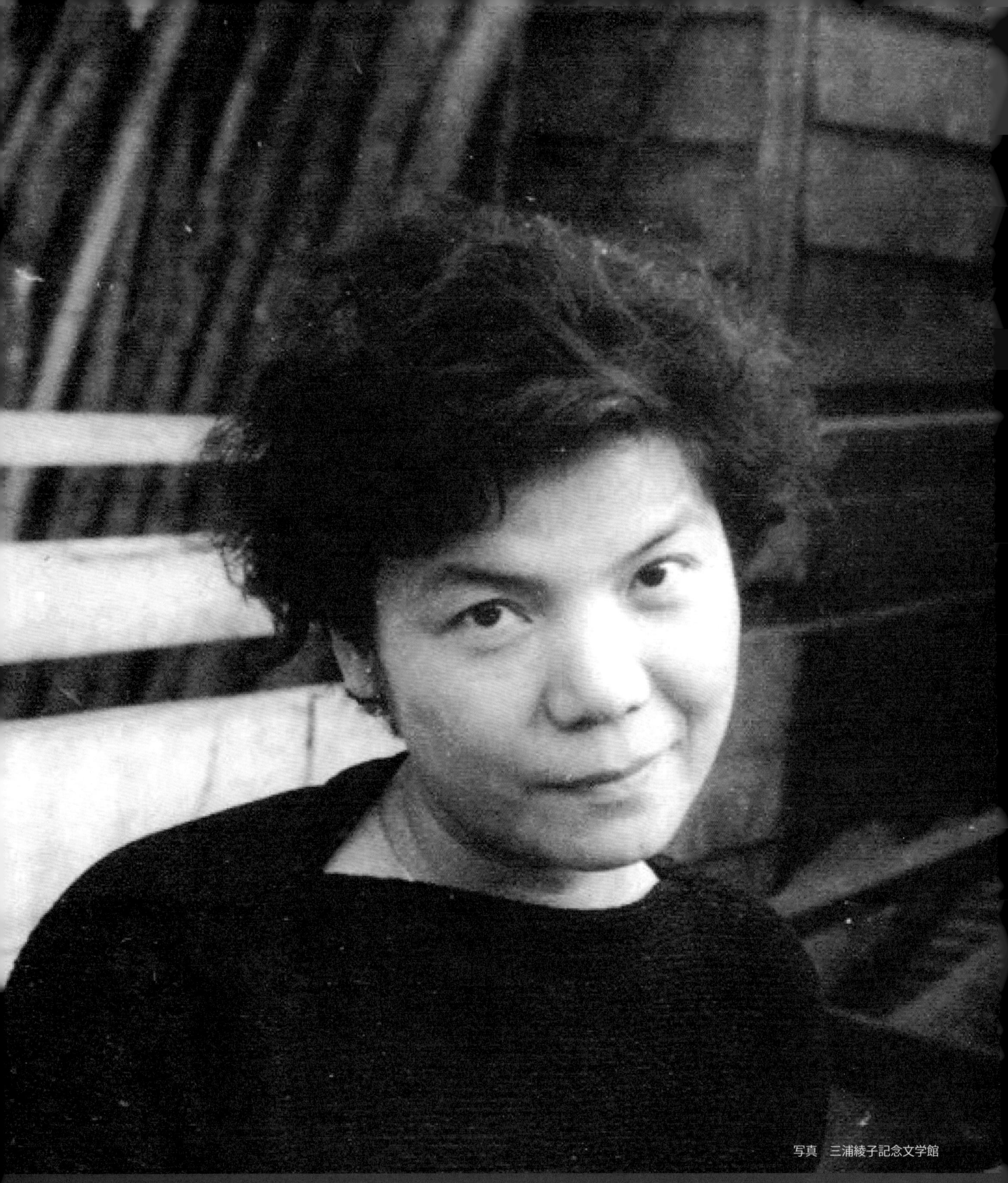

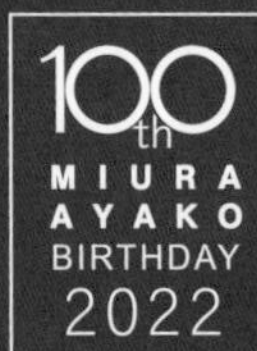

三浦綾子生誕 100 年記念文学アルバム増補版

三浦綾子

1922（大正11）年4月25日、北海道旭川市生まれ。

旭川市立高等女学校卒業後、17歳から7年間小学校教師を勤めるが、太平洋戦争後、罪悪感と絶望を抱いて退職。その後、肺結核と脊椎カリエスを併発して13年間療養生活を送る。闘病中にキリスト教に出会い、1952(昭和27)年に洗礼を受ける。1959(昭和34）年、三浦光世と結婚。1964（昭和39）年、朝日新聞社の一千万円懸賞小説に『氷点』で入選し、作家活動に入る。35年にわたる作家生活で『塩狩峠』『道ありき』『泥流地帯』『母』『銃口』など数多くの小説、エッセイ等を発表した。作品は、2022年現在、英語、韓国語や中国語をはじめ17カ国語に翻訳され、海外でも読まれている。また、『氷点』『塩狩峠』『海嶺』『われ弱ければ』『銃口』など映画化やテレビドラマ化、舞台化も多数。1998（平成10）年、旭川市に三浦綾子記念文学館が開館。

1999（平成11）年10月12日、逝去。

ひかりと愛と
いのちの作家

わたしたちひとりひとりの命は
かけがえのないものだ。
そのかけがえのない命を、
生かされるままに、
せいいっぱい生きていく素直さを
わたしは持ちたいと思っている。

『あさっての風』より

写真　三浦綾子記念文学館

DECISION

三浦綾子（妻）が語り
三浦光世（夫）が書く
『塩狩峠』以降晩年まで
続いた〈口述筆記〉の風景

写真　りんゆう観光

目次

刊行のことば　田中綾 …… 13
序章 …… 15
三浦綾子さんの人と文学　高野斗志美 …… 16
三浦綾子と時代　田中綾 …… 18
三浦綾子を形づくったもの　山内亮史 …… 20
コラム　旭川とわたし　三浦綾子 …… 21
第一章　三浦綾子の原点 …… 23
三浦綾子の原点・旭川 …… 24
『草のうた』のころ …… 26
『石ころのうた』のころ …… 28
三浦綾子と戦中の歌志内　佐久間淳史 …… 30
『道ありき』のころ …… 32
前川正という道しるべ …… 34
三浦光世という〈光〉 …… 36
『この土の器をも』のころ …… 38
三浦綾子を照らし続けた人間 …… 40
当時の地図で見る三浦綾子の足跡 …… 42
第二章　作家・三浦綾子 …… 45
作家・三浦綾子の誕生 …… 46
『氷点』『続氷点』 …… 48
三浦文学の魅力　門馬義久 …… 50
旅先からの手紙 …… 51
北海道新聞「三浦綾子　人と文学」 …… 52
現代小説について …… 53
『ひつじが丘』 …… 54
モデル小説について …… 55
『塩狩峠』 …… 56
『細川ガラシャ夫人』 …… 60
『千利休とその妻たち』 …… 62
『海嶺』 …… 64
『われ弱ければ―矢嶋楫子伝』 …… 66
『母』 …… 68
『岩に立つ　ある棟梁の半生』 …… 70
『愛の鬼才―西村久蔵の歩んだ道―』 …… 72
『ちいろば先生物語』 …… 74
『夕あり朝あり』 …… 76
大河小説について …… 78
『天北原野』 …… 79
『泥流地帯』『続泥流地帯』 …… 80
『青い棘』『嵐吹く時も』 …… 81
第三章　伝える言葉 手渡したい言葉 …… 83
三浦さんご夫妻の思い出　青山秀行 …… 84
『銃口』 …… 86
『銃口』韓国公演と光世さん　赤木国香 …… 88
遺された言葉　上出恵子 …… 89
綾子逝く …… 92
遺されなかった言葉　上出恵子 …… 96
幻の〈浦上四番崩れ〉の足跡 …… 97
第四章　ひかりと愛といのちの文学館 …… 99
三浦綾子記念文学館　開館 …… 100
次世代にむけて文学館からのメッセージ …… 105
第五章　終章 …… 107
終わりに　上出恵子 …… 108
自作年譜 …… 110
文学館の歩み …… 122
著作等目録一覧 …… 124
北海道新聞　三浦光世連載「私のなかの歴史　愛を抱いて」 …… 127
三浦綾子・光世署名本 …… 140
光世の挽歌・四首 …… 159

三浦綾子生誕100年

記念文学アルバム＋α

ひかりと愛といのちの作家

増補版

写真：三浦綾子記念文学館

写真　檜山修

三浦綾子記念文学館　館長
田中　綾
（２０１７年〜）

刊行のことば

三浦綾子生誕１００年という年を迎えました。１９６４年に『氷点』でデビューして以降、35年の作家生活の中で、三浦綾子は、多くの読者に愛や希望、生きる力を印象づけてきました。

ストーリー性に富む現代小説をはじめ、モデル小説、大河小説、自伝的作品など、「いかに生きるべきか」という問いを読者に投げ掛けてきた三浦綾子。その１００年は、どのような時代だったのでしょう。

自然災害や戦争、病など、さまざまな苦難とも向き合いつつ、「生きること」への自覚をうながした三浦綾子の１００年は、そのまま、私たちの１００年にも重なります。この文学アルバムを手に取られる方々と共に、三浦綾子の１００年を振り返り、次なる１００年の読者にそのメッセージを手渡していくことができれば幸いです。

人生にはもう駄目だと思う時がある。が、いかなる時も、希望を持って欲しい。
そこから、きっと新しい人生がひらけて来ますから。

『ナナカマドの街から』より

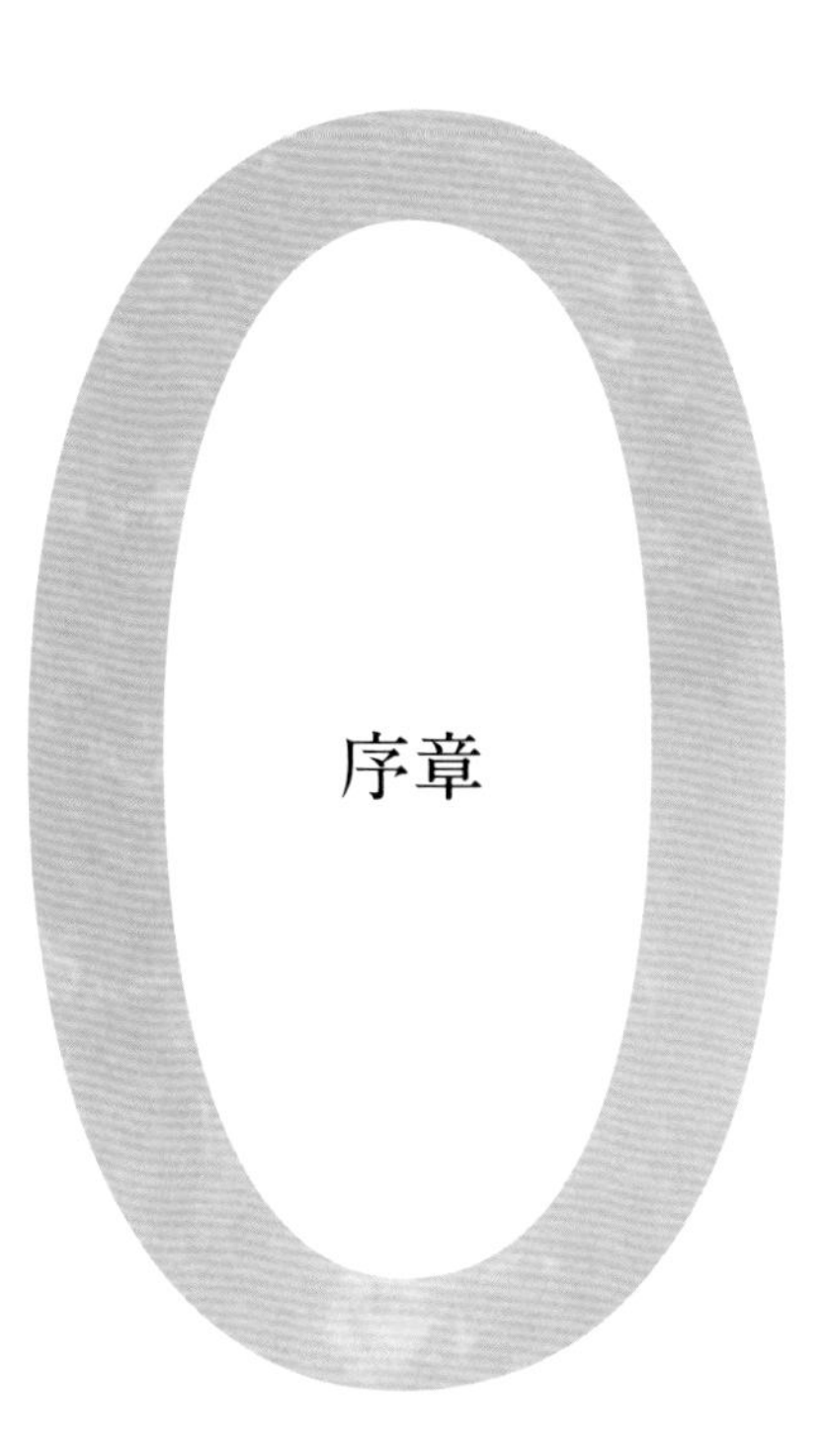

序章

三浦綾子さんの人と文学

三浦綾子記念文学館　初代館長
（1998〜2002年）
高野　斗志美
2002年没

写真　三浦綾子記念文学館

三浦綾子さんは、一九六四（昭和三十九）年の七月、小説『氷点』によって日本の文学界にデビューしました。鮮烈な個性をはなつ新しい作家の出現でした。

それ以降、三十五年間にわたり、大小の病気におそわれながらも、第一線の作家として旺盛な活動をくりひろげてきました。作品は八十三点をかぞえ、いずれもみな広範な読者にむかえられ、文庫本等をふくめ総発行部数は四千万部におよびます。また、韓国語、中国語、英語など十三か国語（十七か国）に翻訳されて読まれています。

キリスト者（プロテスタント）であるこの作家は、原罪と救済のテーマを文学世界の中心にすえ、「いかに生きるか」を根本から問いかけました。そこには、人間の在りかたに向けての深い関心と鋭い洞察がありました。自己中心に生きる現代人の深層心理を追究し、エゴイズムの

病巣をあきらかにしていく姿勢は、現代にはらまれている人間解体の危機を指摘し、批判し、その乗り越えとそこからの自由を求めるものでした。その意味で、この作家の文学世界は、魂の再生と構築を呼びかける新しいヒューマニズムに支えられているといえます。このことがあって、三浦文学は、信仰のあるなしを問わず、あらゆる人に受容され共有されていく普遍性をそなえるものとなりました。

さらに、三浦綾子さんは、「いかに生きるか」を問うとき、それをあくまでも庶民の一人として、庶民と共に考えぬいていく姿勢で一貫させました。庶民の感性と呼応するそれが、群を抜くストーリーテラーの力量と結びついたとき、明快な文体をもった新鮮なタイプの物語文学が現代文学に出現しました。いうまでもなくそのとき、作家の想像力と言葉と方法は、バイブルに根ざし、そこでやしなわれているのでした。

三浦綾子さんそのひとは、その在りようがすでに魅力にみちたドラマでしたが、かぎりない人間への優しさによって、他者をいたわり、慰め、励ます希有の存在でした。つねに人間と社会の関係を見きわめ、「いかに生きるか」をたずねぬいたひとでした。私たちが同時代に持つことができた最良の作家たちの一人であったといわなければなりません。

三浦綾子記念文学館 館報「みほんりん」第4号／追悼号
（1999年12月15日）より

三浦綾子と時代

三浦綾子記念文学館　館長
（２０１７年～）
田中　綾

１９２２（大正11）年生まれの三浦綾子は、10代から20代前半という青春期が戦時下に重なった「戦中派」世代にあたる。4歳下の詩人・茨木のり子の代表作「わたしが一番きれいだったとき」の「わたしが一番きれいだったとき／わたしはとてもふしあわせ／わたしはとてもとんちんかん／わたしはめっぽうさびしかった」は、綾子の20代に重なるだろうか。

とはいえ、綾子は「とてもふしあわせ」というわけではなかった。戦中派ゆえの純粋な使命感をもって、戦時下の7年間、教職に情熱を注ぎ、当時の少国民教育をほどこしていたのである。

１９４５（昭和20）年8月15日。勤務先の国民学校のラジオで終戦の詔勅を聞いた綾子は、その純粋さゆえに、少なくない衝撃を受けたことだろう。

同年10月、軍都であった旭川に占領軍が進駐した。23歳の教員・綾子にとって、被占領期は、教科書の墨塗りという屈辱的なかたちでやってきた。それらは、自伝的小説『石ころのうた』にも詳述されている。民主主義教育への転換は、綾子に、子どもたちへの向き合い方を考えさせるものでもあった。教員としての自責の念にかられた綾子は、翌１９４６（昭和21）年3月、複雑な思いを抱えながら教職を辞した。

被占領期の街並みや風物は、代表作『氷点』はじめ、『ひつじが丘』、『天北原野』などにも活写されている。『氷点』が、冒頭から「アメリカの兵隊」が話題となっていることもあらためて注目したい部分である。幼い徹が、父の啓造に無邪気に話しかけたのは、かつての敵国の兵ではなく、スクリーン映えのする勇ましい米兵の姿であった。時代が明らかに変わったことが、小説でも再現されていたのだ。

さらに、綾子の前半生は感染症の時代とも重なっていた。肺結核や脊椎カリエスで13年もの闘病生活を送ったが、その間に出会い、励ましあった療友たちや、医師、看護師らの姿は、のちの小説にも活かされていった。

やがて病状は回復し、三浦光世と結ばれ、作家として歩み始めた。戦争、教育の転換、感染症の克服――昭和の長い戦争とともに生きた綾子は、〈昭和の語り部〉にふさわしい道をひた歩んだ一人でもあった。

1945（昭和 20）年初夏、旭川の愛国飛行場（※）に女子青年団の指導員として動員され、グライダー操縦席に着く三浦綾子

写真　三浦綾子記念文学館　　※1930 年代以降の大日本帝国時代、献納された飛行場につけられた名称で、
戦前の旭川にも存在した（当時は上川地区唯一）

三浦綾子を形づくったもの

旭川大学理事長　旭川大学教授
山内　亮史

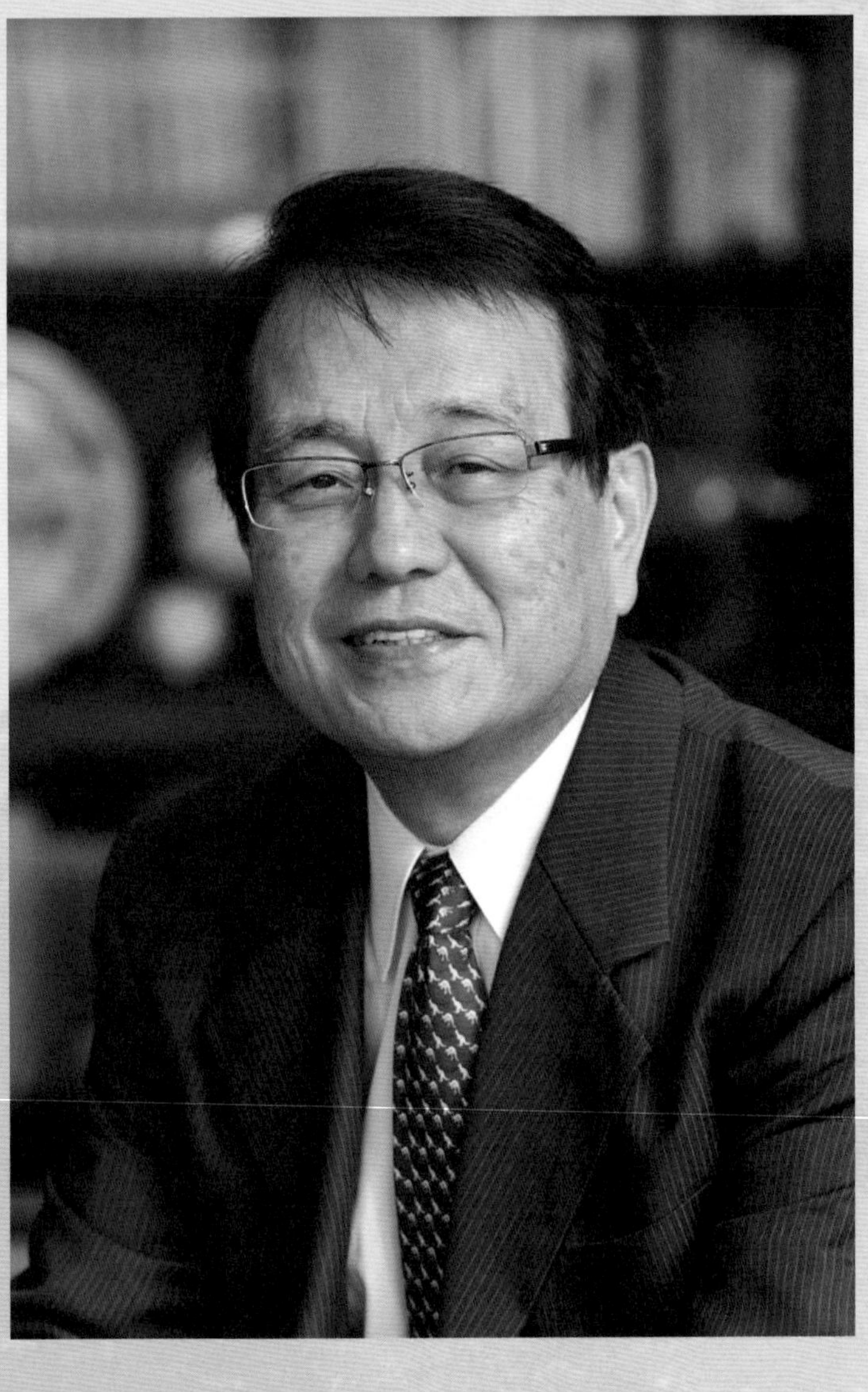

私が旭川にやってきたとき、三浦綾子はすでに国民的作家であった。旭川一の文化人といってもよかった。そして政治の中心には五十嵐広三市長がいた。ほどなく私は西勇教育大学教授に導かれ、政治経済文化の接点で様々な人達を介して三浦綾子を身近に知るところとなった。それまで私はこの人の作品を、護教文学、家庭小説と勝手に見立て、敬遠していたのである。後に三浦綾子記念文学館の館長になる高野斗志美氏等と共に私は五十嵐広三市長のブレーン的な仕事をする中で三浦綾子さんをより身近に知るようになった。

三浦綾子の五十嵐氏に対する政治的アンガージュはもの凄く、各級選挙（※）応援も積極的にこなしていた。木内綾氏と始めた「オリーブの会」は五十嵐氏の知事選挙がきっかけであった。

私は遅れた読者として読み進み圧倒された。ようやく馴染みはじめた旭川と道北の自然と地理が彼女の作品にいかに美しく、多彩に、時に残酷な姿として描かれているのかを知ることが出来たからである。

COLUMN

旭川とわたし

三浦綾子

旭川の街には、全国的に有名になった買物通公園がある。この買物通公園に、つい四年程前までは、一日何万台もの車が走っていた。排気ガス臭い、うっとうしいその通りから車が追放され、その代りにベンチが置かれ、木馬が置かれ、噴水や彫刻の美しい公園に一変したのだ。日本中の誰が、自分の町にこんな素適な通りを作りたいと考え実際に情熱を傾けただろう。

これは前市長五十嵐広三さんが、まだ市長にならない頃に夢みたのだという。市長になってから考えたことではなかったところに、わたしたち庶民の夢とが、ぴたりと一致したものがあるように思う。そしてわたしは思うのだ。この発想は、きびしい冬のない町には生れない発想ではないか、四季それぞれを緊張に満ちた感覚で受けとめざるを得ない北国の者だからこそ、人間優先の楽しいストリートを創り出すことができたのではないか、と。それはまた、冬のそして、長い夜の語らいの中に生れた夢ではなかったかと。

初出誌
「国際ソロプチミスト旭川」No.1　1975年

1973（昭和48）年8月11日　旭川夏まつりで4条平和通を買物公園祭ののぼりとともに歩く五十嵐広三市長（左）　写真　旭川市中央図書館

たとえばはじまりの小説『氷点』のおわりの章「ねむり」における陽子と美瑛川と雪との清冽なアンサンブルの表現、「陽子は静かに雪の上にすわった。朝の日に輝いて、雪はほのかなくれないを帯びている。

（こんな美しい雪の中で死ねるなんて）

陽子は雪を固くまるめて、それを川の流れにひたした。それを口に入れると同時にカルモチンをのんだ。いくども雪を川にひたしては、くすりを飲んだ。」

ここには、ヒロイン陽子の「凍えた心＝氷点」が遺書を残して自殺へ到る心理と身体の行方が、時系列的に交錯し緊張をはらんで「くすり」を飲む終わりに収束されている。圧倒的な読者の心をふるわせた三浦綾子のみが書きうる屈指の悲劇の描写がある。

『道ありき』を中核とした自伝四部作に読むことができる彼女の思想形成は戦争という国家の大きな物語に抗して家族と地域という社会の中の個の内面の世界がはらむ一途な闘争を物語っている。自己の人生体験をキリスト者として内省しつつナラティブに私達に投げかけられる歴史的個性としての時代を生きる個人の「人生の生きる意味」、これは文学という営為の本質命題であろう。

最後の長篇小説『銃口』を読み終ったとき、今さらながら私は、旭川で三浦文学とその作者を知りえたことを誇りに思ったのである。

※市長選や市議会議員選など各級の選挙

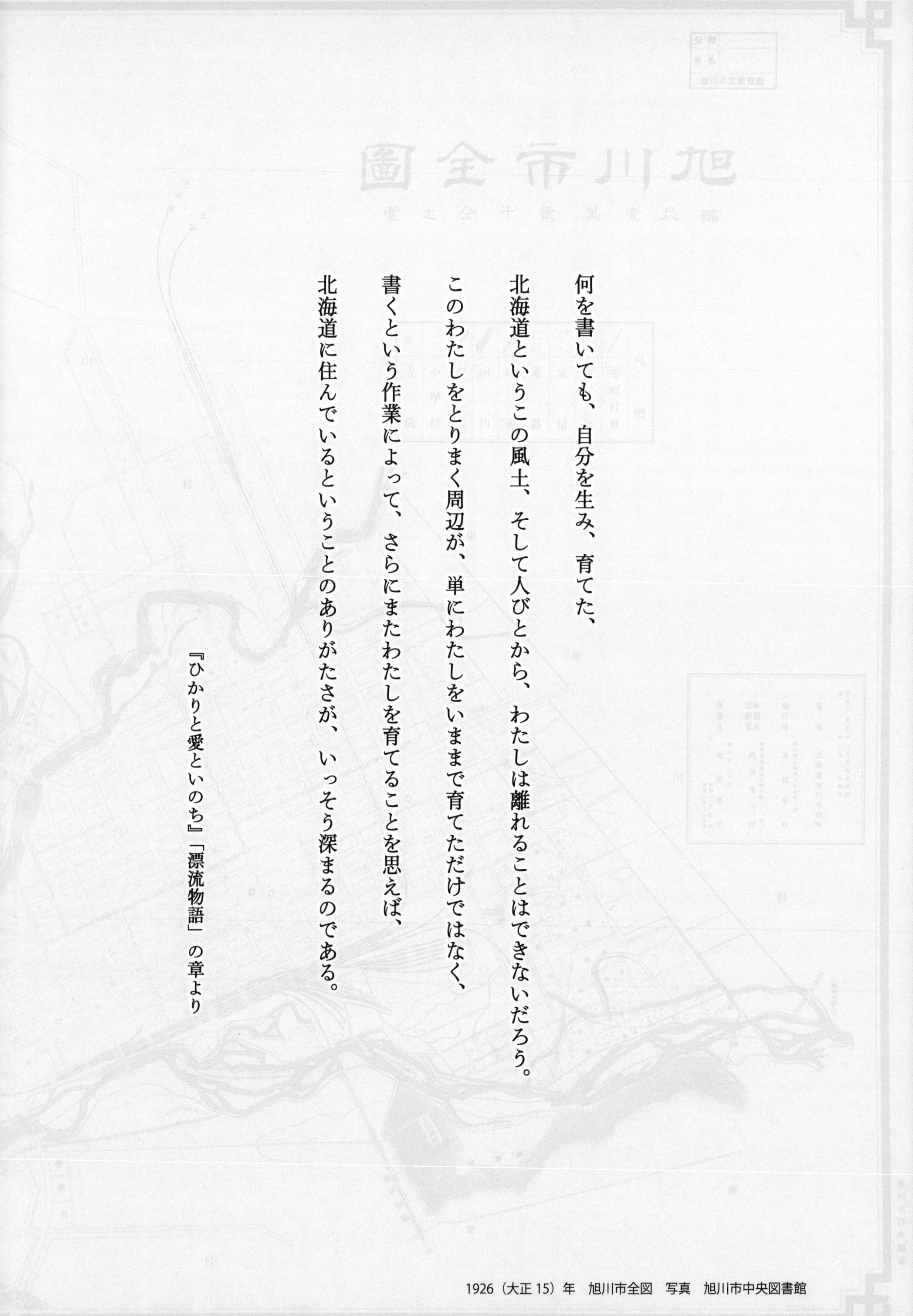

何を書いても、自分を生み、育てた、

北海道というこの風土、そして人びとから、わたしは離れることはできないだろう。

このわたしをとりまく周辺が、単にわたしをいままで育てただけではなく、

書くという作業によって、さらにまたわたしを育てることを思えば、

北海道に住んでいるということのありがたさが、いっそう深まるのである。

『ひかりと愛といのち』「漂流物語」の章より

1926（大正 15）年　旭川市全図　写真　旭川市中央図書館

1

第一章　三浦綾子の原点

三浦綾子の原点・旭川

「旭川という場所に対する三浦綾子の関わりは、きわめて内在的であるということができる」と評したのは、三浦綾子文学研究の第一人者で、三浦綾子記念文学館の初代館長も務めた文芸評論家の高野斗志美である。１９２２（大正11）年の旭川に生まれ、その地で77年の生涯を全うした三浦綾子の１００年史をひもとくにあたり、まずは彼女が作家となってからも巡らせ続けた旭川への思いを振り返る。

わたしの胸には、少女の頃に見送った兵隊たちの表情が、今も尚ありありと残っている。無表情に、真っすぐに前を向いたまま歩いて行った若い兵隊、八貫もあるという重い装備に、うつ向き加減に過ぎて行った四千を越えた召集兵……。果してあのうちのどれだけが生きて帰還したことであろう。

わたしの兄も、あの師団通りを、馬に乗って出征し、そして遂に戦病死した。

三浦綾子「買物公園に、第一にわたしのねがうこと」
『続・買物公園ものがたり』（１９７７年／旭川平和通買物公園企画委員会編）より

満州からの凱旋
1935（昭和 10）年 3 月
写真　旭川駐屯地北鎮記念館

旭川市

1933（昭和 8）年頃、旭川駅から第七師団兵営へ通じていた師団通りを行進し満州へ出兵する兵士たち　写真　旭川駐屯地　北鎮記念館

2022（令和４）年で設立 50 周年を迎えた旭川平和通買物公園　写真　旭川市

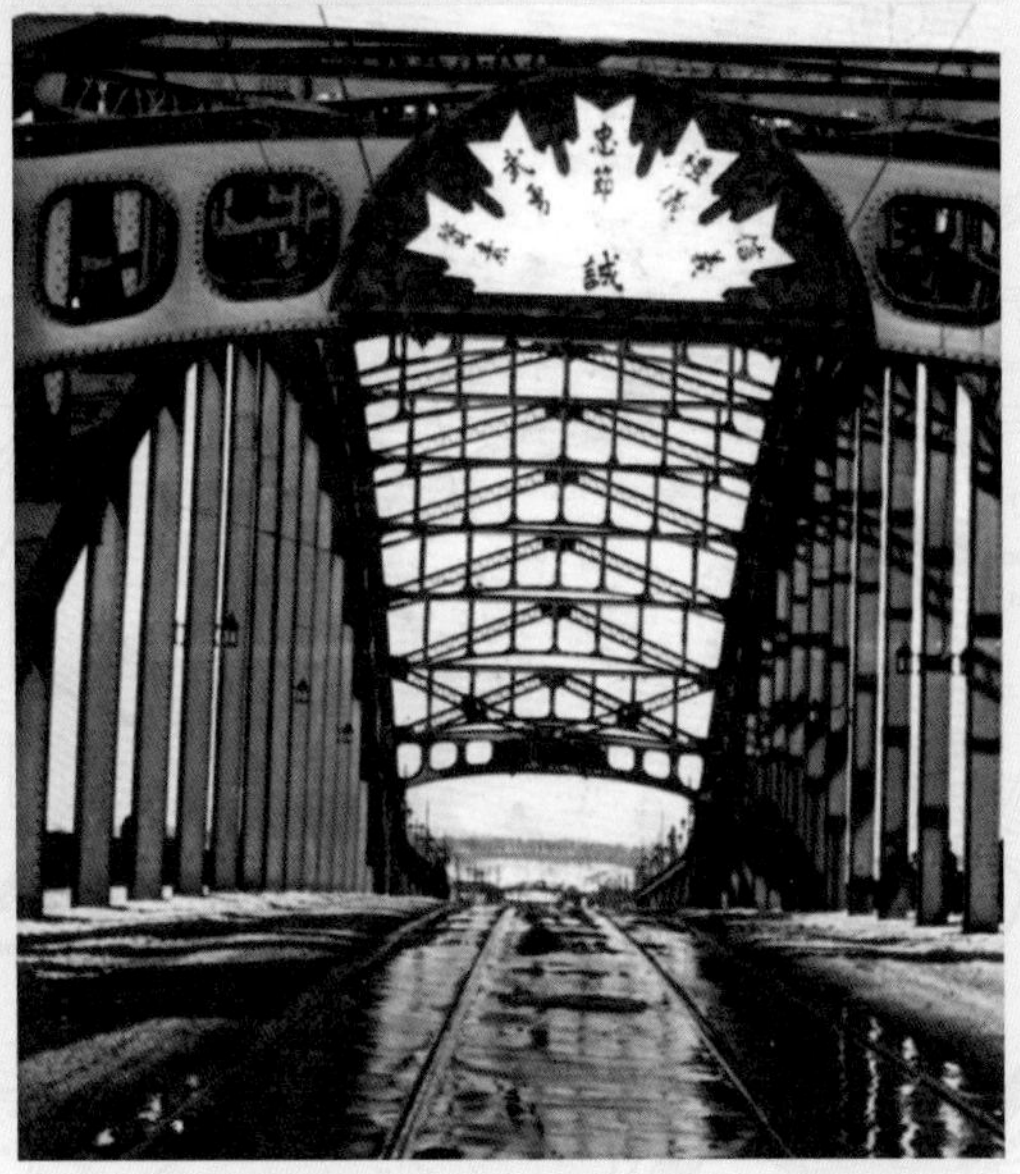

軍人勅諭綱領が書かれた旭日章
写真　国土交通省北海道開発局 旭川開発建設部

小学校四年の秋から、わたしは朝夕、牛乳配達をするようになった。

毎朝、牛朱別川堤防を東に数百メートル歩いて新旭川地区に入る。その頃、私は初めて息をのむ程の美しい大雪山を見た。初雪を冠った大雪山、それは白く輝き高貴であった。山は必ずしも緑ではないことを私は知った。また、稜線必ずしも弧を描くものではないことも私は知らされた。

三浦綾子「大雪山と私」（1984年7月10日／北海道新聞）より

大雪山を望む旭川の風景　写真　旭川市

『草のうた』のころ

～三浦綾子の幼き日々～

1925（大正14）年

三浦（旧姓・堀田）綾子は、1922（大正11）年4月25日に堀田鉄治・キサの第五子として誕生した。翌年には関東大震災、4年後には十勝岳噴火が発生。さらには戦争の足音が迫っていたが、綾子は大家族の愛を受けて成長した。生来の虚弱体質で読書を好んだ寡黙な少女は、姉の影響により本の虜に。小学5年生にして、恋愛を絡めた時代小説『ほととぎす鳴く頃』をノートにしたためた。

『草のうた』

人格の形成には、よい環境が必要だといわれている。「よい環境とは、響き合う魂が周囲にあることである」と、ある人は言った。この言葉をもってすれば、祖母、父母、兄弟、姉妹、師、友人、この〈草のうた〉に登場してきた人々は、そのよい環境を私につくってくれた人たちであった。今は亡き人、生きてなお歩みつづけている人も……。

『草のうた』より

感謝深謝 言葉もありません。
「幼子の如く」
1986、クリスマス 12.14
綾子
光世様

草のうた
三浦綾子
名作『道ありき』『石ころのうた』に先だつ読者待望の長編自伝小説。
五十年の歳月を経て鮮烈に甦る思い出の数々…。幼年時代の不安と恐怖。小学校時代の多感な日々。幼なき日の作家三浦綾子を描く好著。
ISBN4-04-872452-5 C0095 P1000E 定価1000円（本体971円）

1986年／角川書店

光世への感謝の言葉

綾子は本が出版されるたびに夫の光世へ感謝の言葉をそえてその1冊を贈った。

上　祖母エツ／幼少の綾子によく昔話などを聞かせてくれた

左　1939(昭和14)年、長男道夫が宣撫班として北京に赴く日。堀田家家族14名と他２名

姉の百合子

堀田家系図

- 堀田秀吉（明治一三年頃、佐渡から苫前に移住）― ワカ
  - 8人兄弟姉妹の 次男　鉄治 父（明治二四年三月生）……四女　スエ（明治四三年一月生）（自伝小説に登場）
- エツ 祖母（明治八年十月生）（戸田家より養女として佐藤家に入る）
  - 7人兄弟姉妹の 長女　キサ 母（明治二九年八月生）

鉄治・キサの子：

- 長男　道夫（明治四四年十二月生）
- 次男　菊夫（大正二年十二月生）
- 三男　都志夫（大正五年三月生）
- 長女　百合子（大正八年八月生）
- 次女　綾子（大正一一年四月二五日生）
- 四男　鉄夫（大正一三年十一月生）
- 五男　昭夫（昭和二年三月生）
- 三女　陽子（昭和四年六月生）
- 六男　治夫（昭和八年二月生）
- 七男　秀夫（昭和一一年一月生）

「妹」三浦綾子の断片（フラグメント）

高坂百合子（歌人／綾子の姉）

妹は、本質的に温かく正直な女性であると思う。人中で彼女の怜悧（れいり）な姿が際立つようなこともない。

ある人は、彼女は善人すぎると言う。しかし彼女は、すべてを承知の上でタイミングよく、心遣いのある行動を起こし、周りの人々に温かく接する。彼女は、小説家であり、キリスト者でもある。私は彼女から愚痴や人の悪口などをほとんど聴いたことがない。そんな訳で、ある時は私が勝手に彼女の代わりに愚痴を言い、彼女の心情に関わりなく、端無くも私の心を納めることが度々あったのである。

昭和三十年（一九五五年）妹は、長いベッドの生活から不意に立ち上がって行動を起こした。「亡くなった前川正さんへの踏ん切りがついたのだろうか？」私は、彼女の彼への思いを痛いほど、感じとっていた。ともあれ彼女は、決然として行動を起こしたのである。暖簾などを作り、生活費を得てみようとしたのだ。長い漆黒の闇から妹は、清明の朝へ踏み切ったのである。

『北海道文学ライブラリー 三浦綾子──いのちへの愛』（1998年／北海道新聞社）より

父母の故郷・苫前から見た天売（てうり）・焼尻（やぎしり）島。幼き日の綾子は親族より「眉毛島と呼ぶ」と教えられた　写真　苫前町教育委員会

『石ころのうた』のころ

〜女学校卒の若き教師を襲った敗戦と虚無〜

1937（昭和 12）年頃、堀田綾子、旭川市立高等女学生の頃の肖像

旭川市立高等女学校時代には課題作文「井伊大老について」が校内1位になるなど、その才を発芽させていった三浦綾子。1939（昭和14）年からは教員の道を歩みだし、歌志内（うたしない）の神威（かもい）尋常高等小学校を皮切りに、2年後には旭川市立啓明国民学校に着任。〈皇国民の錬成〉に心血を注いだが、敗戦を機に価値観は一変。生徒への罪悪感と自己不信に苛（さいな）まれ7年間の教師生活に終止符を打ったのと時を同じく、13年間に及ぶ療養生活が始まった。

『石ころのうた』

わたしはふいに、自分が路傍の小さな石ころのように思われた。いや、それはわたしだけではない。同時代に生きた多くの人の姿なのだ。石ころは踏まれ、蹴られて何の顧みられるところもない。如何に一心に生きているつもりでも、結局は路傍の石に過ぎない。わたしは、自分が蹴られて、溝（どぶ）の中に落ちた小さな石だと思った。

石ころのわたしの青春は、何と愚かで軽薄で、しかし一途であったことだろう。

『石ころのうた』より

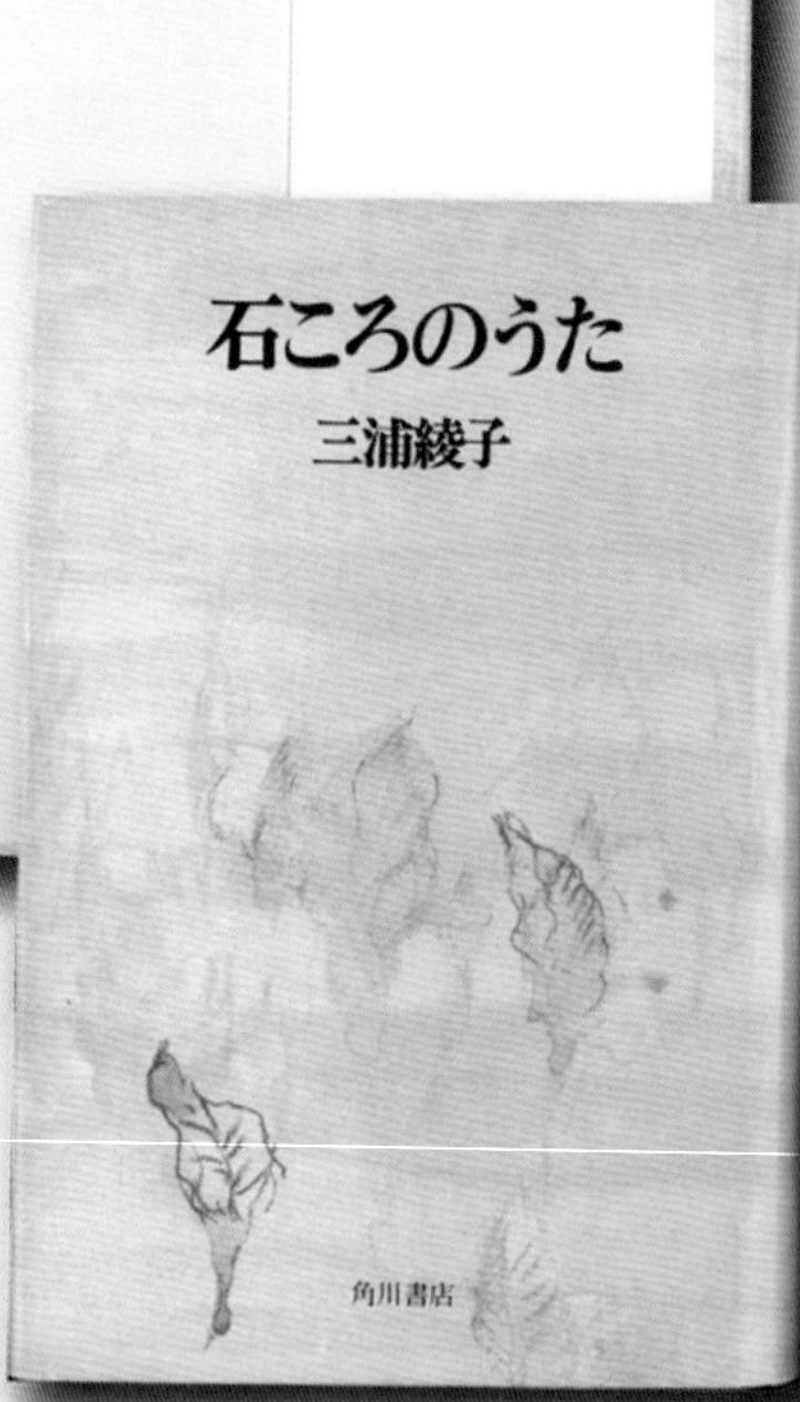

1974年／角川書店

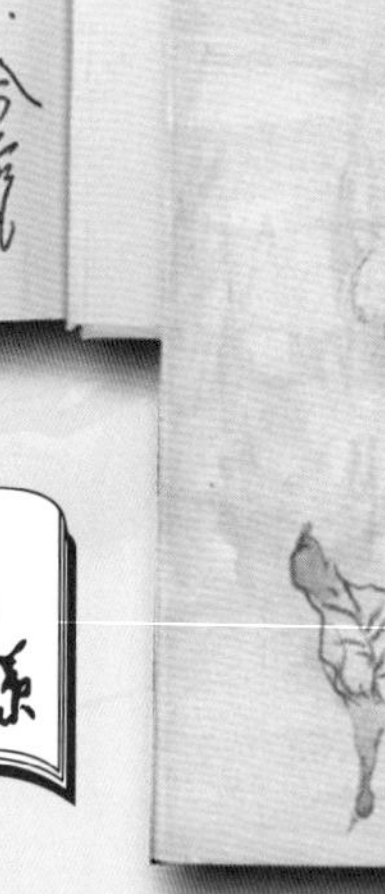

上　1935（昭和10）年頃、女学校入学前に渡辺みさを先生（中央）と。1段目の左端が綾子
左　1937〜38（昭和12〜13）年頃、女学校同級生と。右端が綾子
右　1937〜38（昭和12〜13）年頃、自治音楽会女学校友人と。前列の右から2番目が綾子

『石ころのうた』に書き洩らしたことなど

三浦綾子

この頃のことを、わたしは詳しく、小説『石ころのうた』に述べているので、書き洩らしたことを一つ二つ述べておく。

四月、小学三年生を担任させられると共に校務は、経理係を命ぜられた。たしか経理の主任は森谷武先生であった。この先生は、佐藤利昭先生と共に、わたしをかわいがって下さった恩人で、終生忘れることはできない。頭のきれる、勉強家であったと記憶している。

経理係としてのわたしが先づ言いつかった役目は、俸給日に、四十人近い職員の給料を、歌志内の役場まで取りに行くこと、その給料を森谷先生の計算、記入した給料袋に入れること、そして校長宅に俸給を届けることであった。

第一回目の給料日、十七才になったばかりのわたしは、一人で汽車に乗り、歌志内まで取りに行った。なぜ、用務員が取りに行かずに、もの馴れぬわたしが取りに行く破目になったかは忘れたが、とにかく一人で大金を取りに行くのは不安だった。

そこで、わたしは無い知恵をしぼり、歌志内で大きなざるを買った。そして、もらった四十人分の給料を新聞紙に無雑作にくるみ、そのざるの中にポンと投げ入れて前の座席に置き、神威まで帰ってきた。

幸い、誰もそのざるの中の新聞包みを給料と思う人もないらしく、無事神威校まで辿りついたものの、その間のわたしは緊張のしっ放しであった。その後、この役目を仰せつかったことはなかったから、多分、何かの都合で止むを得ず、一度だけ任された仕事であったのであろう。

（中略）

そしてそれにもましてなつかしい生徒たちのあの顔、この顔。原稿用紙三枚では、書きつくせぬ思い出に満ちた、わが青春の時代ではある。

「神威小学校七十周年記念誌への寄稿原稿」
（1974年8月1日『広報うたしない』）より

三浦綾子と戦中の歌志内

歌志内市郷土館「ゆめつむぎ」学芸員　佐久間　淳史

堀田綾子が昭和14（1939）年の春、旭川の高等女学校を卒業後すぐ、教師として赴任することになった神威(かもい)小学校は、北海道中央にある空知地方の、炭鉱と鉄道でひらけた歌志内村（当時）に建っていた。

初めて綾子が汽車の窓から見たこのまちは、残雪の残る狭い山間を炭塵で真っ黒な川が貫き、細い道路の両側にひしめく商店と、斜面を切り開いたわずかな土地に炭鉱長屋が密集する、狭苦しい街並みであった。校舎に着いてみれば、左は北炭神威砿(ほくたんかもいこう)、斜め向かいは住友歌志内砿のそれぞれ巨大な選炭施設とズリ山とが目前に迫り、盆地にひらけた旭川とは全く違った世界に来てしまったと思ったに違いない。

当時は日中戦争のさなかであり、軍需工業動員法や国家総動員法が施行され、各地の炭鉱には、軍需品生産に必要な石炭の増産要請の拍車がかかるが、徴兵・徴用のため、人手不足であり、関東・名阪などの都市部からも人を集め、朝鮮人労働者の集団移入も行われるようになっていた。

その結果、歌志内では、昭和10年に1万6千だった人口が、14年には3万3千と2倍に膨れ上がったが、地元資料がないため全国の石炭生産量からみると、同10年の3800万トンから14年には5100万トンに増えてはいるが、倍増には至らず、熟練者が少なくなっている事情が影響しているように思われる。

人口増加に伴い、複数ある小学校は子どもたちであふれ、3か月に一度はクラス変えし、教室に60人以上を詰め込んでもまだ足りず、二部授業や、長屋を借りての分教場設置など、教室の確保に苦労していた。

その年の神威小学校には、尋常科と高等科を合わせ2100人が通い、小学3年生だった私の父も、綾子が受け持つ教室の一人として、元気よく授業を受けたという。

山に囲まれたこの地の日の入りは早い。炭住街の灯りが山にちりばめた宝石のように映え、夜の11時過ぎに二番方の鉱員が帰ってくる頃、駅前商店街の下宿の一室で、日々子どもたちと懸命に向き合う17才の少女は、どんな夢を見ていたのだろう。

綾子が旭川に戻ってから半世紀がたち、エネルギー革命のあおりを受けた全国の炭鉱は次々と閉山し、あれだけあった喧噪も、当時の面影も息をひそめ、静かに消えていった。令和3年の歌志内市の人口は3000人を切り、なお減少が続いている。

1941（昭和16）年　教員時代の綾子

上　ズリ山と歌志内市立神威小学校と民家

中央　1940（昭和15）年　教え子たちと綾子（右端）

下　1944（昭和19）年　旭川市立啓明国民学校（現旭川市立啓明小学校）で放課後、生徒に教える綾子

『石ころのうた』

わたしはたちまち生徒との
生活に夢中になった。
大声で叱ったり、どなったり、
時には頬を殴ったり、立たせたり
しながらも生徒がかわいくてならなかった。

『石ころのうた』より

「自伝小説」

『道ありき』のころ
～敗戦と挫折、そして夜明けへ～

敗戦により、自己の信念も心身の健康をも喪失した三浦綾子。自暴自棄になった彼女に、二重婚約問題や肺結核の発症が追い打ちをかける。ついには漆黒の海で入水自殺をはかり――。どん底を這う一人の女性の凍てついた心を溶かしていったのは、彼女と運命的に出会い、献身的に愛した男性たちの登場だった。

十六　兵タイゴッコ

トイヒマシタ。

カタカタ　カタカタ、
パンポン　パンポン、
兵タイゴッコ。

カタカタ　カタカタ、
パンポン　パンポン、

ボクラハ　ツヨイ。

カタカタ　カタカタ、

六十四

『道ありき』

敗戦と同時に、アメリカ軍が進駐してきた。つまり日本は占領されたのである。そのアメリカの指令により、わたしたちが教えていた国定教科書の至る所を、削除しなければならなかった。

「さあ、墨を磨(す)るんですよ」

わたしの言葉に、生徒たちは無心に墨を磨る。その生徒たちの無邪気な顔に、わたしは涙ぐまずにはいられなかった。

『道ありき　わが青春の記』より

いかにあなたが寛容で誠実な人であるかを、今又改めて想います。初版が誰かの手にわたってしまったのを再びここに記す
一九七二、七、二三
綾子
寛やかな愛の光世様
三浦綾子
道ありき
わが青春の記
退廃と絶望の底から、愛と信仰によみがえるまで。いま人気随一の著者が告白した青春の'心の歴史'。
0093－520014－3062
主婦の友社

1969年／主婦の友社

光世への感謝の言葉

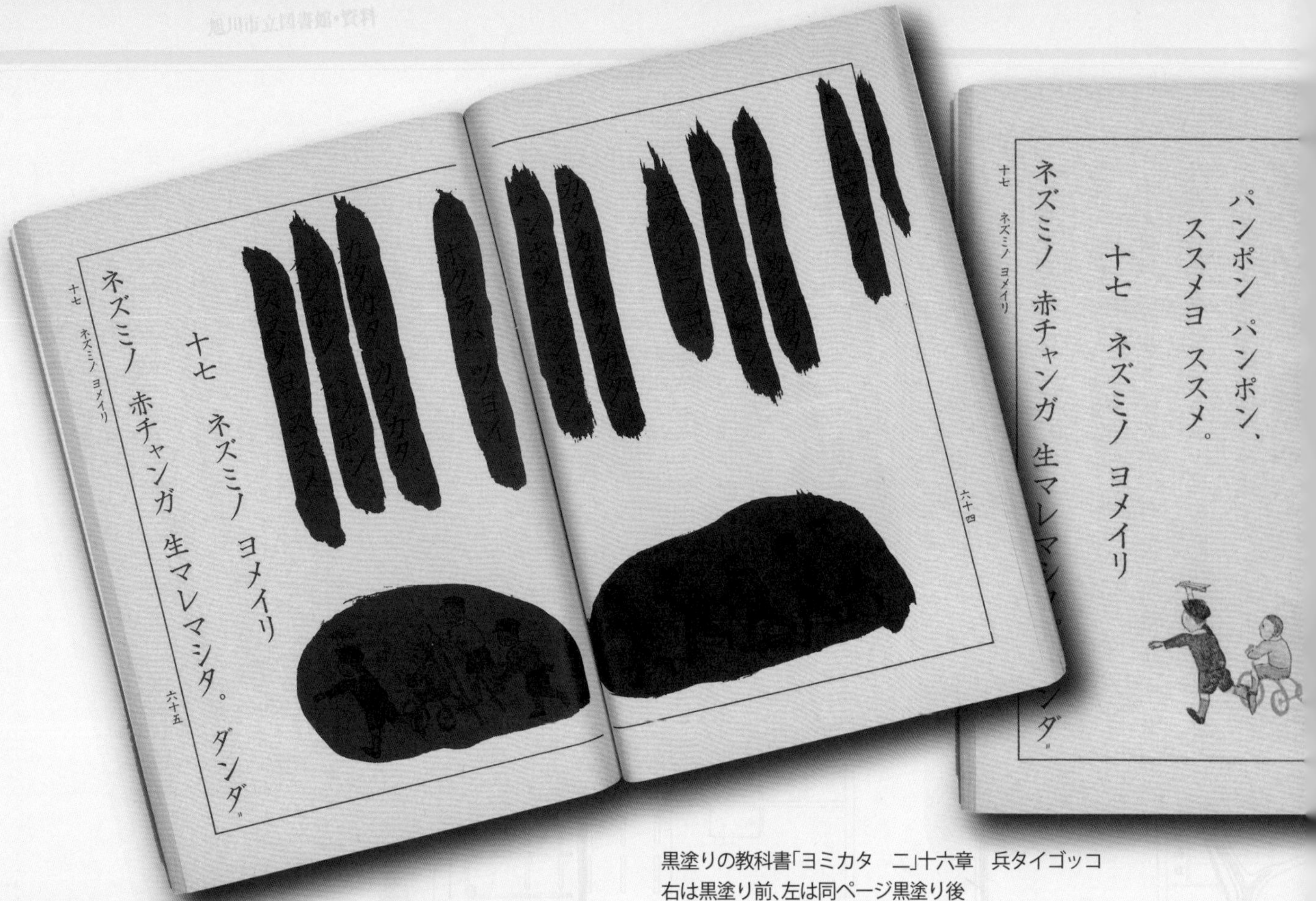

黒塗りの教科書「ヨミカタ　二」十六章　兵タイゴッコ
右は黒塗り前、左は同ページ黒塗り後

挫折と転落〈石ころの青春〉

「軍都旭川」でむかえた日本の敗戦体験、それは、三浦綾子の人生にとって決定的なターニング・ポイント（転換点）となった。

彼女が、全青春をそこに賭けた理念の総体が根本から崩壊してしまったからである。これは、言い過ぎではない。教師として彼女は、十七歳から二十四歳まで、天皇を神とする大日本帝国の国体を信じ、日本の戦争を聖戦と固く思いこみ、その信念に導かれながら教壇に立ち、生徒たちを教えてきたからである。いわば、軍国主義教育の最前線の現場で、皇国民の錬成に情熱を傾けてきたのである。

その実践の行動のすべてが、意味を失い、無意味であるだけではなく、決定的に誤りであったことを知らされたのである。一九四五年の夏（八月十五日）である。

『評伝 三浦綾子―ある魂の軌跡』高野斗志美著（２００１年／旭川振興公社）より

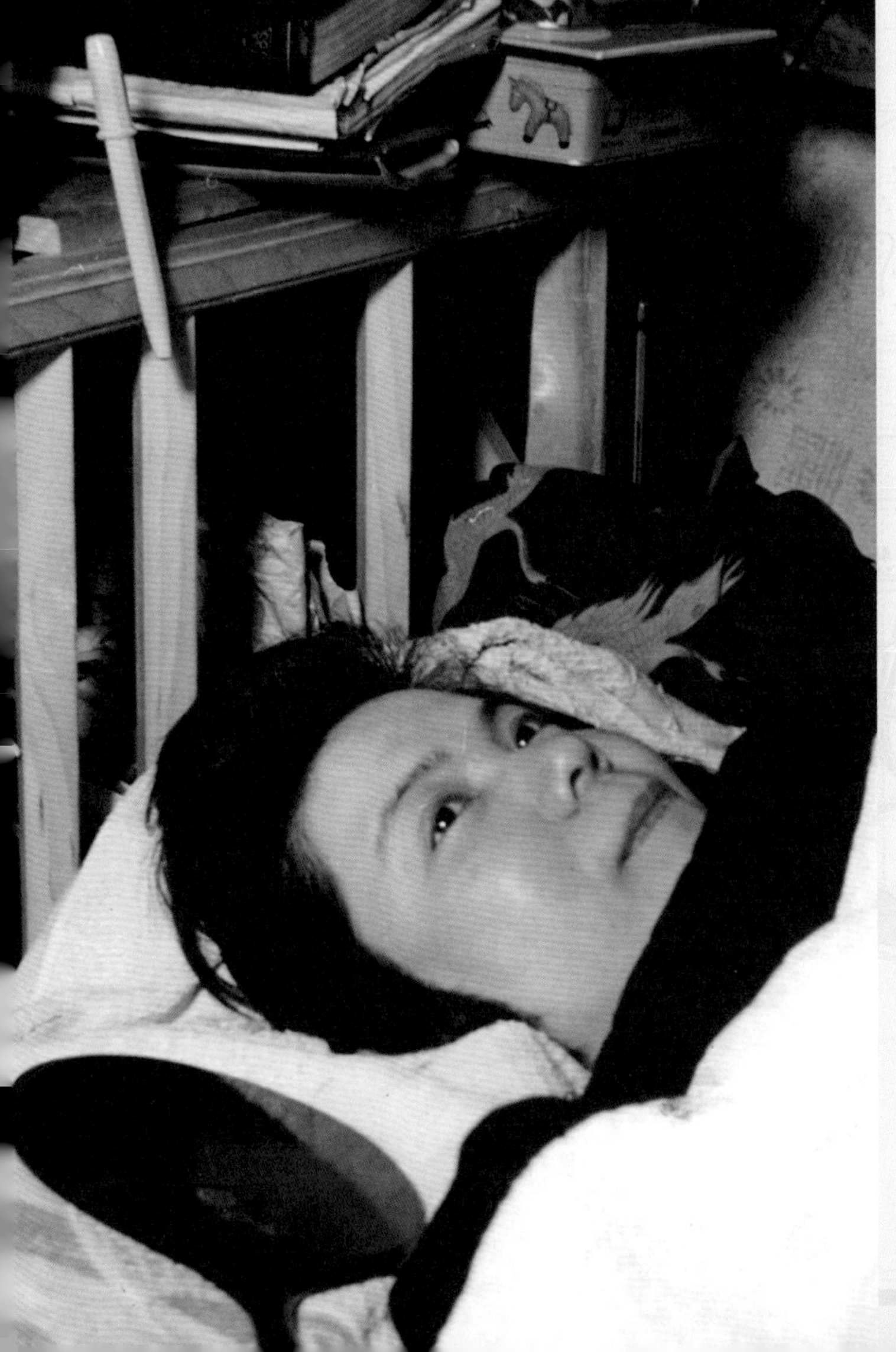

脊椎カリエスを併発し、
ギプスベッドで自宅療養中の綾子。1953〜56（昭和28〜31）年頃

前川正という道しるべ

肺結核を発病して療養中の堀田綾子が幼なじみの前川正と再会したのは1948（昭和23）年であった。幼なじみといっても前川は2歳上で、綾子が小学校2年生の1年間、1棟2戸の隣の家にいただけだった。再会時、北海道大学医学部の学生の前川も結核療養中で、上川支庁管内の結核療養者の会の幹事、書記が綾子であった。敗戦による挫折と虚無のどん底で自暴自棄となった綾子には「妖婦（ヴァンプ）」の風評が立つように男友だちが多かった。療養所に入院中の才気溢れる学生たち以上の刺激を綾子は秀才の誉れ高い前川に求めたが、失望に終わる。前川からの葉書にも「たいくつな人」との印象をもつのだが、やがてそれは千数百通に達する往復書簡となり、二人は互いにかけがえのない存在になっていくのであった。

前川はクリスチャンホームで育って小児洗礼を受け、日本キリスト教会札幌北一条教会で小野村林蔵牧師のもとで信仰の告白をしたキリスト者で、また「『アララギ』誌上において北海道のユニークな歌人として、着々とみとめられつつあった」（坂本踏夫）。この前川によって綾子はキリスト教と短歌の世界に導かれていく。

綾子は「導かれつつ叱られつつ来し二年　何時しか深く愛して居りぬ」と生まれて初めて恋愛の歌をつくり、脊椎カリエスを併発した病床で小野村林蔵牧師から洗礼を受けた。ギプスベッドの日々ではあったが、綾子は〈幸〉であった。しかし、「相病めば何時迄続く幸（さち）ならむ唇（くち）合はせつつ泪こぼれき」と綾子が詠ったように〈病〉が二人を引き裂く。前川の死である。二度にわたる胸部成形手術の後、1954（昭和29）年5月2日、前川は逝った。

前川正

かつて春光台の丘で、綾子が再び強く生きることを願って自分の身を石打った前川。その姿は綾子の全身を刺し貫き、綾子の不信と虚しさを払拭し、「かつて知らなかった光」を綾子に示した。このような前川はもはやこの世にいない。しかし、「決して私は綾ちゃんの最後の人であることを願わなかったこと／生きるということは、また謎に満ちています。妙な約束に縛られて、不自然な綾ちゃんになっては一番悲しいことです」と前川の遺書にあるような〈謎〉に満ちた出会いが、やがて綾子に訪れるのであった。

旭川市にある春光台で前川正が撮影した堀田綾子
1950（昭和 25）年 10 月 13 日

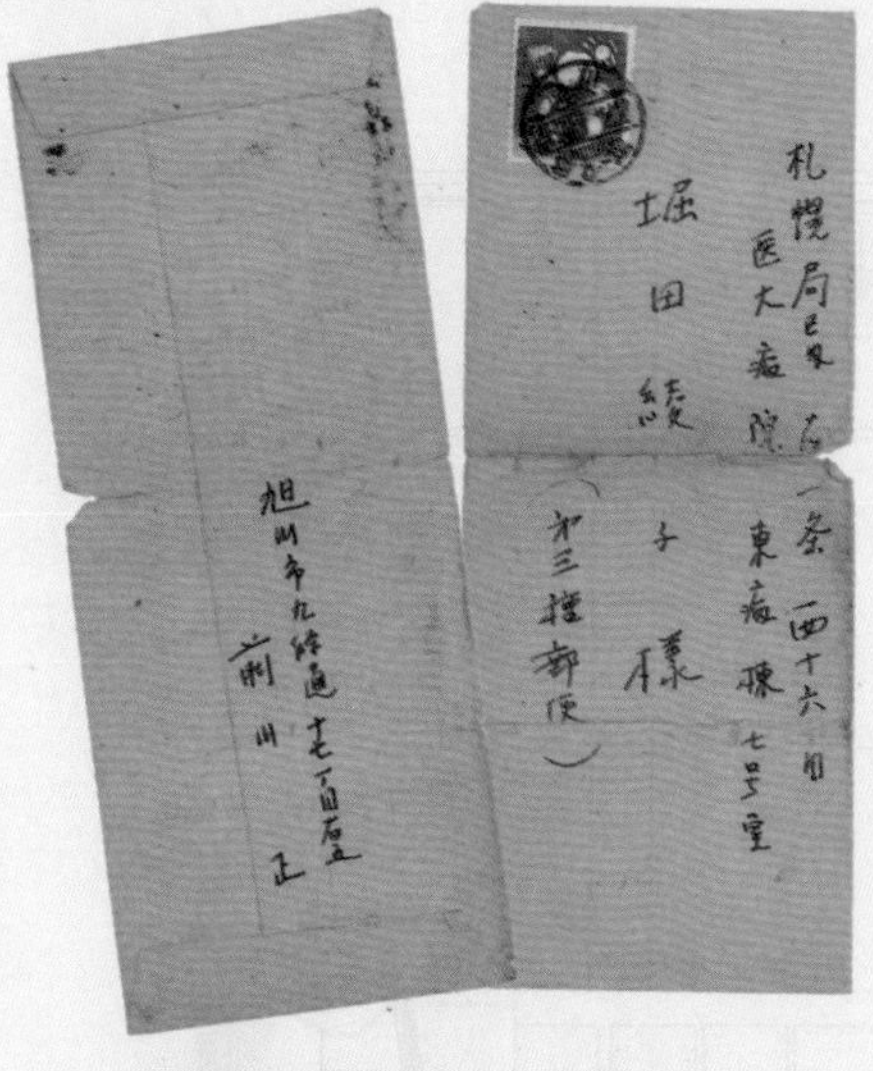

札幌医科大学附属病院入院時の綾子に宛てた書簡封筒 1953（昭和 28）年

三浦綾子
生命に刻まれし愛のかたみ

前川正と堀田綾子の往復書簡、前川の日記、短歌、そして遺言を収めた『生命に刻まれし愛のかたみ』1973 年／講談社

COLUMN

短歌とキリスト教

日本キリスト教会札幌北一条教会

短歌

・前川正が遺した短歌という足跡

三浦綾子の『生命（いのち）に刻まれし愛のかたみ』に、前川正の書簡や日記、小説とともに短歌集が収録されている。「アララギ」誌への投稿は、入院中であった1944年夏から始まり、以降、「羊蹄」「旭川アララギ月報」などに、晩年まで短歌を発表した。「今度こそは迎合クリスチャンでゐたくなし外電は原子戦争の悲惨さを伝ふ」などの社会詠のほか、「笛の如く鳴（な）り居る胸に汝を抱けば吾が淋しさの極まりにけり」などの境涯詠を残し、歌友との交流、啓発にも尽力した。

キリスト教

・三浦綾子が辿った信仰の道

綾子が本格的に求道したのは、肺結核の療養中である。前川正のはからいで〈愛の鬼才〉西村久蔵から聖書を学び、1952年に日本キリスト教会札幌北一条教会の小野村林蔵牧師から病床で洗礼を受けた。改革長老派の流れを汲む歴史ある教会で入信したことは、北海道開拓期を乗り越えた先輩方の所産に触れるということでもあり、綾子の聖書理解と信仰告白に大きく寄与した。結婚以後は、日本基督教団旭川六条教会で社会的関わりの視野を広げたほか、教派を超えて宣教師や牧師たちと交流を持ち、祈りと学びを深めた。

三浦光世という〈光〉

前川正の死から約1年。その面影を随所にまとう男性が三浦綾子の前に現れる。後に綾子の夫となり、妻の作家人生の歩を二人三脚で進めた三浦光世だ。

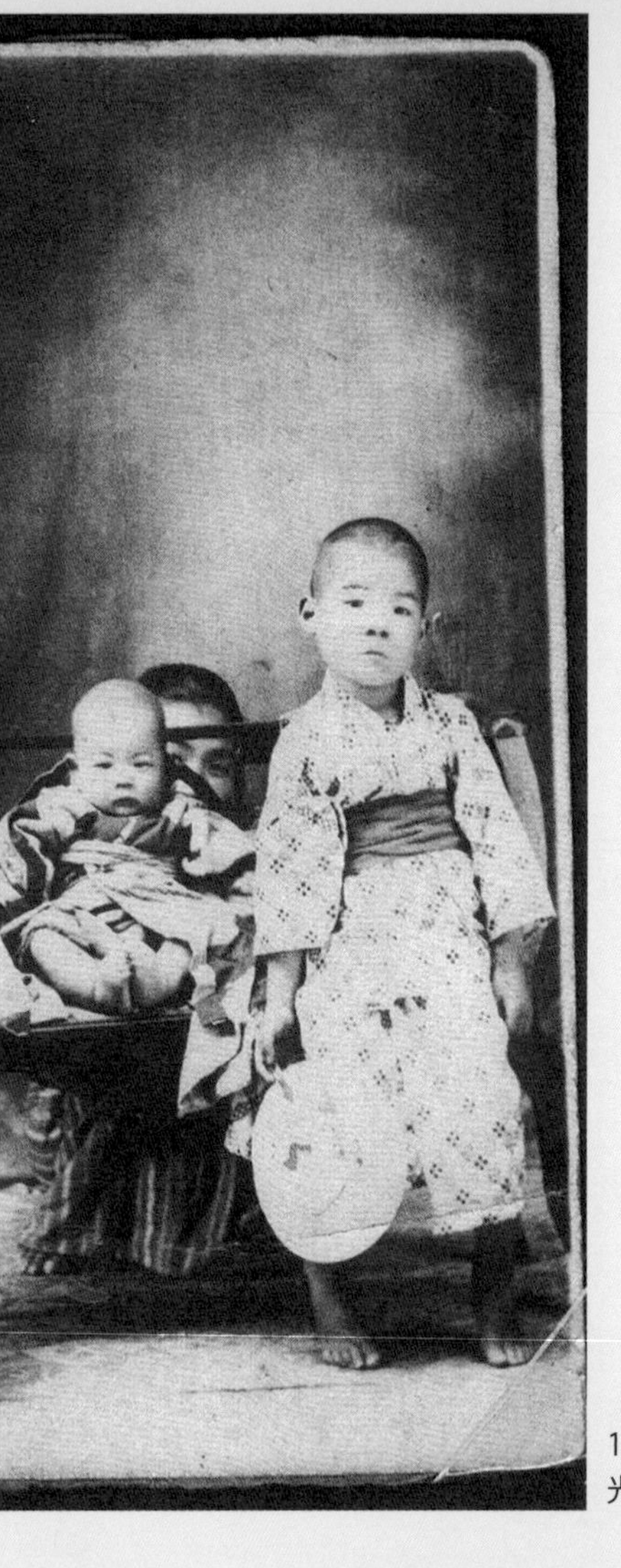
1924（大正13）年、光世誕生時（中央）

『泥流地帯』で、石村兄弟は、〈心〉で考える拓一と、〈頭〉で考える耕作と表現されていた。頭で考えるあまり、当初は泥流災害からの復興に消極的だった耕作だが、兄拓一の揺るぎない意志に引かれ、精神的成長を遂げていった。そんな耕作こそ、三浦光世その人を思わせる作中人物だろう。

1924（大正13）年、東京生まれ。3歳で父が病死し、光世は北海道・滝上村（当時）の母方の祖父に預けられた。それから9年あまり母と離れて暮らしたことは、幼い光世にとっては、寂しい、忘れがたい経験だったと思われる。

体が弱く、高熱で右耳が悪くなり、リンパ節結核で首に大きな腫れ物ができたこともあった。小学校高等科を卒業後、16歳で伐木事業所の仕事につき、翌年には営林署勤務が決まったものの、腎臓結核に苦しめられた。時代は日中戦争のただ中であったが、右の腎臓を摘出したこともあり、徴兵検査では丙種合格（※）であった。

戦後は、復員した兄と母と妹と暮らすが、今度は膀胱結核が悪化。家族は生活費を削って医療費にあて、看病に明け暮れた。それに対するすまなさと、拷問のような激痛の連続に、光世は絶望の淵に追い込まれる――が、そんな光世を救ったのが、兄たちが読んでいた聖書だった。〈愛〉という言葉の意味をかみしめ、1949（昭和24）年、光世は兄とともに洗礼を受けたのだった。

4年近くにも及んだ膀胱結核の治療も、特効薬ストレプトマイシンのおかげで快方に向かった。光世はいっそう営林署での仕事に励み、夜学で複式簿記や会計学を学び、書道も習った。酒やタバコはのまず、日曜には教会に行くという生活。趣味は将棋で、短歌にも関心を持った。

そんな光世の特技は、意外にも顔まねや声帯模写であった。真面目で誠実ながら、ユーモアのセンスのある光世は、やがて堀田綾子という女性と出会う――それは、31歳の時だった。

※旧軍隊の徴兵検査での身体検査の結果、甲種乙種に次いで合格ではあるが、現役には適さず、国民兵役に編入されること。

1939（昭和 14）年、小頓別尋常小学校時代の光世（右から２人目）

1950（昭和 25）年、26 歳頃の光世

1941（昭和 16）年、腎臓摘出手術で入院中の光世（中央上）と母（左）

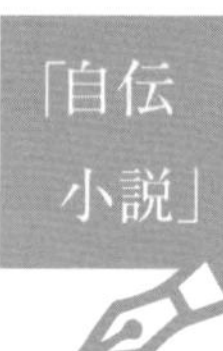
「自伝
小説」

『この土の器をも』のころ

～結婚、そして作家前夜～

結婚式での写真。1959（昭和34）年5月24日、日本基督教団旭川六条教会にて

結核療養者向けのキリスト誌「いちじく」の誌友だった堀田綾子と三浦光世は、短歌や信仰を通して意気投合。1959（昭和34）年の春、二人は結婚した。2年後、雑貨店を始めた彼らに転機が訪れる。新年の挨拶のために実家を訪れた綾子は、朝日新聞の社告で一千万円懸賞小説募集を知るのであった。

『この土の器をも』

わたしの病気の間、足かけ五年、三浦は、わたし以外の人とは結婚しないと言って、待っていてくれたのだ。週に一度は、必ず見舞ってくれ、聖書を読み、共に祈ってくれた三浦である。そしてようやくわたしは癒え、結婚することができた。三浦は三十五になり、わたしは三十七になっていた。

『この土の器をも』より

光世さんの信仰に依て
導かれ築かれた永遠
の記録です。感謝をこめて
一九七〇・一一・三。
最愛の夫
光世様
綾子
続 道ありき
この土の器をも
わが結婚の記
三浦綾子
三浦綾子の自伝小説第2弾！
結婚生活とは何か、家庭を築くとはどういうことか、夫婦のあり方についてきびしく自己に問いつづけながら、その愛と信仰の生活を告白した問題作――
主婦の友社刊

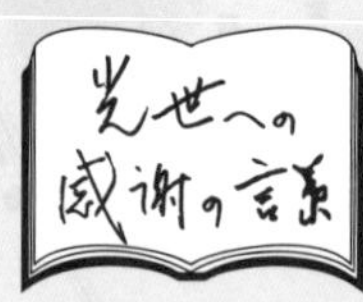
光世への
感謝の言葉

1970年／主婦の友社

1962（昭和 37）年夏頃、結婚後、作家デビューまで経営していた三浦商店の前で

わたしは手洗いおばさん

三浦綾子

わたしは雑貨店をやったことがある。わずか三年間ほどだが、食糧品を扱うので、とりわけ清潔ということに気を配った。多分、わたしのような雑貨屋は、あまりいないのではないだろうか。

客が、まず、石けんを買い、次に菓子を買うとする。わたしはすぐに手をジャアジャアと、水道の水で洗って、菓子を袋に入れる。金をもらい、つり銭を払う。そこで、また手を洗う。

次の客が、豆腐を買う。わたしは、またしても手を洗う。たとえ、自分ではきれいな手だと思っても、豆腐を生で食べる客もいるのだから、やっぱり手を洗わずにはいられない。

客と話しながら、うっかり髪に手をふれる。すると、わたしはバイキンにでもさわったかのように狼狽して又手を洗う。先ず手を洗うコンクールでもあれば、多分わたしは日本一になるのではないかという自信がある。

しかも、水道のコックはひじで器用に開け閉めする特技を持っている。せっかく洗った手でコックをひねったりすると、又々手を洗う。

その上、一度手を拭いた手拭はつかわない。手拭きは、常に新しく乾いたものを使う。この点は食器を拭くふきんも同様である。一度つかったふきんは必らず煮沸消毒される運命となる。だから、わが家は今でも、手拭いとふきんは常に清潔で数も多い。

以上は必ずしも、ほめたことではないかも知れない。客の履物をなおした手で、食器にふれたり、トイレから帰ったままの手でにぎりずしをにぎったりするのを食堂や料理屋で見かけると、わたしは身の縮む思いがする。サラダ菜に泥がついていたり、虫がついていたりすると、もと、雑貨屋の手洗いおばさんである、わたしは、奇癖に近いこのわたしの手洗いを、そこで大声で披露に及びたくなるのである。

三浦綾子の潔癖さをうかがわせるエッセイ『遺された言葉』（2000 年／講談社）より

「いちじく」第 14 号（1955 年 6 月）より

1

長い長い御便りと、すばらしい聖句の壁かけを頂きまして、本当に何と申し上げてよいかわかりません。本当に有難うございます。あの聖句は大きな慰めです。

先生お悪かったんですって、びっくりしました。そこへ私のわがまゝな手紙が行って、さぞかし御困りなさった事でしょうね。ごめんなさい。その后いかゞでしょうか。私も大分肝臓の具合いがわるくて、頭がボンヤリしてあちらこちらに御無沙汰しました。

昨日鈴木さんからパンフレットをどっさり送って来ました。ドキッとしました。心配しています。神さまのなさる事はよい事であるのですからそうは思ってもやっぱり不安です。

原先生御便り下さるとか、有がたい事です。西村先生の様な御方の由で、一層おなつかしい感じです。

旭川市　堀田綾子

2

四月号感激を以って全文を読み、お便りをしようと思う中に今又五月号を頂き、全く申訳なく存じます。めまぐるしいばかりの多忙さで、今回もこの葉書のみの礼状で失礼致します。然し「いちぢく」誌による励ましの大きさつくづく体験させられているという事を強く証言致します。どうかこの良き業を、御力に支えられて持続出来ますよう祈ります。

私もこの弱い身でこの激務に当って居ることの出来るのは、凡て主の御恩寵であり、獄舎に又病床にある諸兄姉の炎の様な祈りによる支えであることを覚えて、全く感謝でございます。同じ旭川市と申し乍ら、何処に居られるか存じませぬ堀田様、どうぞ一層の御活躍の程をお祈り致して居ります。

鈴木利夫兄との文通からいちぢく誌の仂きを知り、新たな兄姉を得させられ、之ほんとうにありがたい事です。

旭川市　三浦光世

堀田綾子と三浦光世が「いちじく」の同じページに掲載された〈出会い〉の号。同誌の編集長・菅原豊氏は、三浦の名「光世」を女性と勘違いし、「同じ旭川の堀田さんを見舞ってください」という葉書を光世に送った

三浦綾子を照らし続けた人間

三浦光世は、10代から晩年まで、75年以上にわたって日記をつけていた。63冊もの日記は2015（平成27）年に三浦綾子記念文学館に遺贈され、貴重な資料となっている。

備忘録であり、三浦綾子の健康観察記であり、時に家計簿でもある光世日記。興味深いのは、綾子の小説執筆に際して、光世が第一読者として大切な役割を果たしていたことであろう。例えば、タイトルの命名はもちろん、気になる点には率直に疑問を投げかけ、時には進捗をコントロールすることもあった。

「まずい。どうにも熟していないのだ。（略）綾子、少し、緊張せよ」（『塩狩峠』について）

「遂に又、不満をぶちまける。文章がたるんどる！などときいたふうなことを言って綾子をしょんぼりさせる。何をっ！とふるいたたんか。無いものねだりをしとるんじゃないんだ」（『続氷点』について）

など、厳しい言葉も与える一方、

「書いていても面白い。（略）露骨な描写になっても困ると思ううちに、人間の内面に立ち至ってくる展開、まことによろしい。今日の終りの部分の、子供だけの登場の場面は、綾子でなければ書けない」（『積木の箱』について）

と、褒めるべき点は日記でも大いに褒め、励まし、次の執筆へと綾子を導いていたこともうかがえる。

従来、光世は病弱な綾子の執筆を支える献身的な夫というイメージがあり、確かにその通りではあったが、日記からは、さらに人間的な体温やエピソードも伝わってくる。〈人間〉という言葉は、生誕100年を機に初公開された綾子の「三浦光世に捧げる詩」でも印象的に使われていた。その詩はまさに、光世日記に挟まれていた紙片に書かれていたものであった。

1966～67（昭和41～42）年頃の仲睦まじい三浦綾子と光世

三浦光世がいつも胸ポケットに忍ばせていた前川正の写真

執筆時は1967（昭和42）年前後。結婚10周年を間近に控えた40代半ばの三浦綾子が、夫との歳月や感謝の思いをつづった詩

『三浦光世に捧げる詩』

綾子

光は個体になるのだろうか。
はじめてあなたに会った時
私は本当にそう想ったものだった。

光が声になるのだろうか
はじめてあなたの讃美歌を
きいた時
私は本気でそう思ったものだった。

あれから四年
あなたはギプスにねていた
肺病やみのわたしを
待っていてくれた。

そして更に十年
あなたはすてきな真実な夫だった。
優しくて、親切で、時には
怒りっぽくって。決して光が個体
になった天使ではなかったけれど
光をさし示しながら共に生きて
くれる立派な人間の男だった。

詩が挟まれていた光世の日記

〈光〉をさし示しながら、寄り添い、綾子と共に生きた〈人間の男〉。そんな光世の日記を田中綾がノベライズ（小説化）した「あたたかき日光（ひかげ）―光世日記より」は、2022年、北海道新聞創刊80周年と三浦綾子記念文学館の共同プロジェクトとして同紙に連載中である。

1964（昭和 39）年 旭川戸別案内図
旭川市中央図書館

当時の地図で見る三浦綾子の足跡

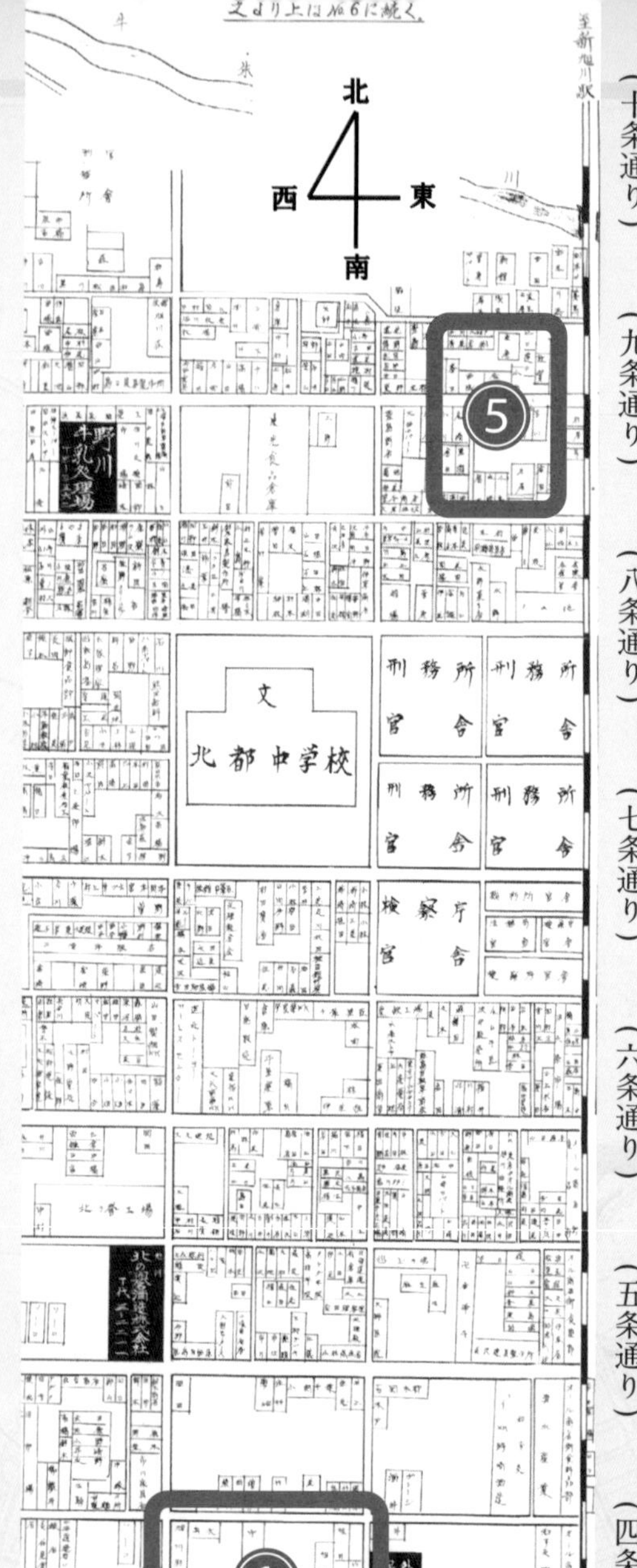

15 丁目　16 丁目　17 丁目

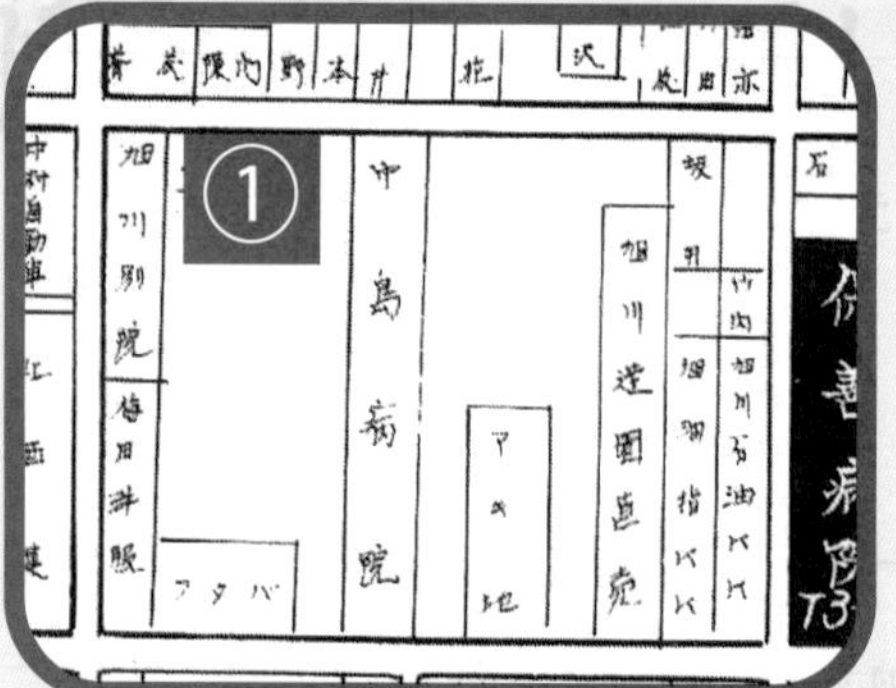

◀①拡大図
[旭川市 4 条通 16 丁目]

① 生家跡
4条通16丁目左2/1928（昭和3）年3月まで居住。綾子生誕の地。

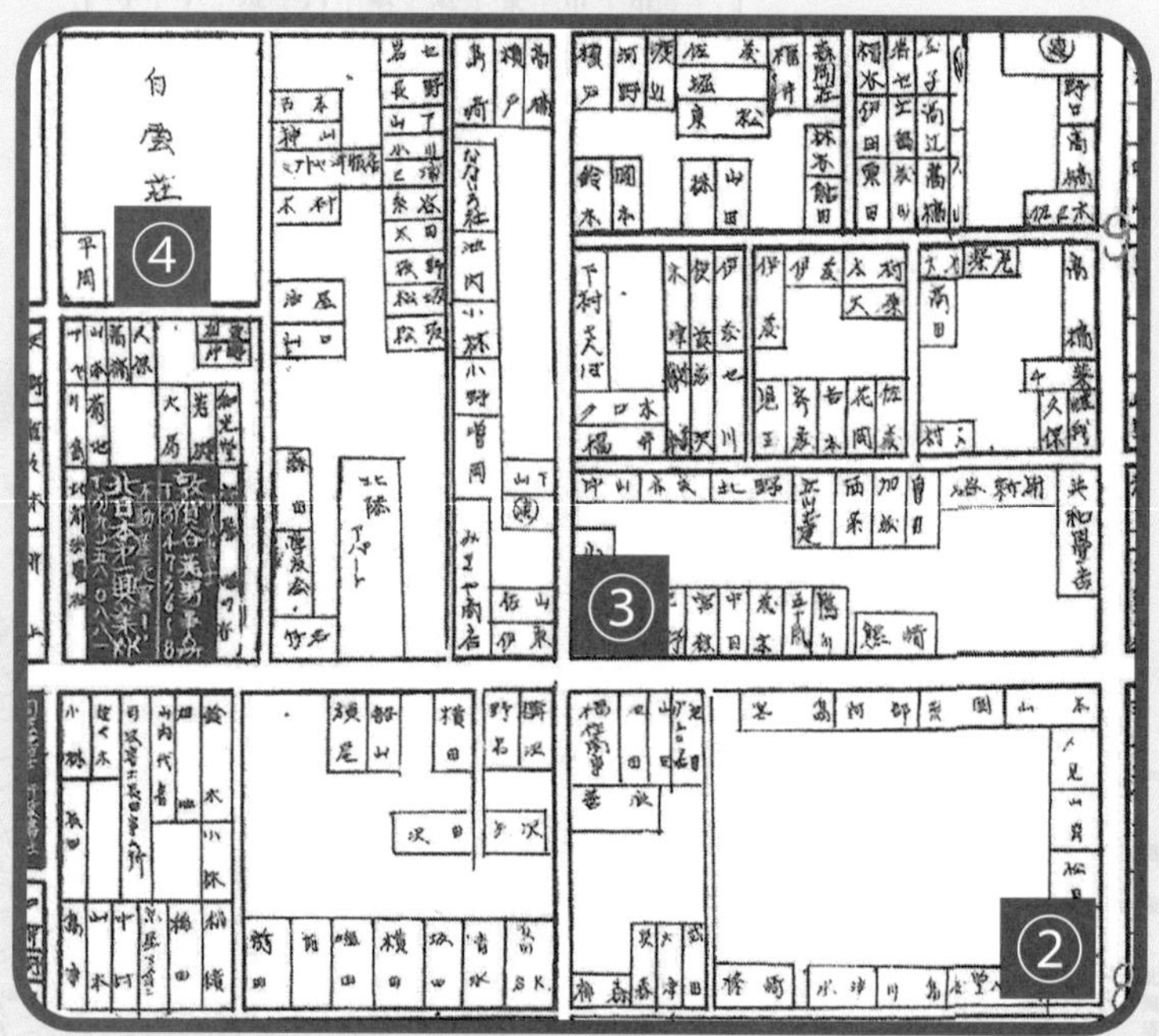

▲④③②拡大図［旭川市 9 条通 12 丁目付近］

② 堀田家 9条通12丁目右7/1928（昭和3）～1932（昭和7）年秋居住。一棟二戸の家（堀田家は左側）の隣家（右側）に1930（昭和5）年4月から翌年3月まで、前川家居住。

③ 堀田家 9条通12丁目左3/現・法律事務所。1932秋（昭和7）～1959（昭和34）年の結婚まで住んだ。前川正、三浦光世、五十嵐健治もここを訪問。

④ 結核療養所「白雲荘」10条通11丁目 /現旭川児童相談所。1946（昭和21）年6月入所。病状悪く11月退所。1948（昭和23）年8月にも入所。同年、前川正が綾子を見舞う。

1962（昭和 37）年、旭川の航空写真　写真　旭川市中央図書館

左上、地図の 📷 中央アパート屋上より遠望、旧宮北邸と白雲荘　写真　旭川市中央図書館

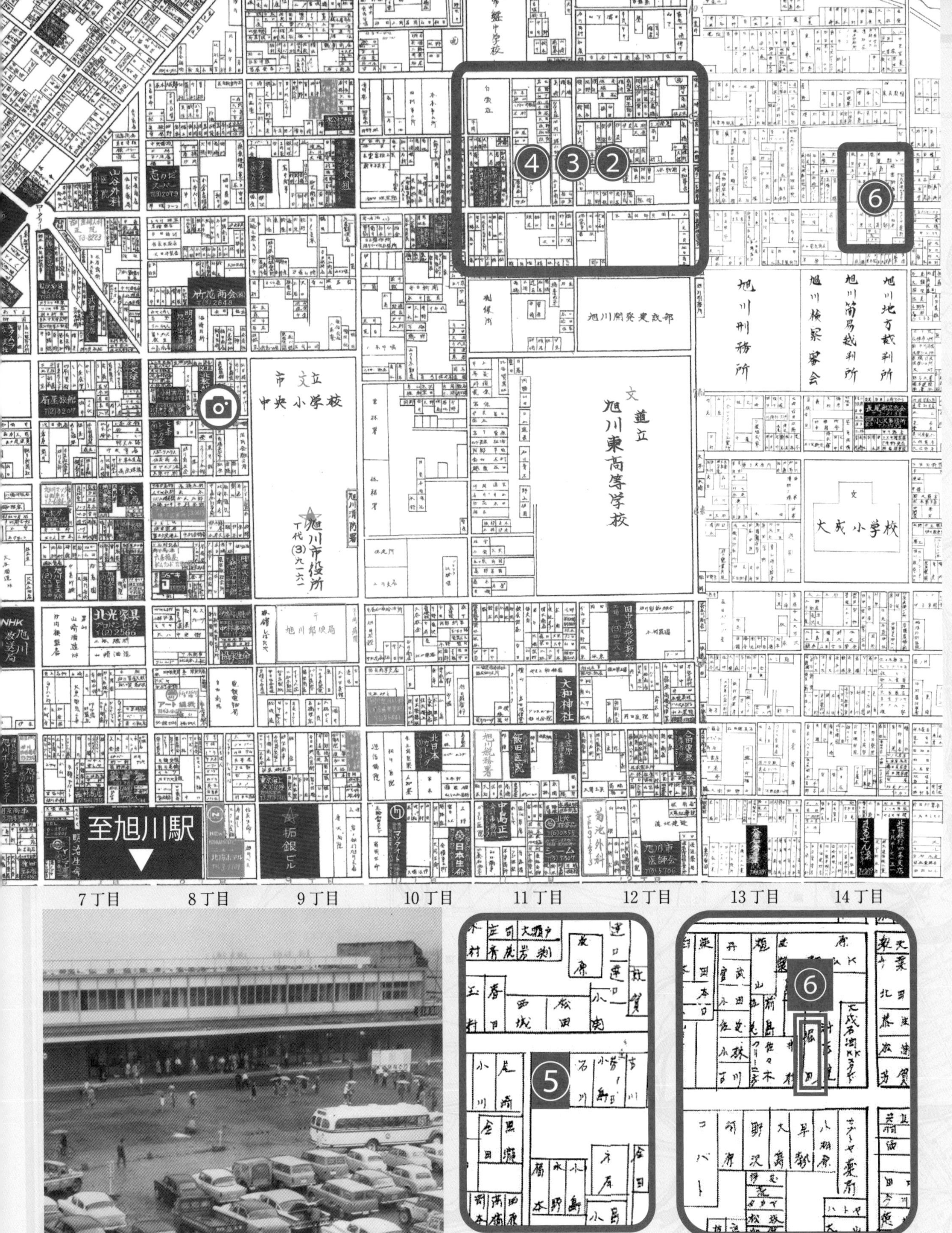

▲⑤拡大図
［旭川市９条通17丁目］

⑤ 前川家空地。前川家が1931（昭和６）年３月から 1958（昭和 33）年に神楽岡に新築するまで住む。前川正臨終の地。

▲⑥拡大図［旭川市９条通14丁目］

⑥ 三浦夫妻新婚住居
1959（昭和34）年5月の結婚から1961（昭和36）年3月、旭川六条教会牧師館に移るまで三浦夫妻は9畳一間の家に住んでいた。地図にある「堀田」の名は弟夫妻宅。

1960（昭和35）年頃の旭川駅
写真　旭川市中央図書館

できるなら毎回、何か読者の心に訴えて行かねばならない。
それは何か。作者自身の真実な叫びではないかと私は思った。

「応募作品と私　一千万円懸賞小説」
1964年7月11日／朝日新聞より

2

第二章　作家・三浦綾子

作家・三浦綾子の誕生

～記念碑的作品『氷点』～

三浦綾子の代表作といえば、その誕生秘話も劇的な『氷点』だ。始まりは1963（昭和38）年元日。同日の朝日新聞に掲載された一千万円懸賞小説の社告を実弟の秀夫が発見し、綾子に見せるよう母に言付けた。一夜で物語の構想を練り上げた綾子は続く一年を費やし、『氷点』の名付け親・光世と共に〈十月十日ならぬ十二ヶ月子で生まれた私たちの子供〉たる作品を完成（『「氷点」を旅する』）。同作の一位入選が1964（昭和39）年7月に報じられ、その後、空前の『氷点』ブームが起きた。

写真　太刀川写真館

1964（昭和 39）年の東京オリンピック閉会式　写真　東京都

『氷点』の時代背景

『氷点』がデビューする一九六四年は、日本人にとって、時代の変換を強く意識させせられる年であった。この年に開催された第十八回オリンピック東京大会は、新記録ラッシュの三十億ドル五輪といわれたが、スポーツの祭典の成功だけではなく、経済の高度成長路線を走りはじめた日本を象徴する最大のイベントであり、世界の先進国に日本が参入していくことを告げるアピールでもあった。

（中略）

『氷点』がベストセラーとして迎えいれられていく一九六四年前後は、あきらかに日本が戦後型社会から離陸していこうとする新時代にたどりついた時期であった。

『評伝 三浦綾子－ある魂の軌跡』高野斗志美著（２００１年／旭川振興公社）より

見本林――三浦夫妻の原点

『氷点』の見本林

その日は六月であったろうか、陽ざしはあたたかいのに、風がつめたかった。

川向うの山の上に白く光るビニール温床をながめながら、二人は美瑛川のほとりでおにぎりを食べた。

「やっと、くることができたのねえ」

そのとき私はしみじみと夫に言った。結婚前、三浦とのつきあいは長かった。まる四年である。私はその間ギプスベッドの中にいた。

営林局につとめている三浦がひるやすみに時々、見本林に行っていたようであった。

「いいところですよ。あなたがなおったら連れてゆきたいと思って、林の中でお祈りをしてきましたよ」

そう言ってくれた神楽の見本林にはじめて来たのである。結婚二年目であった。

ドイットーヒの林は、下草が伸びてうすぐらかった。山鳩のひくい鳴き声が一層不気味さを誘った。暗い林、しめった小径、煙るように漂う光。この時の印象は、私に一つの感動を呼び起した。

のちに思いがけなく小説『氷点』を書くことになり、この見本林が舞台となった。

郷土誌『あさひかわ』第15号（１９６５年4月5日）より

外国樹種見本林とは

見本林は、１８９８（明治31）年、上川郡神楽村にヨーロッパアカマツ、ヨーロッパカラマツ、ストローブマツの苗木の植林で始まる。以来１２４年の歴史をもつ北海道で最も古い外国樹種植栽地の一つ。

「現代小説」

『氷点』『続氷点』

電話で受賞の知らせを受ける三浦綾子 1964（昭和 39）年 7 月 6 日

三浦綾子文学の金字塔

あらすじ

『氷点』　『続氷点』

旭川にある辻口病院の院長・辻口啓造と妻・夏枝には息子の徹と娘のルリ子がいた。ある夏の日、夏枝は眼科医の村井と密会すべくルリ子を一人で外出させるが、愛娘はある男に川原で殺害される。悲しみと嫉妬にかられた啓造は、ルリ子代わりの女児を切望する夏枝に、犯人の子どもを育てさせる。夏枝は陽子と名付け溺愛するが、7年後に真相を知るや豹変（ひょうへん）。母の仕打ちにもめげず健気に成長した陽子は17歳の冬、徹の友人・北原から交際を申し込まれる。それに激昂した夏枝は陽子の出生を暴露。殺人犯の子だと知った陽子は己の罪の可能性に苛まれ、遺書を残して川原で自殺をはかり——。

『続氷点』では、一命を取りとめた陽子ら登場人物たちの再生のドラマがつづられる。

1971 年／
朝日新聞社

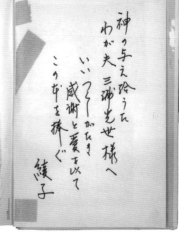

神の与え給うた
わが夫 三浦光世様へ
いいつくしがたき
感謝と愛とを以て
この本を捧ぐ
綾子

1965 年／
朝日新聞社

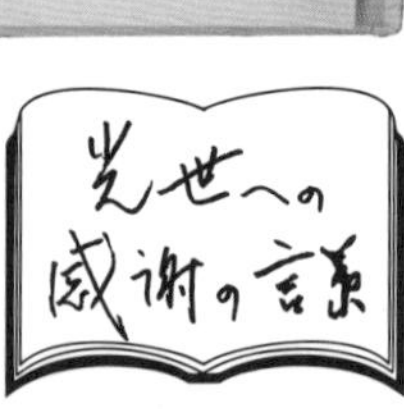

朝日新聞東京本社講堂で行われた『氷点』入賞の授賞式で、賞状を授与される三浦綾子 1964（昭和 39）年 7 月 21 日
写真　朝日新聞本社事業部

作品の真髄 Essence

一千万円懸賞小説の応募作731編の中で第1席になったのが、雑貨店を営む主婦が初めて書いた小説だったというのは驚きであった。また、テーマが〈原罪〉というのも衝撃であった。〈原罪〉とはキリスト教に由来し、なじみのないものであったからである。当時から取り沙汰されたことだが、三浦綾子は〈原罪〉とは何かと問われて、〈的をはずれて生きること〉と述べている。まっすぐに思うように生きられない私たちの〈生きづらさ〉の根源に綾子はこの〈原罪〉を見据え、幼児殺しや継子いじめ、また家庭小説のスタイルをふまえて描いた。「むずかしいことをやさしく、やさしいことをふかく、……」とは井上ひさしの言葉だが、『氷点』もこのようなものとしてあった。

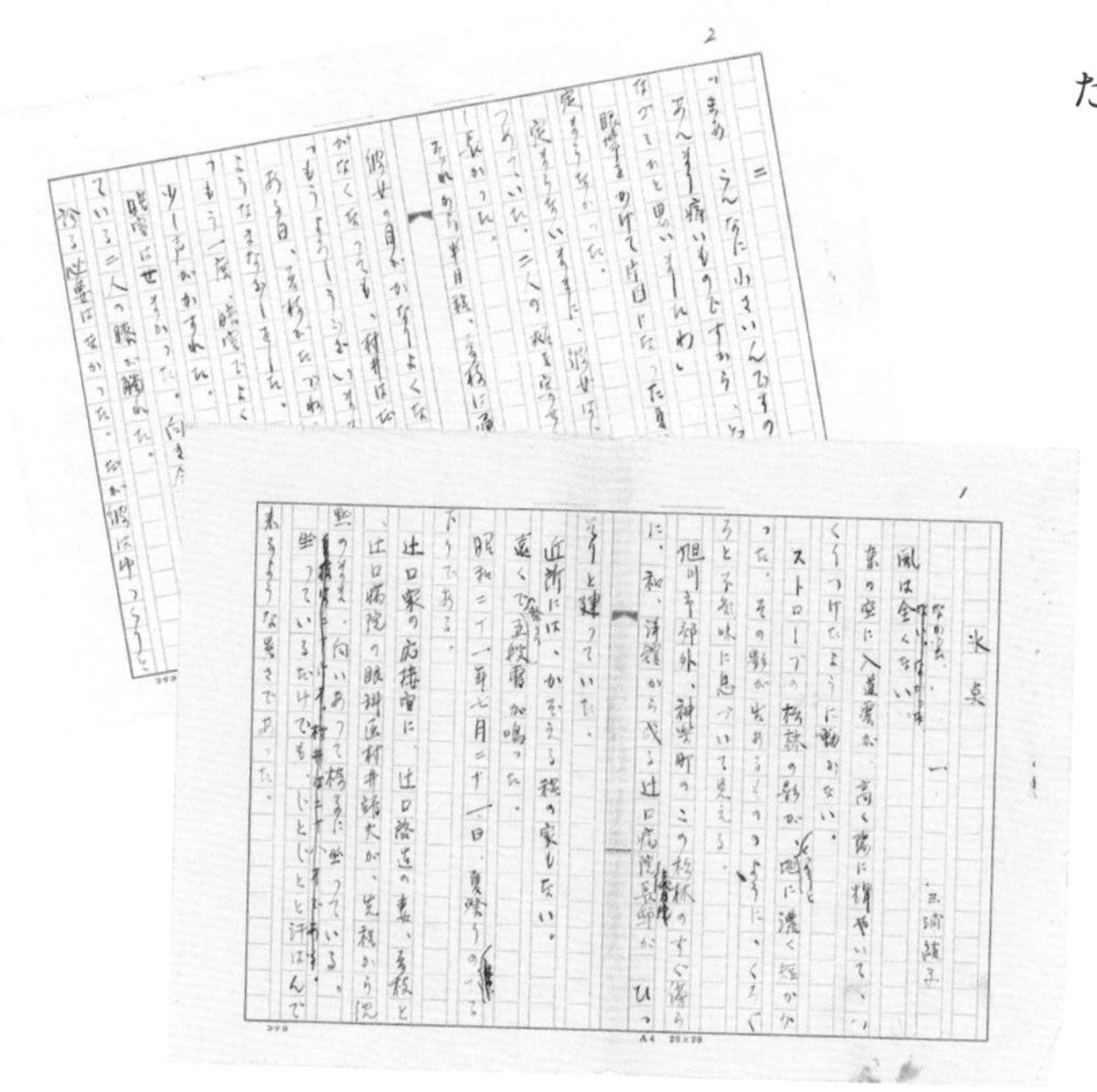

『氷点』の原稿。なお、本ページの背景に敷いているのは同作の別原稿

編集者に恵まれた作家人生の始まり

「選考委員のなかに門馬義久氏がおられたことは、単なる偶然とは到底考えられない」（『「氷点」を旅する』）と三浦光世が称した人物こそ、朝日新聞東京本社学芸部デスクの門馬義久氏だ。同氏は編集者として綾子の文才や人柄を見いだしたのみならず、同じキリスト者として〈原罪〉がテーマの『氷点』の真髄をも見極めたのだろう。

一千万円懸賞小説

当選作品きまる

当選　賞金一千万円

氷点　三浦綾子

二席（三編）賞金各二十万円

山家慕情　志田石高

享保長崎記　山脇悌二郎

異郷の人　高木俊朗

朝日新聞社

朝日新聞 1964（昭和 39）年 7 月 10 日付

三浦文学の魅力

元朝日新聞記者　門馬義久

「氷点」は三浦綾子が手がけた最初の長編とか、最初の新聞小説、などというより、一千万円懸賞当選小説という方が通りがよかろう。

この懸賞募集は、昭和三十九年が、朝日新聞の大阪本社の創刊八十五年に当り、また東京本社は創刊七十五年になる。その記念事業のひとつとして企画された。

三十八年一月に募集の社告を出し、同年十二月三十一日に締切った。

応募作品の数は七百三十一編、各一編が約一千枚のものだ。正月の休みがあけて出社し、十二畳ほどの部屋に天井まで届く、全国各地から送られて来た小包の山にびっくりした。

新聞社内の総力をあげ、半年がかりで審査し、三十九年七月十日付の朝日新聞に、

当選　賞金一千万円、

「氷点」　三浦綾子

二席（三編）賞金各二十万円、

「山家慕情」　志田石高

「享保長崎記」　山脇悌二郎

「異郷の人」　高木俊朗

と、発表した。

当時、三浦綾子は四十二歳。主婦業のかたわら、旭川市の街はずれで小さい雑貨店を開いていた。

略歴は、旭川市立高女卒後、小学校教員。昭和二十一年からカリエスで十三年間闘病生活。全快して三十四年、営林署勤務の三浦光世と結婚。文筆の関係では、「アララギ」派の歌人。三十七年、主婦の友社の懸賞小説に「太陽は再び没せず」が入選している。

朝日新聞の募集社告を見た日、一晩で「氷点」の筋立てをまとめたという。それからの一年間、締切日の十二月三十一日まで、店を閉めてから毎夜、五枚、十枚と書き進めた。

基督者である三浦夫妻は、「この小説で、人間の弱さ、罪深さと、神の愛による赦しと救い」を読者に伝えたいと、心を合わせて祈りながら書いた。

三浦のストーリー・テラーとしての能力は持って生れたものでしょう。しかし、三浦の小説が多くの読者をつかみ、作家とし大成した秘密はそれだけではない。

まず、いつも、はっきりとしたアッピールしたいものを持っていること。人間とは何か、いかに生きるべきか、といった本来小説が追求すべきテーマに、心と体の全部でぶつかっていることがあげられよう。

それに加えて、三十年間、一日も欠かさず読んでいる聖書がある。二千年の間、世界と人類を動かし、変えて来た聖書の思想がどの作品にも一本通っており、大きいエネルギーをもつ聖書のことばが、要所にはめ込まれて、光を放っている。これが三浦文学の魅力になっていることも確かだ。

ほかに、十三年間の闘病の体験。場末の小さい雑貨店のおかみさんの経験からの庶民性など……。つまり三浦文学の魅力は、曲のない話になってしまうが、三浦綾子自身のもつ人間的魅力ということになりますか。

（三浦綾子作品集1月報1／1983年5月）

旅先からの手紙

三浦綾子は、一九六四年七月二十一日、朝日新聞東京本社での懸賞小説当選作品『氷点』の授賞式後に行われた東京・大阪・名古屋・福岡・札幌での受賞記念披露講演の旅先から、夫・光世に当時の心境や感謝の意をこめて、手紙やはがきを送った。

綾子が描いた札幌の Hotel San-ai の見取り図

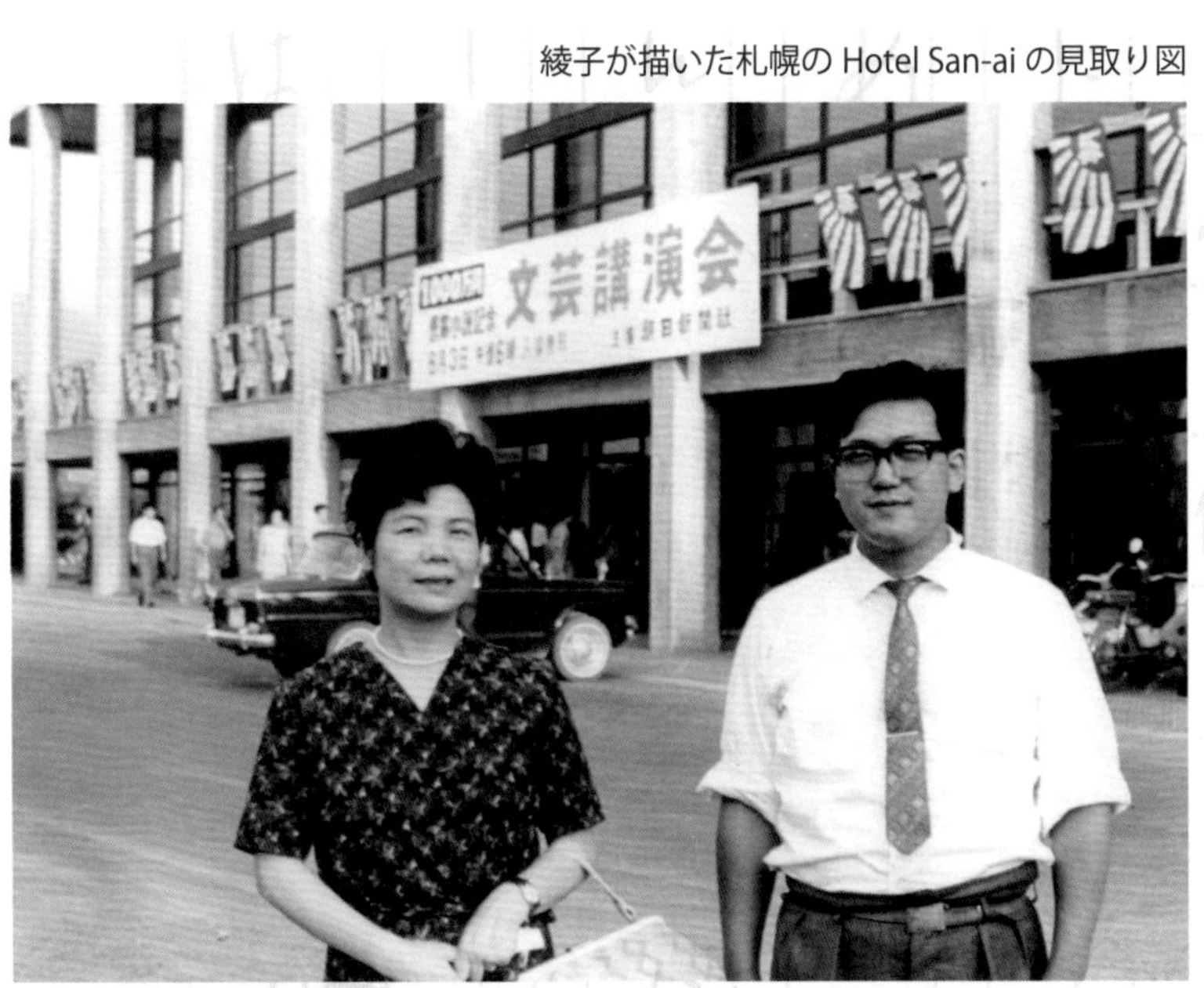

旭川での勤めがあるため授賞式に同行できなかった三浦光世に代わり、綾子に応募のきっかけを与えた実弟・秀夫を帯同

［一九六四年七月一九日　札幌］

今お風呂から上って暖かくなっています。ただ　恋しい。光世さんが恋しい。

「ミー」と呼べるあなたの傍にいる事がどんなに倖せか　泪の出る程「ミー」が恋しい。

凄く豪華な十一階建のホテルです。札幌一のホテル。神様に「どうしてこんなに倖せなのでしょうか、恵まれたのでしょうか、一体私が何をしたのでしょうか」と申し上げています。

でも、如何に豪華でも「ミー」がいなければつまりません。あの九條の家の中でも「倖せ」は一ぱいでした。ね、そうね、でも余りメソらずに感謝してねむりましょう。母さんはグウスラねています。

私はこれから東京での挨拶をメモしてねむります。ホテルは鍵がかかるし入浴は自由ですし、いいです。

「ミー」といつか来ましょうね。札幌講演の時はぜひ来れるように祈って下さい。

それを楽しみに神様の為に行って来ます。明日の今頃は東京。でも、帰る日が近づくのですからメソらないでおきます。

お風邪お大事に。薄着は禁物。鼻に手を入れないこと。果物はフンダンに召上れ。徹底的に治して下さい。

婦人公論の件も祈ります。私の今後についても二人が本当に一体となって祈らなければと思います。

お母さんによろしく。隆ちゃん、みち子ちゃんにも。

コリント第一　３の21～23

綾子

神が私に与え給えた

光世さま

『「氷点」を旅する』（２００４年／北海道新聞社）より

「この部屋が辻口家の居間という設定なんです」と語る藤田さん（左）。ペチカがどっしりと居座るこの茶の間が「氷点」の舞台のモデルとなった

あさひかわ

三浦綾子 人と文学

「辻口家」と見本林

歳月経て新たな価値

ナナカマドの枝を揺らす夏の風が、茶の間から奥の仏間へと吹き込み、裏庭へとさわやかに抜けていく。茶の間は和室の造りだが、上方に目を向けると天井は白壁の洋風仕立て。部屋の一角には銀色の大きなペチカがどっしりと構えている。窓、畳、敷居…。建物のそこかしこに七十年の歴史の重みがしみついていた。

「あそこの離れが陽子の部屋。この階段を上ると徹の部屋。そしてここの洋間で、夏枝が村井と密会していたんです」

指さしながら話すのは、主人の藤田尚久さん(六七)。旭川市宮下通に残る藤田邸は、「氷点」の辻口家の家のモデルだ。尚久さんの父親で、旭川の俳壇で知られた藤田国道（俳号・旭山）さん＝故人＝が一九三〇年（昭和五年）、当時の金で二万円をかけて建設した。国道さんと親交のあった三浦綾子さんが、重厚な和洋折衷住宅を、主人公の裕福な医者一家のイメージと重ね合わせた作中に登場させたのだった。

近所の建物はこの七十年でほとんど建て変わった。古めかしく、時代を感じさせる藤田邸だけが今も昔も変わらぬ姿をとどめている。ただ尚久さんの妻佐智子さん(六二)は最近、時代の変遷とともに、最近は周囲の目が昔と少し変わったことを感じている。

「氷点」発表直後のころ、住宅を訪れる人たちからは、当時としては珍しいモダンな洋間がうらやましがられた。しかし今は「洋風の住宅が普通になったからでしょうか。逆に古めかしい茶の間や仏間がとても珍しがられるんですよ。価値観というのは変わるもんですね」

時代が移り変わって周囲の見る目が変わったのは、「氷点」の舞台となった外国樹種見本林＝旭川市神楽＝でも同じだ。

見本林は戦後直後に二度、伐採されかかったことがあった。一つは中学校用地への転用。もう一つは、堤防建設に伴う伐採計画だ。結局、中学校は別の場所に開校し、堤防は林を残す状態で造られた。旭川営林局（現旭川営林支局）の元職員笹茂夫さん(八〇)は「それだけ林の存在意義は認められていなかったんですね」と振り返る。それが「氷点」が世に出て一変する。「多くの観光バスが立ち寄るようになった。営林局もその後、ブームの盛り上がりに慌てて、見本林の案内パンフレットを作ったよ」

周囲がすっかり住宅地に変わった今、見本林は近所の子供たちが身近に自然に親しむことのできる貴重な森となって残った。三浦綾子記念文学館が出来て名作の森として全国の文学ファンに親しまれている。時代の波に消されようとしていた見本林は、「氷点」によって時代の価値を見いだされていた。

第3部　「氷点」のころ　②

旭川支社　☎0166
報道21・2516　販売21・2533
FAX21・2517　広告21・2540
旭川市4条通10丁目　事業21・2555
〒070・8720

◇テニス　会長杯シングルス大会（12、19、20日・忠和テニスコートほか）＝1位のみ
【男子】▽一般　武田芳

北海道新聞
1998（平成10）年7月24日付

「現代小説について」について

『氷点』によって三浦綾子は作家となった。朝日新聞一千万円懸賞小説当選作の『氷点』は、毎朝、新聞小説として紙面を飾ったが、このような新聞小説は「今日なお新聞で多数の読者が連載小説を読んでいるのは国際的にユニークな、日本人だけの習慣」（本田康雄）とされる。明治期、新聞の普及をはかるために、購読者がその続きを読みたいと思う〈続きもの〉といわれるものから新聞小説は始まった。そこで重要になるのは、老若男女の多種多様な新聞読者の興味・関心を引き、共感を呼ぶことであった。したがって、同時代の話題や風俗を取り入れ、読者に寄り添う現代小説が自ずとその中心となった。三浦文学の読みやすさ、そして現代小説が多いのも新聞小説に由来することがらでもある。

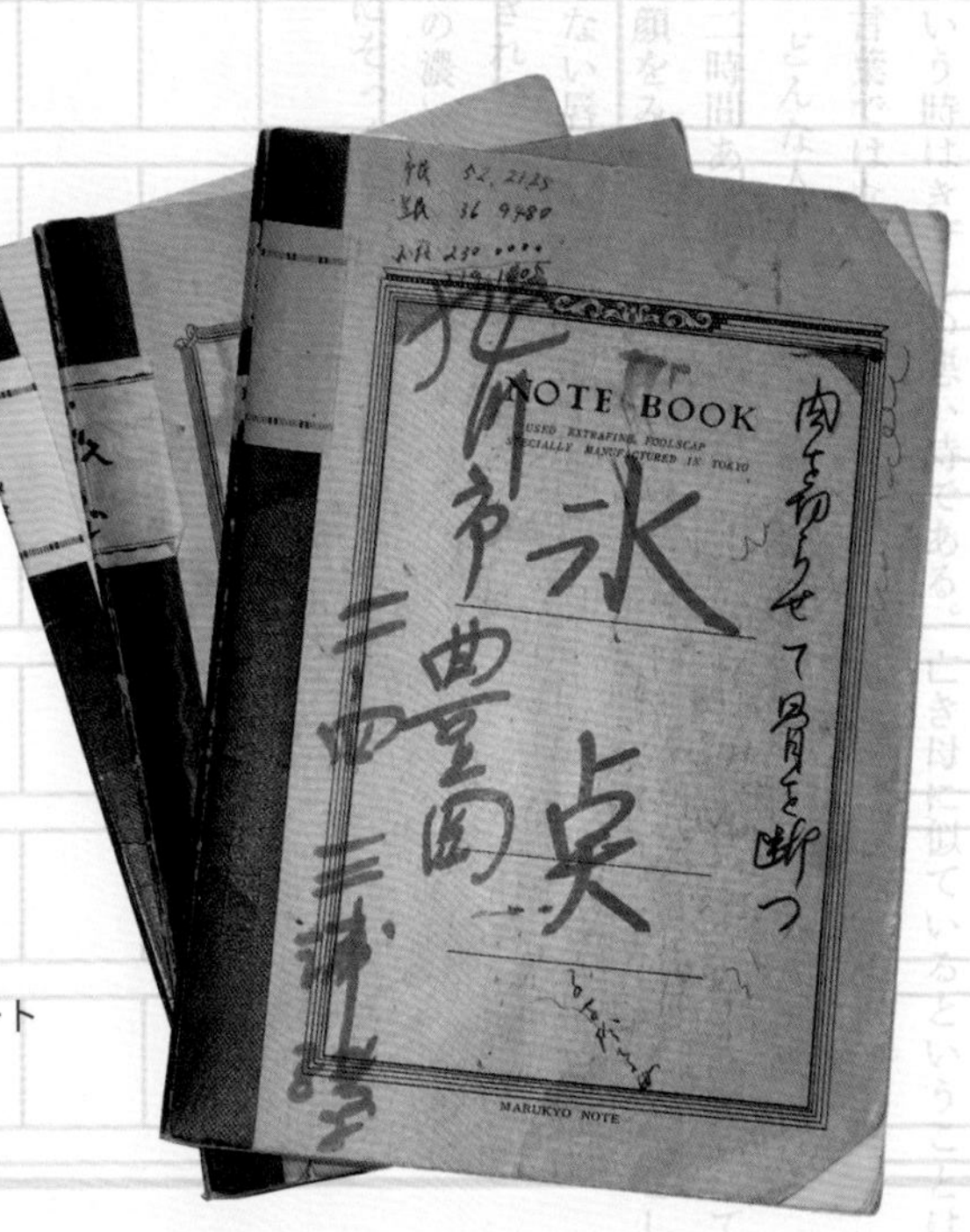

使い込まれた
『氷点』の取材ノート

「現代小説」

『ひつじが丘』

北海道を舞台に愛とゆるしの問題を描く。

あらすじ

広野奈緒実は両親の反対を押し切り、高校の同級生・杉原京子の兄・良一と結婚。「幼な児のような、きれいな目」の良一を信じたものの、やがて良一はだらしない本性をあらわにし奈緒実を苦しませる。ついに奈緒実の元同級生とも関係を持つに至り、奈緒実は両親のもとに帰る。牧師である父・耕介は妻の愛子と共に奈緒実を温かく迎える。そればかりか奈緒実を追ってきた良一まで受け入れる。奈緒実は「愛するとはゆるすこと」という父の言葉を聞きながら、しかしどうしても良一をゆるせない。一方で良一は予想外の変化を遂げていき……。

Essence 作品の真髄

「愛とはゆるすこと」と主人公を諭す言葉は、この物語の中心的テーマを成す。「ゆるしてほしい」と訴えた前作『氷点』の陽子に対する〈アンサーストーリー〉ともいえる。主要人物は誰もが屈折した何かを持ち、迷いながら歩む〈stray sheep（迷える羊）〉なのである。物語の最終盤で披露される一枚の絵は、救いを求める画家の自画像。下敷きとなっている夏目漱石の『三四郎』の設定に、三浦綾子の持ち込んだテーマが見事にはまった。

雲を見つめる奈緒実（本作）と美禰子（『三四郎』）の迷い方に本質的な違いはないが、そこに愛とゆるしを描いてみせた三浦綾子の構成力が冴えている。また、「羊」を北海道ならではの風景として取り込んだことも、本作の商業的成功に一役買っていると言えよう。

光世への感謝の言葉

1966年／主婦の友社

「モデル小説について」

三浦綾子と同じ教会の会員で、明治の頃、塩狩峠の鉄道事故で乗客を救うために亡くなった長野政雄をもとにした『塩狩峠』以降、綾子は実在の人物を描いたモデル小説を多く書き、その文学の特徴となっている。『細川ガラシャ夫人』に始まる歴史小説も歴史上の実在の人物を描いたということではモデル小説と言える。「かんじんなことは、目に見えないんだよ」とはサン・テグジュペリ『星の王子さま』の有名な言葉であるが、目に見えなくてもさまざまな出来事やことがら、そして人を通して私たちは〈かんじんなこと〉を知り得るのである。〈ひかり〉〈愛〉〈いのち〉という〈かんじんなこと〉を明らかにし、刻み込んだ人たちを綾子はモデル小説として描き続けた。

私が絶望しないで生きてきたことが出来たのは、「それでも明日は来る」という希望があったからだ。

それがどんな明日であるかは、わからぬにしても、とにかく神が私に下さる明日なのだ。

そう思うと勇気が出た。

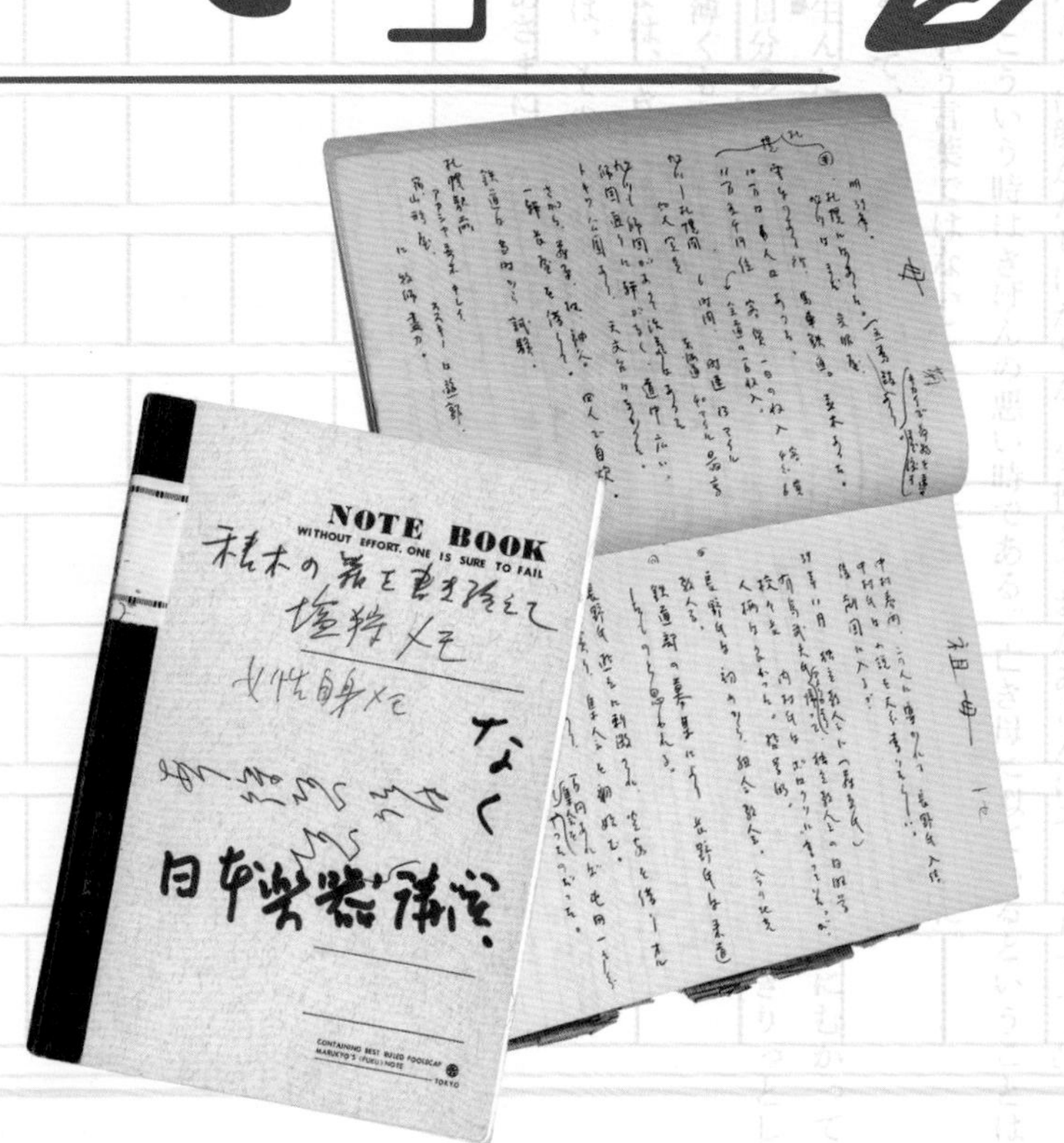

取材ノート

「モデル小説」

『塩狩峠』

明治末期、自らの命を挺して鉄道事故の乗客を救った
実在の人物がいた。その崇高なる「犠牲の死」の真相とは？
三浦綾子、初のモデル小説！

塩狩駅ホームにて 1969(昭和44)年9月14日　写真　三浦綾子記念文学館

1968年／新潮社

単行本の挿絵を描き下ろした中西清治氏による雪景色の塩狩峠

明治の頃、塩狩峠での鉄道事故で乗客の命を救うために亡くなった長野政雄をもとにした小説。三浦文学の特徴でもあるモデル小説の最初のもの。三浦綾子と同じ教会の会員で、その死によって多くの受洗者が出たことを知った綾子は深い感銘を受け、「キリストの僕として忠実に生き、忠実に死んだ」長野氏を原型に主人公の永野信夫を描いた。

あらすじ

1877(明治10)年、東京に生まれた永野信夫は、祖母トセにキリスト教は邪教だと教えられて育つ。祖母の急逝後、死んだと聞かされていた母・菊が帰宅。キリスト信者である菊は、トセに家を出されていたのであった。成人した信夫は、親友の吉川と同じ北海道の炭鉱鉄道に就職し、その妹ふじ子にも再会。結核で病床にあるふじ子ながら、その明るさが信仰によるものだと知った信夫は、彼女への愛を確信すると同時にキリスト教へも心を開いていく。ふじ子の病も癒え、二人は結納の日を迎える。彼女の元へと急ぐ信夫の乗った汽車が塩狩峠の頂上に近付いた時、車両が暴走し……。

人物 About

長野 政雄　ながの・まさお

●1880(明治13)年
尾州愛知郡水稲村で生まれる。

●1893(明治26)年
名古屋監獄署の給仕となる。

●1897(明治30)年
判事の転任に従い大阪に移り、余暇を利用して関西法律学校に学ぶ。大阪為替貯金管理所登用試験合格。判任官になる。中村春雨と出会い、教会に行くようになる。三宅荒毅牧師より天満教会で受洗。

●1899(明治32)年
大阪時代の先輩に招かれ札幌に移る。北海道鉄道部に奉職。

●1901(明治34)年
北海道鉄道部旭川運輸事務所に転勤。

●1909(明治42)年
鉄道部員基督青年会を組織。
2月28日　名寄教会日曜学校で講話。
16時55分の終列車で帰途中、和寒塩狩峠で殉職。

みなさん、愛とは、自分の最も大切なものを人にやってしまうことであります。最も大事なものとは何でありますか。それは命ではありませんか。

「雪の街角」の章より

複数冊に及んだ取材ノート

(背面)三浦綾子が愛用した、ごくシンプルで一般的なコクヨの原稿用紙

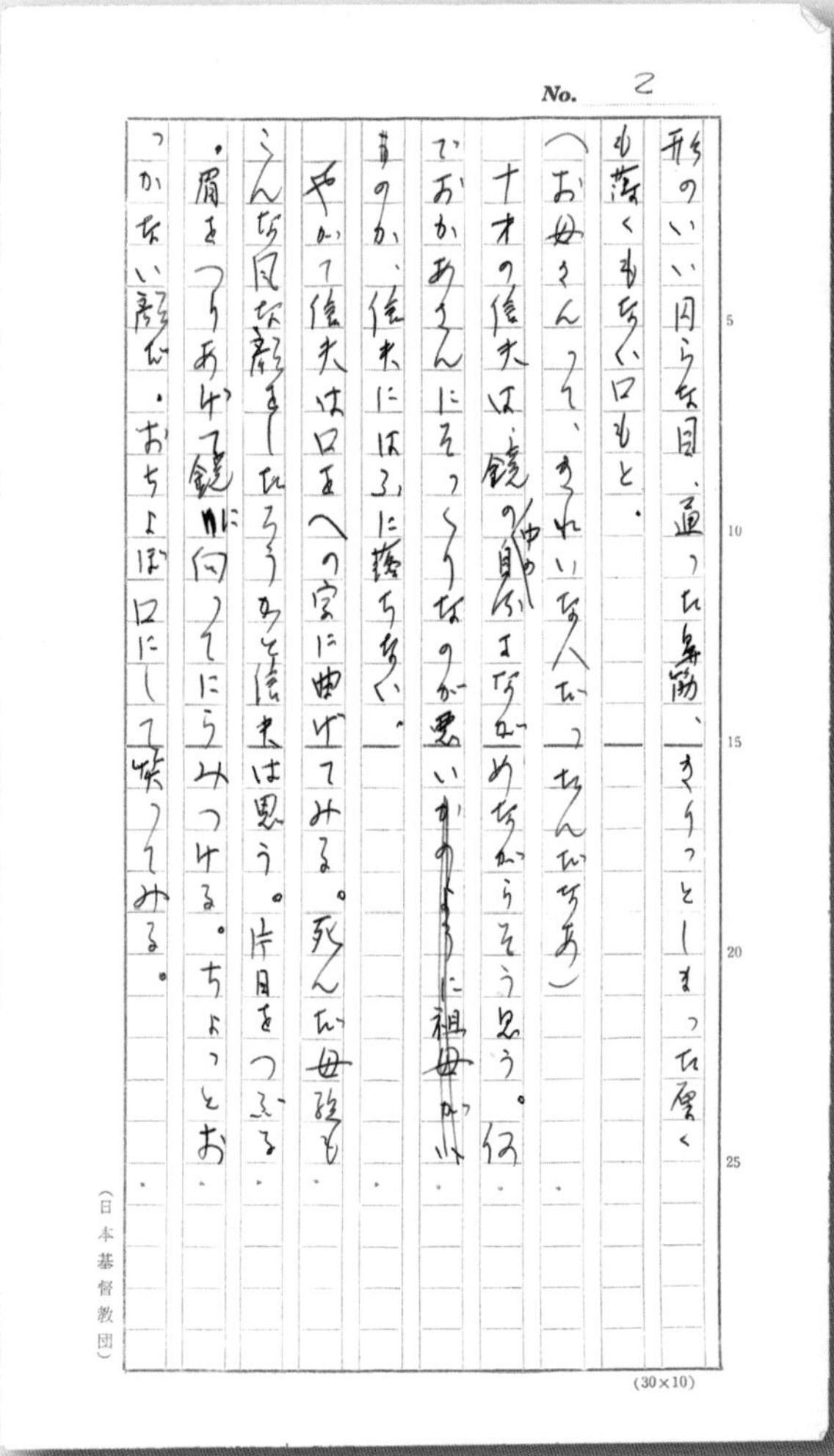
No. 2

形のいい円らな目、通った鼻筋、きりっとしまった厚くも薄くもない口もと。
「お母さんって、きれいな人だったんだなあ」
十才の信夫は、鏡の中の自分をながめながらそう思う。何でおかあさんにそっくりなのが悪い[illegible]祖母が[illegible]ものか、信夫にはふに落ちない。
やがて信夫は口をへの字に曲げてみる。死んだ母親もこんな風な顔をしたろうかと信夫は思う。片目をつぶる。眉をつりあげて鏡に向ってにらみつける。ちょっとおっかない顔だ。おちょぼ口にして笑ってみる。

(日本基督教団)
(30×10)

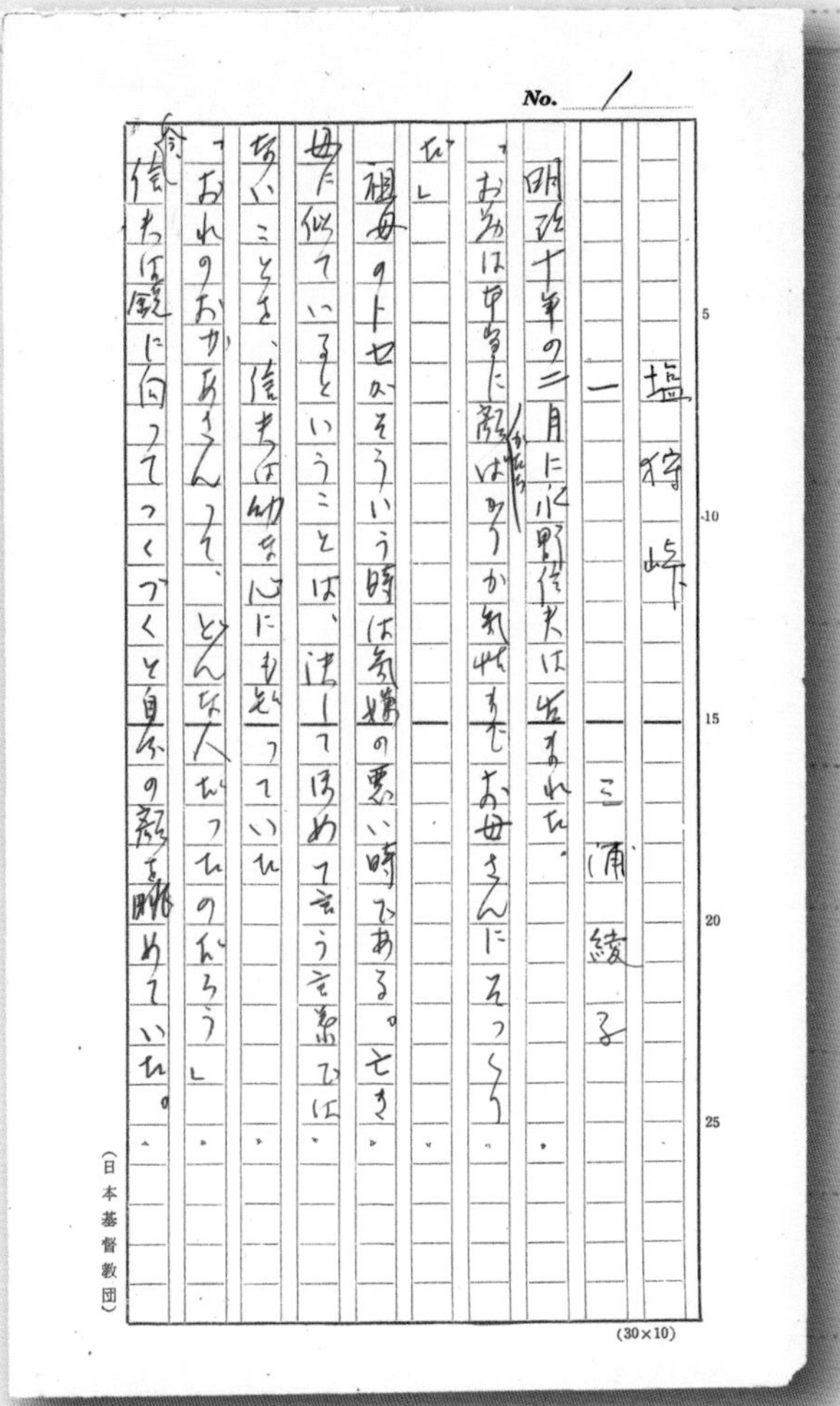
No. 1

塩狩峠
三浦綾子
一
明治十年の二月に、永野信夫は生まれた。
「お前は[illegible]顔ばかりか気性までお母さんにそっくりだ」
祖母のトセがそういう時は気嫌の悪い時である。亡き母に似ているということは、決してほめて言う言葉ではないことを、信夫は幼な心にも知っていた。
「おれのおかあさんって、どんな人だったのだろう」
信夫は鏡に向ってつくづくと自分の顔を眺めていた。

(日本基督教団)
(30×10)

本作の執筆途中から、三浦綾子と光世の口述筆記が始まった。同原稿用紙の文字は綾子の直筆

作品の真髄
Essence

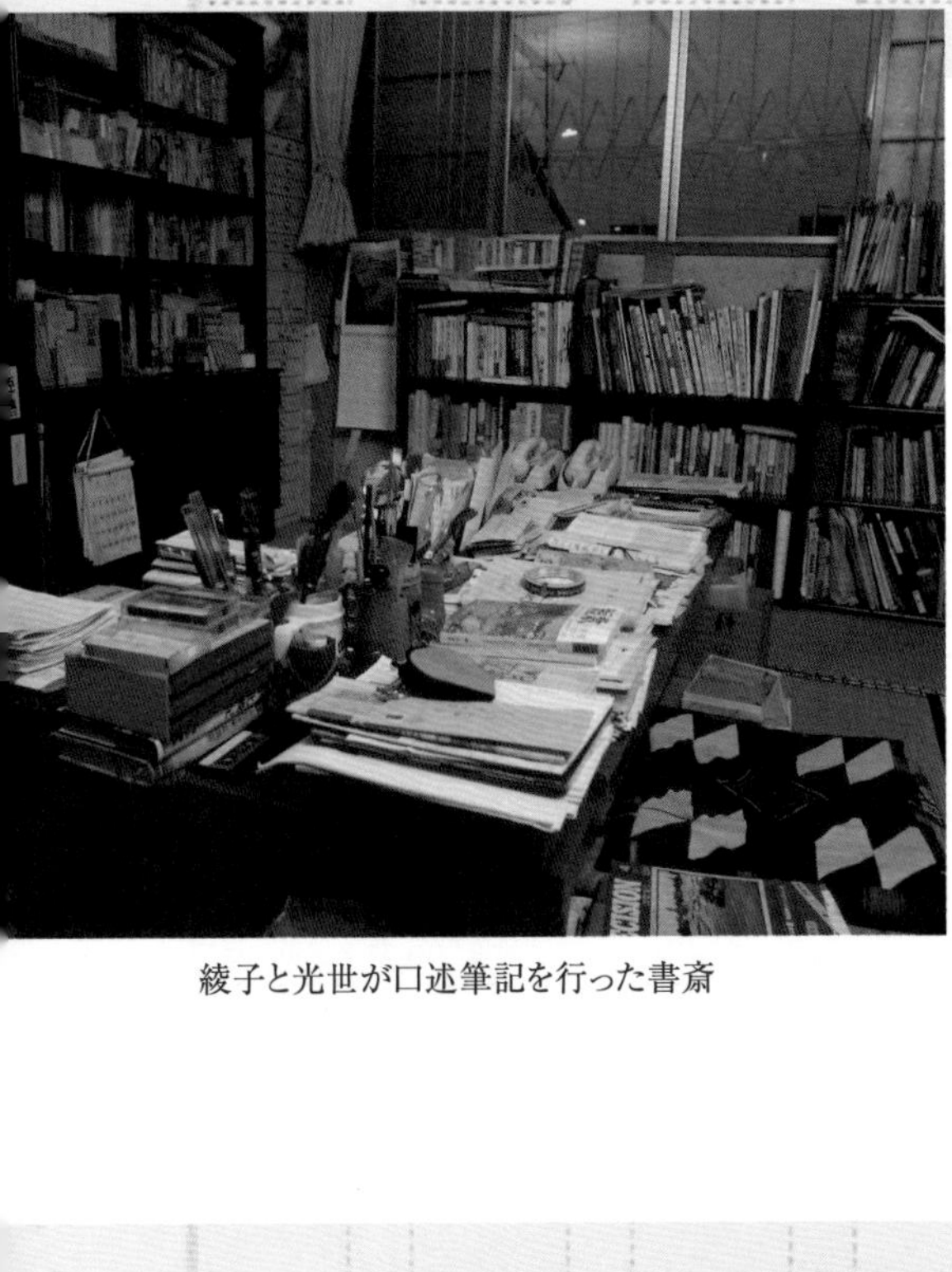
綾子と光世が口述筆記を行った書斎

主人公の永野信夫は長野政雄氏を原型とするが、長野氏の資料が少なかったこともあり、ヤソ嫌いの祖母のために家を出たキリスト教信者の母の菊、親友吉川との友情、『道ありき』の三浦綾子を彷彿(ほうふつ)とさせるふじ子の存在など、読者を惹きつけてやまない人やことがらの、そのほとんどが綾子の創作である。ただ長野氏同様「明治四十二年二月二十八日」に「塩狩峠」で命を落としたことは事実そのままで、それを「犠牲の死」とするのが『塩狩峠』であった。「真っ白な雪の上に、鮮血が飛び散り、信夫の体は血にまみれていた」との鮮血は、この時〈十字架上のキリスト〉が流した血を想起させる。キリスト教の核となる出来事を感動的に伝える作品である。

コクヨ　ケ－E20　20×20

「モデル小説」

『細川ガラシャ夫人』

明智光秀の娘で細川忠興の妻・玉子。洗礼名のガラシャが意味する「恩寵・神の恵」に満ちたキリシタンとしての生涯に迫る三浦綾子初の歴史小説。

味土野に隠棲するガラシャを描いた「新撰太閤記　明智光秀の女」歌川豊宣／熊本県立美術館

1975年／主婦の友社

あらすじ

本能寺で明智光秀が織田信長を討ち、光秀の娘で細川忠興の妻・玉子の運命は一変。忠興は玉子を殺せと迫る家臣たちを押さえ、美貌の妻を丹後半島の山深い味土野（みどの）に幽閉する。愛する者たちと引き裂かれ苦悶する玉子は、侍女でキリシタンの佳代が捧げる「苦難が恩寵となるように」との不思議な祈りを聞く。やがて玉子は帰城するも側室の存在を知り、忠興とのすれ違いに苦しむ。苦難の中で玉子はついに全てを受容し慶びとする神に出会い受洗、洗礼名ガラシャ（恩寵・神の恵）となった。

秀吉さまといえども、人間にすぎませぬ。
人間には、体を亡ぼすことはできても、
心を亡ぼすことはできますまい。

「玉子受洗」の章より

人物 About

細川ガラシャ

●1563(永禄6)年
明智光秀の三女として越前にて生まれる。諱(いみな)は玉。

●1578(天正6)年
細川忠興と結婚。

●1582(天正10)年
本能寺の変により、逆臣の娘となった玉を、忠興は丹後国味土野に幽閉。

●1584(天正12)年
豊臣秀吉の取り成しで、玉帰館。初めて「こんてむつすむん地」を読み、キリスト教に惹かれる。

●1587(天正15)年
大坂の教会に密かに訪れる。受洗。洗礼名「ガラシャ」。

●1600(慶長5)年
石田三成がガラシャを人質に取ろうとし屋敷に攻め込む。これを拒絶し壮絶な最期を遂げた。

辞世の句
「散りぬべき　時知りてこそ　世の中の
　花も花なれ　人も人なれ」

ガラシャの隠棲地・味土野などを取材旅行する三浦綾子

連載小説

細川ガラシャ夫人

「再びあの味土野に、そなたをかくまえるものなら」
忠興は玉子をひしとかき抱いた——

三浦綾子

中村貞以 画

初出は雑誌「主婦の友」での連載(1973年1月〜1975年5月)

作品の真髄 Essence

細川ガラシャは、細川家を守りぬいた貞婦、烈女として長く語り伝えられてきた一方、その信仰と死はイエズス会の宣教師によってヨーロッパに伝わり、十七世紀末にはウィーンで戯曲「気丈な貴婦人グラティア」が上演された。このような信仰に生きたガラシャが広まったのは明治以降で、芥川龍之介『糸女覚え書』をはじめ多くの作家が描いてきた。当初はガラシャに興味がなかった三浦綾子であるが、資料を読み、取材を重ねるうちに次第に心が熱してきて書き上げたという。「もろもろのご苦難が、お方さまにとって、大きなご恩寵とお思い遊ばすことができますように」という幽閉先での佳代の祈りはその結実であり、苦難を恩寵＝ガラシャとした細川ガラシャ夫人が見事に描き出された。

コクヨ　ケ－E20　20×20

「モデル小説」

『千利休とその妻たち』

茶聖と称されながらも
政治に翻弄された千利休。
その妻たちに着目した異色作の特徴とは？

よいか、宗二。
そなたは確かに、茶の知識も技も、
人に勝って長けている。
茶の湯に寄せる熱心も人を凌ぐ。
だがのう、吾より上の者なしと思っては、
そこで終わりじゃ。
人は決して、己れを天下一と思ってはならぬ。

「黄金の茶室」の章より

千利休　写真　堺市博物館

三浦綾子が自作した湯のみ茶碗

1980年／主婦の友社

あらすじ

茶の湯の世界で頂点に登りつめた千利休（宗易）は、1591（天正19）年に切腹。武力が全ての時代に命を懸けて茶の湯に生きた千利休を支えたのは、その妻・おりきである。利休の第一の妻はお稲であったが、彼の心に深く焼きついていた女性はおりきだったのだ。やがて利休はおりきと結ばれ夫婦となる。そして、おりきはキリシタンに帰依し、信仰の道を歩み始め……。世俗の権力に茶の湯の精神を対峙させ、その葛藤の中で茶人としての生き方に苦悩する利休と、その利休を真に理解し限りない愛で支えた妻おりきの姿が胸に迫る。

人物 About

千利休 せんの りきゅう

●1522(大永2)年
和泉国堺の商家に生まれる。
●1539(天文8)年
北向道陳・武野紹鴎に師事し、茶の手ほどきを受ける。
●1579(天正7)年
織田信長の茶頭として雇われる。
●1582(天正10)年
本能寺の変以後、豊臣秀吉に仕える。
●1585(天正13)年
正親町天皇から「利休」の居士号を勅賜される。
●1586(天正14)年
黄金の茶室の設計・聚楽第の築庭に関わる。
●1587(天正15)年
北野大茶会を主管。
●1591(天正19)年
突如、秀吉の逆鱗に触れ、堺に蟄居を命じられる。
同年4月21日、京都に呼び戻され、聚楽屋敷内で
切腹を命じられる。

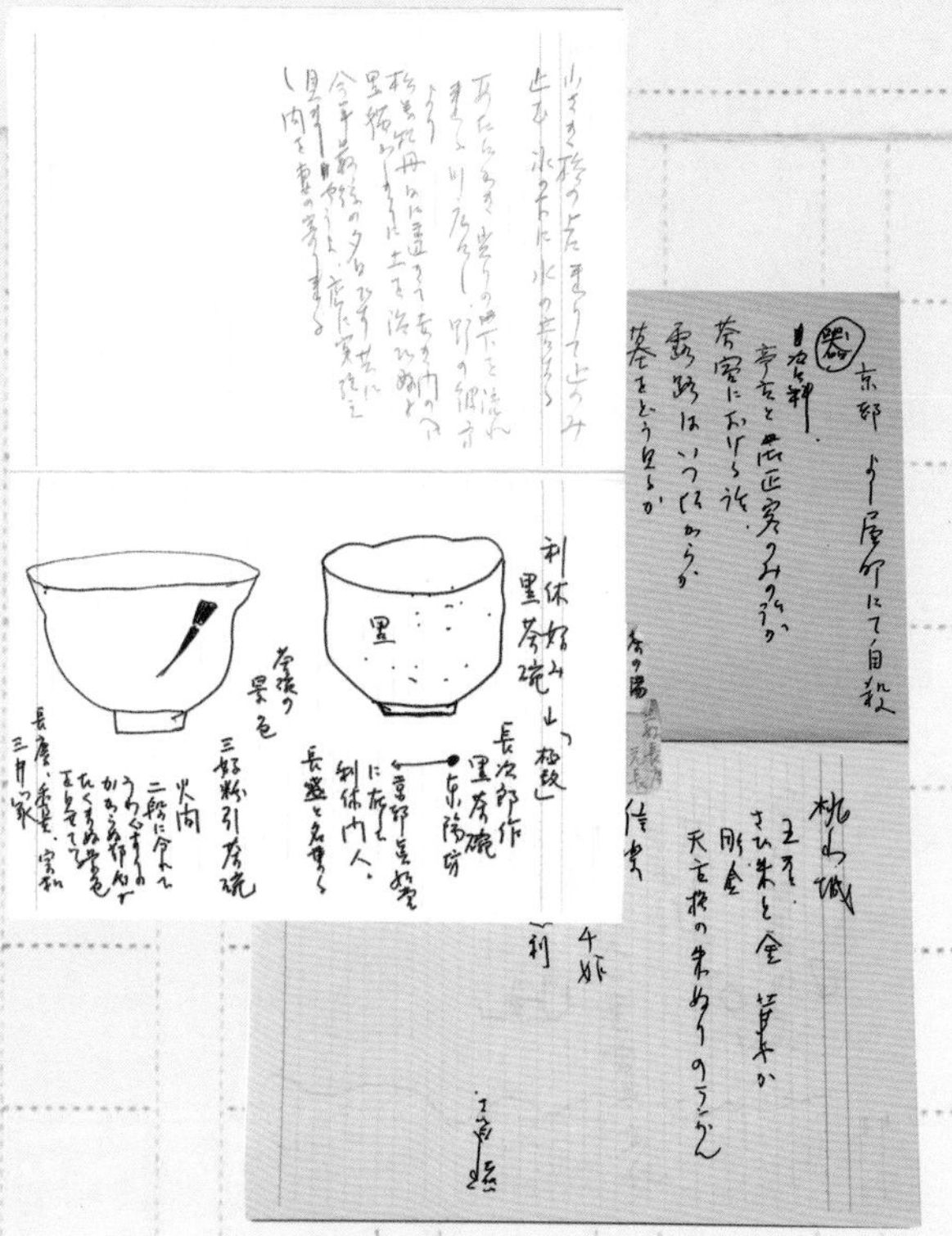

イラストでの描写が多いのも、
三浦綾子の取材ノートの特徴の一つ

青焼き原稿

作品の真髄 Essence

天下一の茶人であり、茶聖とされる茶の湯の大成者である千利休は、豊臣秀吉の茶頭にもかかわらず、切腹を命じられたことでも有名である。

歴史家や茶道の研究者のみならず、多くの作家がこのような利休を取り上げてきた。作品の参考文献の一つ、野上弥生子『秀吉と利休』もそうだが、ここで特徴的なのは作品に奥行きを与える息子(架空)の存在である。

娘に着目したのは今東光『お吟さま』であるが、妻たちを描いたのは三浦綾子が初めてではないか。武将が支配するこの世とは異なる茶の湯の世界を目指した利休にインパクトを与えたのはキリシタンである妻のおりきであったというのは、まさにクリスチャン作家・三浦綾子の独擅場で、綾子ワールドが満喫できる作品である。

「モデル小説」

『海嶺』

名高き事件の被害者ながら、聖書の翻訳に注力した名もなき偉人たち――
三浦綾子の最長編作品！

（お上って何や？　国って何や？）と、呟いた。
傍らに声もなく泣いていた久吉が、不意に嗚咽を洩らした。
そして叫んだ。「もうやめぇーー！　もう撃つのはやめぇーーっ！」
尚も火を吐く砲口に、久吉はたまりかねて叫んだ。（中略）
やや経ってから、岩吉はぽつりと言った。
「……そうか。お上がわしらを捨てても……決して捨てぬ君がいるのや」
その言葉に音吉は、はっとした。

「ああ祖国」の章より

1981年／朝日新聞社

あらすじ

1832(天保3)年10月に知多半島小野浦を出た千石船宝順丸は遠州灘で嵐に遭い、14カ月の漂流の後、北米フラッタリー岬に漂着。マカハ族の奴隷にされた岩吉、久吉、音吉はマクラフリン博士により買い取られ救出される。ロンドンを経由してマカオに着いた彼らは恐れつつもギュツラフ牧師の世界初の聖書の日本語訳に協力。1837(天保8)年7月、彼らを乗せて日本に来た米船モリソン号は、鎖国政策をとる幕府の異国船打払令により砲撃を受けるが、祖国に捨てられた彼らは「決して捨てぬ者」たる神に出逢い……。

人物 About

岩吉・久吉・音吉の軌跡

●1832(天保3)年10月11日

尾張国知多郡小野浦の千石船宝順丸は、積荷の米を満載し、鳥羽から江戸に向けて出航。遠州灘で遭難。生き残ったのは船員14名のうち、岩吉・久吉・音吉の3名。

●1833(天保4)年末〜34年初頭

14カ月あまり太平洋上をさまよい、北米西海岸のフラッタリー岬に漂着。インディアンのマカハ族に救助される。後に、イギリス船の来訪で3人は奇しくも救出され、フォートバンクーバーに引き取られる。ここで初めて英語やキリスト教に出会う。

●1834(天保5)年11月

ハドソン湾会社は3人を日本に送り返すためにイーグル号でロンドンへ出航。

●1835(天保6)年6月

ゼネラル・パーマ号で喜望峰を経てマカオに到着。

●1835(天保6)年12月

ドイツ生まれの宣教師カール・ギュツラフの家に滞在。彼は聖書の翻訳に取り掛かり、3人はそれに関わった。

●1836(天保7)年11月

「ハジマリニ　カシコイモノ　ゴザル」で始まるこの聖書が、現存する最初の日本語聖書・ギュツラフ訳の「ヨハネ伝」「ヨハネ書簡」である。

●1837(天保8)年7月

聖書の和訳を終え、3人は祖国へ。米国船モリソン号はマカオで合流した日本人漂流民らを乗せ、浦賀を目指し出帆。しかし、祖国日本は砲撃をもって日本入国を拒否。

取材旅行にて当時の資料に当たる三浦綾子

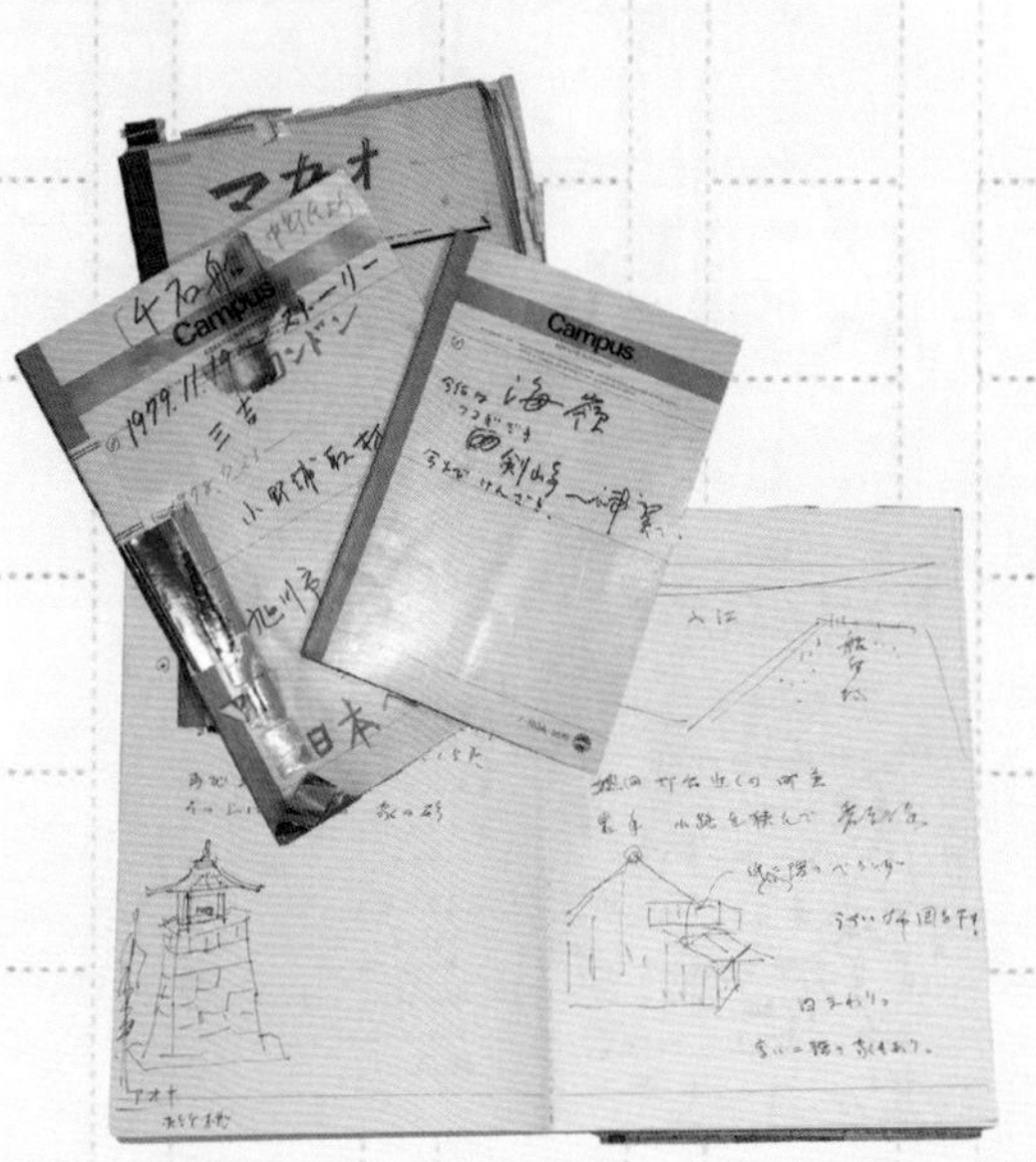

取材ノート

作品の真髄 Essence

『氷点』をはじめ三浦綾子の作品名は簡にして要を得ている。「大洋底に聳(そび)える山脈状の高まり」である地理用語の『海嶺』もまた然り。それは「ほとんど人目にふれない私たち庶民の生きざまに似ている」と綾子が述べるように、歴史上名高いモリソン号事件を取り上げているが、描かれているのはモリソン号が乗せてきた漂流民である。

彼らは鎖国政策で遠洋航行に耐える船を造ることを許さなかった国の犠牲者であった。遠州灘で難破して北米に漂着、その後ハワイ経由でロンドン、そしてマカオから五年ぶりにようやく日本へ。しかし、砲撃を受けて追われ、彼らは異国で生き、死んだ。が、彼らが関わったギュツラフ訳の聖書は日本を開き、変えるものとなった。

コクヨ　ケ−E20　20×20

「モデル小説」

『われ弱ければ──矢嶋楫子伝』

自ら「楫子（かじこ）」と命名し
女性の地位向上に努めた〈強き女〉。
その内には〈弱さ〉が秘められていた──。

わたしは、罪の問題は、神の力に、神の愛にすがるより、
しかたのないことだと思います。
わたしたちの罪を代わりに負ってくださったキリストの十字架を、
しっかりと見上げる以外に、守られる道はないと思います。
わたしは生徒たちに、『あなたがたは聖書を持っています。
だから自分で自分を治めなさい』と、口を開くたびに申しているわけです。

「桜井女学校」の章より

矢嶋楫子　写真　女子学院

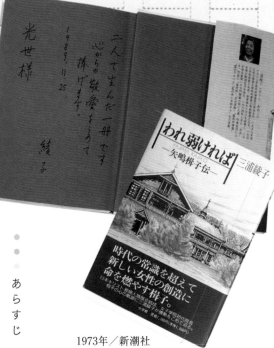

1973年／新潮社

あらすじ

教育者で社会事業家。また東京にある女子学院の初代院長であり、日本キリスト教婦人矯風会の創立者でもあった矢嶋楫子。「愛は意志である」という言葉を実践した明治期の偉大なキリスト教育者を通じて、教育とは何かを問う。

人物 About

矢嶋 楫子　やじま・かじこ

●1833(天保4)年
4月24日、肥後(熊本県)に生まれる。

●1879(明治12)年
信栄教会でD・トムスン(タムソン)により受洗。

●1880(明治13)年
櫻井ちかの依頼により櫻井女学校の校長代理に就任。その後、院長に就任し、1914(大正3)年まで務めた。離婚の経験、教員としての経験から酒害について痛感していた矢嶋は万国キリスト教婦人矯風会の運動に共鳴。

●1886(明治19)年
潮田千勢子、佐々城豊壽らと東京婦人矯風会を結成。

●1893(明治26)年
全国組織の日本基督教婦人矯風会とし、長く会頭を務め、一夫一婦による家庭の浄化、禁酒、婦人救済施設〈慈愛館〉の設置、婦人参政権獲得などの事業を進めたほか、国際会議に出席のため老躯に鞭打って外国へも出張した。

●1925(大正14)年
6月16日、死去。横井小楠は義兄、徳富蘇峰、徳富蘆花、横井時雄、海老名みや(弾正夫人)らは甥、姪に当たる。

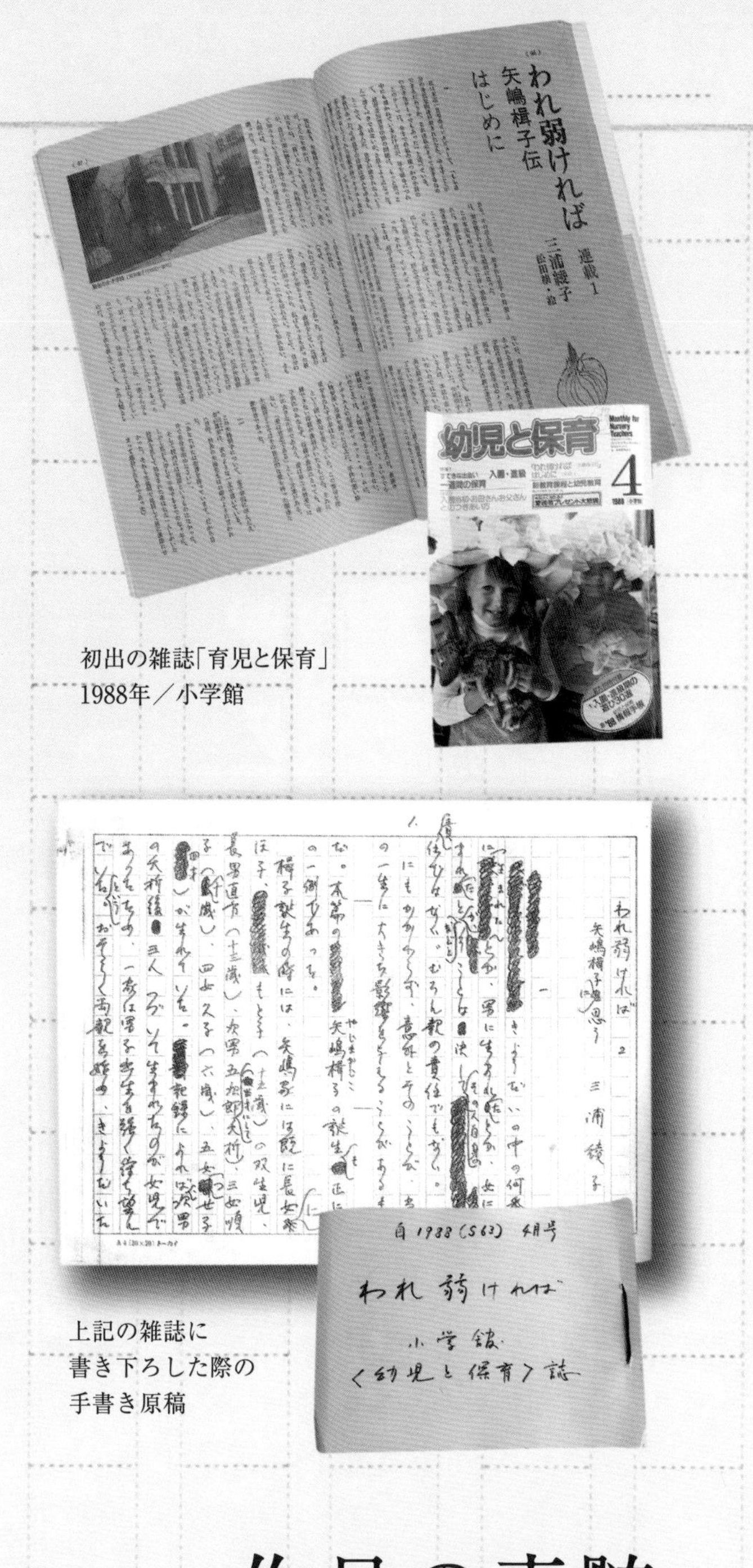

初出の雑誌「育児と保育」
1988年／小学館

上記の雑誌に
書き下ろした際の
手書き原稿

作品の真髄 Essence

近代日本の礎を築いた一人に横井小楠がいるが、熊本の矢嶋家はその関係もあり、多くの傑出した人物を輩出した。五女の楫子もその一人だが、お七夜が過ぎても名前がつけられなかった。〈女〉であったからである。子どもを残して実家に戻らざるを得ない不幸な結婚も〈女〉として強いられたものであった。

やがて、自ら「楫子」という名をつけ、世間に抗うように生き、年下の書生と恋に落ちて子どもも産んだ。後に女子学院初代院長、矯風会会長になったこのような楫子は、甥の徳富蘇峰、蘆花をはじめ多くの非難にさらされてきた。有島武郎の代表作『或る女』でも否定的に描かれているが、三浦綾子は楫子の〈弱さ〉に光をあて、その全体像を浮き彫りにした。

「モデル小説」

『母』

プロレタリア文学の旗手・小林多喜二。拷問死を遂げた息子への母の愛と悲しみをえぐり出す。

小林多喜二の母セキ、81歳のころ
写真　『小林多喜二を歩く』より
提供　小林多喜二祭実行委員会
発行　新日本出版社

1929(昭和4)年に小樽市若竹町の自宅にて撮影され、小樽新聞に掲載された小林多喜二
写真　市立小樽文学館

わだしは小説を書くことが、
あんなにおっかないことだとは、思ってもみなかった。
まさか、小説書いて警察にしょっぴかれるだの、
拷問に遭(あ)うだの、果ては殺されるだの、
田舎もんのわだしには全然想像もできんかった。
そったらおっかないことなら、わだしも多喜二に、
小説なんぞ書くなと、両手ばついて頼んだと思う。

「巣立ち」の章より

あらすじ

セキの一人称によって語られていく物語は、豊かで心を打つ語り口のユニークさによって、多喜二その人と時代を新しい視点から照らし出した。同時に、子を思う切実な愛の深さを伝えることで、日本の庶民の心の真実を現在に呼び返している。時代の重さに堪えぬいた一人の庶民(女性)像を描きあげることで、作者は、庶民の視点に徹しながら「昭和」という時代と日本人の関係を問い直している。

1992年／角川書店

人物 About

小林 セキ

●1873(明治6)年
秋田県北秋田郡釈迦内村釈迦内の小作農の木村伊八の長女として生まれる。

●1886(明治19)年
隣村の下川沿村川口の小林末松に嫁ぐ。

●1903(明治36)年
次男・小林多喜二誕生。

●1907(明治40)年
義兄慶義の勧めで一家は小樽へ移住し、若竹町に住居を定める。

●1924(大正13)年
3月、多喜二、小樽高等商業学校を卒業。
3月、北海道拓殖銀行に勤務。

●1925(大正14)年
3月、多喜二、上京。東京商科大学の試験を受けるが不合格。

●1933(昭和8)年
多喜二、治安維持法違反の容疑で逮捕され、東京築地署で拷問・虐殺される。

●1961(昭和36)年
5月10日、セキ死去。

ロース幼稚園・シオン教会牧師館／晩年のセキが拠り所とし、亡くなった時の葬儀も執り行われた
イラスト　小林金三画集『小樽・街と家並み』より

三浦綾子がセキ・多喜二に関する新聞や書籍に当たっていたことがうかがえる取材ノート

作品の真髄 Essence

プロレタリア文学の旗手であり、それ故に逮捕され、拷問によって命を落とした小林多喜二。その母のセキを描いてほしいと夫・光世に依頼されたものの、多喜二も共産主義もよく知らず困惑する三浦綾子が執筆を決めたのは、「多喜二の母は受洗した人だそうだね」の一言だった。同じ信仰者として、生きる視点が同じだと思ったからである。

取材する中で受洗していないことが判明、意欲を喪失したこともあったが、より深く調べることによって感動のうちに書き終えた。十字架から降ろされたキリストの亡骸を抱く母マリアを描いた〈ピエタ〉をそこに見いだしたからである。子に先立たれた親の悲しみ、という以上に愛するものを理不尽に奪われ取り残された者のやり場のない悲しみがそこにあった。

「モデル小説」

『岩に立つ ある棟梁の半生』

三浦夫妻の家を建築したのは、豪放磊落な棟梁だった！
職人言葉でつづられる〈男の中の男〉の伝記。

1979（昭和54）年、自らが建築した三浦家の前で『岩に立つ』を手にする鈴木新吉（左）と三浦夫妻

手斧かけしている鈴木

（しめた！　罰を当てない神がいた）
あっしはほんとにそう思いました。
それがとにかく、それがほんとなら、
こんなにうれしいことはありませんや。

「洗礼」の章より

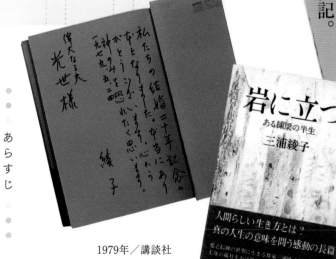

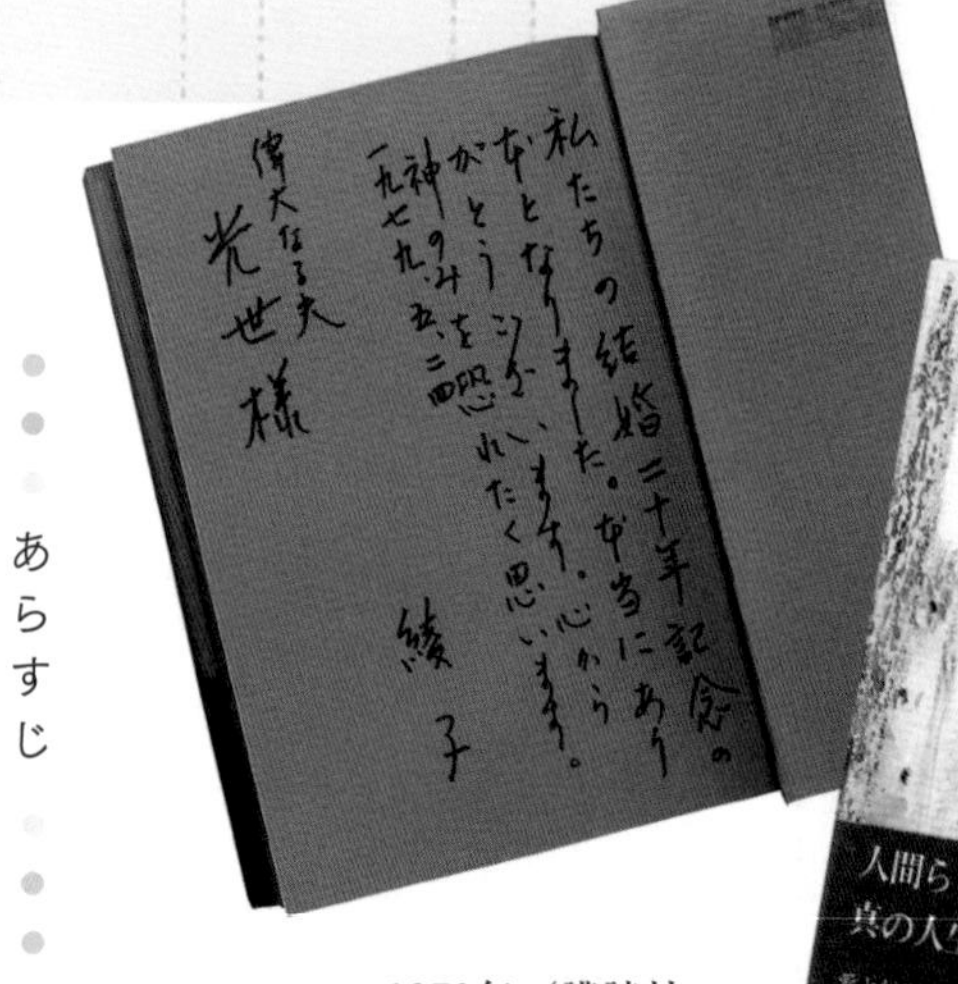
1979年／講談社

あらすじ

三浦綾子文学の生誕の場所とも言える自宅を建築した棟梁・鈴木新吉。その生涯を綾子が親しみやすい職人言葉で描いたという、一風変わったキリスト者の伝記だ。

綾子は同著のあとがきにて同氏を「からだを殺しても魂を殺すことのできない者どもを恐るな」の生き方を実践した人物として紹介している。

人物 About

鈴木 新吉　すずき・しんきち

●1903(明治36)年
3月20日、宮城県塩釜市の津賀乃村の農家の次男として生まれる。その後に、旭川の米飯(ペーパン)で子供時代を過ごす。

●1915(大正4)年
旭川大有小学校を卒業。父を介して人望のある田中棟梁のもとに弟子入り、20歳の頃には一人前の職人になる。

●1927(昭和2)年
向井病院の院長、沼崎重平先生のお世話で看護婦のナミさんと結婚。

●1937(昭和12)年
旭川福音ルーテル教会でサオ・ライネン先生より洗礼を受ける。

●1961(昭和36)年
三浦夫妻の依頼で市内東町3丁目(現豊岡2条4丁目1番地)に新居を建築。

●1971(昭和46)年
三浦夫妻の新居を、旧宅と同町内の豊岡2条4丁目5番地に建築。

●1979(昭和54)年
鈴木新吉をモデルに書いた『岩に立つ』が講談社より書き下ろしで刊行。

●1997(平成9)年
横須賀市に在住する長男・日出男のもとで死去。

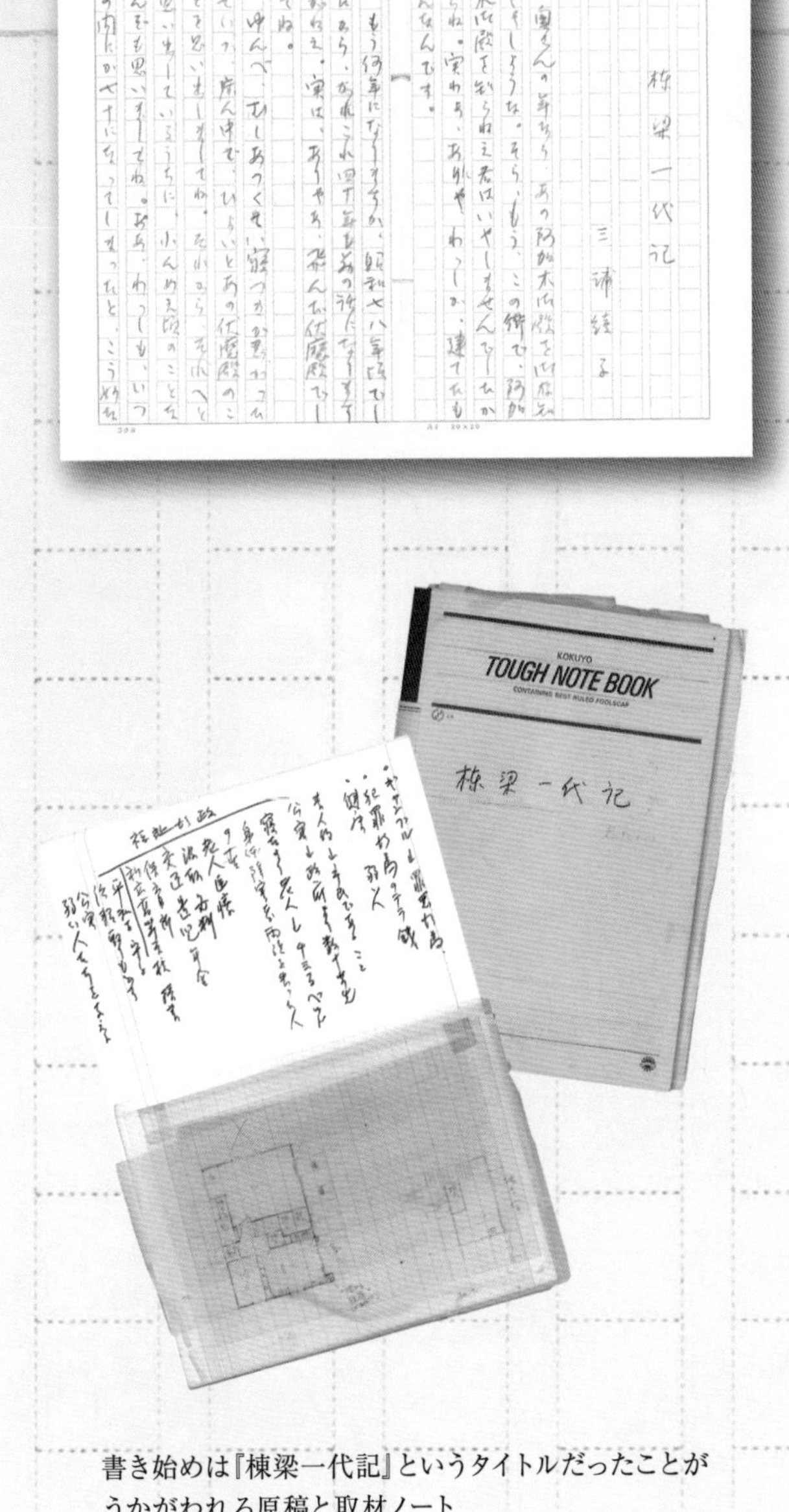

書き始めは『棟梁一代記』というタイトルだったことがうかがわれる原稿と取材ノート

作品の真髄 Essence

「男の中の男」と三浦綾子に言わしめた三浦の家を建てた棟梁で、キリスト信者の鈴木(作中では鈴本)新吉をモデルとした小説。いまだ決して人を恐れたことがない新吉は、軍隊では上官、帰還後は特高刑事にも臆することはなく、正しいと信ずることは決して譲りはしなかった。

新吉の「あっしの無鉄砲は、このおやじ譲りでしょうか」から「親譲の無鉄砲」で始まる夏目漱石『坊っちゃん』を思い浮かべるが、坊っちゃんのその後に漂う憂いとは無縁である。「話がしめっぽくなりました」と言ってはいても新吉はそのまま揺らぐことはない。それは、新吉が「罰を当てない神」と出会ったからである。全てを受け入れてゆるす絶対の存在に拠って立つ人生がここにある。

「モデル小説」

『愛の鬼才 ―西村久蔵の歩んだ道―』

札幌にある洋菓子店ニシムラの創業者・西村久蔵。その素顔は前川正と同じ教会員で、「キリストを伝える」人生を歩み始める三浦綾子の背中を押した〈愛〉の化身だった――。

西村久蔵

日本キリスト教会札幌北一条教会

久蔵は無言のまま、くるりと背を向けると、黒板に大きく、
〈感激なきところに人生なし〉と書いた。
そしていつものように、一人々々の顔を順々に見つけてから
高まる感動を抑えて、「お早う」と笑顔を見せた。

「第六章」より

1983年／新潮社

あらすじ

札幌商業学校の教師時代の西村久蔵は、生徒たちと真摯に向き合う教育者だった。洋菓子店ニシムラを創業後は、経営者またキリスト者として人々を導いていく。戦後は、戦争に参加した罪の意識を贖(あがな)うかのように、引揚者向けの農村建設に奔走するが――。

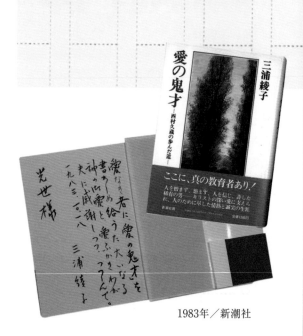

人物 About

西村 久蔵 にしむら・きゅうぞう

●1898(明治31)年
5月11日、父伸夫、母カクの長男として、小樽に生まれる。

●1916(大正5)年
満18才で札幌北辰教会(現日本キリスト教会札幌北一条教会)にて受洗する。

●1918(大正7)年
小樽高商(現小樽商科大学)に入学。

●1923(大正12)年
札幌商業学校(現北海学園札幌高等学校)教諭として奉職。

●1929(昭和4)年
教諭の傍ら家業としてパンと洋菓子店の経営を始める。百円ケーキ提供の母体をつくる。〈教育は感化である〉との信念をもち、多くの人材を育てる。福音の伝道、禁酒禁煙運動のため路傍説教をする。

●1937(昭和12)年
7月、主計少尉として、出征する。

●1945(昭和20)年
8月15日、終戦を、主計大尉として奈良駐屯地で迎える。10月末に復員、キリスト者として平和に徹せず戦争に参加したことを悔いて、キリスト村建設を企画する。

●1948(昭和23)年
江別郊外にキリスト村建設を計画して実行する。

●1953(昭和28)年
7月12日、過労のために死去。

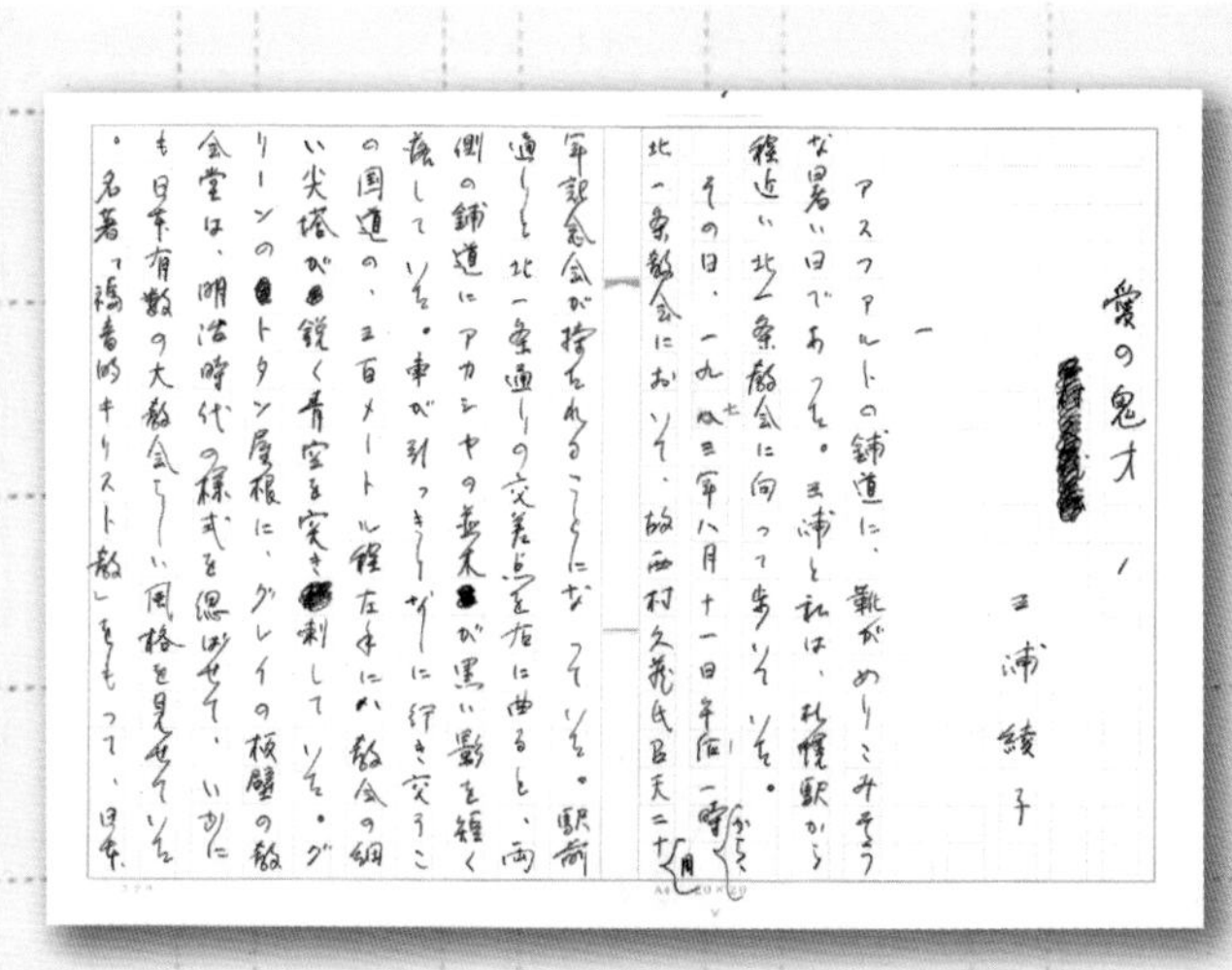
愛の鬼才
三浦綾子

『愛の鬼才』の原稿用紙

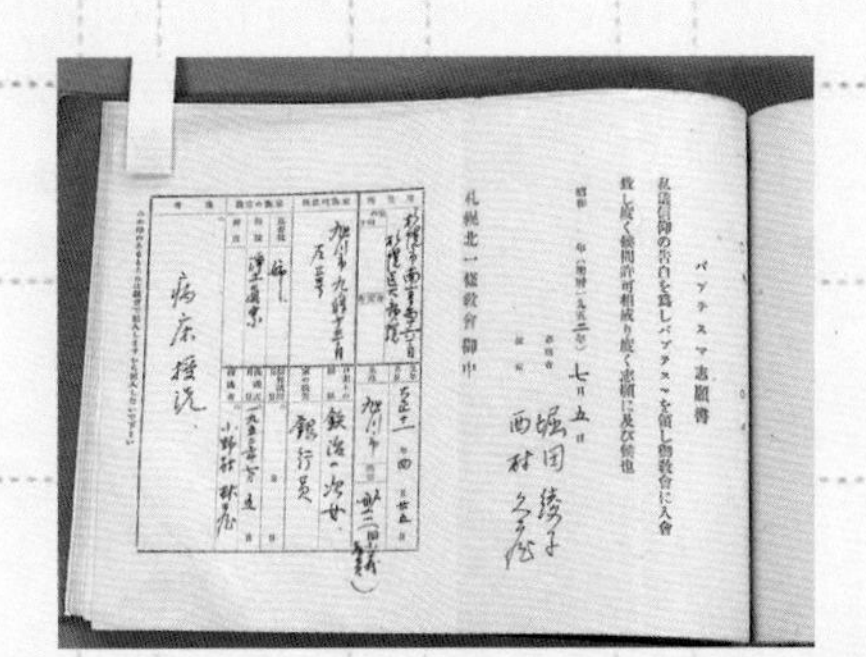

日本キリスト教会札幌北一条教会に保管されている三浦綾子のバプテスマ志願書。教保の欄には西村久蔵の署名がある

作品の真髄 Essence

脊椎カリエスの診断で、明日からギプスベッドという日に西村久蔵の導きで三浦綾子は病床で受洗。「この病床において……この姉妹を……神のご用にお用いください」との西村の祈りに、病床が働きの場であるならば自分の生涯は充実したものになると、綾子の心は奮い立った。この働きの場は、やがて『氷点』で作家となってからは文学の世界となっていく。

このように綾子を綾子たらしめた西村は、綾子の病床を訪れてからわずか1年4カ月で急逝。その死を知った綾子の号泣から30年後に『愛の鬼才』は書かれたが、その存在は時を超えて人の心をゆり動かしてやまず、思い出はその人の生きる力になってよみがえる。「愛とは過去にならないものだ」と綾子は述べる。

コクヨ ケーE20 20×20

「モデル小説」

『ちいろば先生物語』

キリストを乗せた「小さなロバ」を自らに例えた牧師の生涯を、海外取材で書き上げた一作。

榎本保郎　写真　ヤヨイ写真館

取材ノートには、取材旅行の緻密なスケジュール表も残されている

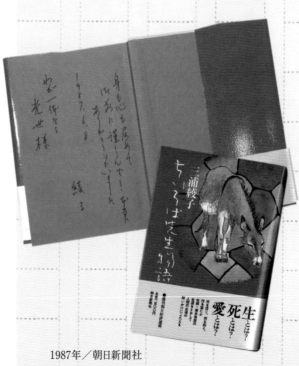

1987年／朝日新聞社

あらすじ

日本基督教団牧師で〈アシュラム〉運動推進者でもあった榎本保郎。数多くの講演を行い、海外まで及ぶ広範囲なアシュラム(退修会)活動に精を出した彼は、幾多の著書を世に送り出すなど精力的な伝道活動の内に世を去り……。その生涯を、三浦綾子は海外への取材旅行を敢行して書き上げたという伝記作家としての一面がうかがえる作品だ。

人物 About

榎本 保郎　えのもと・やすろう

●1925(大正14)年
5月5日、兵庫県淡路島に生まれる。

●1955(昭和30)年
同志社大学神学部卒業。

●1958(昭和33)年
日本基督教団正教師となる。

●1963(昭和38)年
4月、今治教会牧師に就任。E・S・ジョウンズによって紹介された独特の集会様式による〈アシュラム〉運動に投じた。

●1975(昭和50)年
今治教会を辞任し肝硬変に冒されつつ〈アシュラム〉運動の普及に専心した。

●1977(昭和52)年
7月27日、2回目の海外アシュラムの旅先で容態が急変し、ロサンゼルス市内の病院で死去。

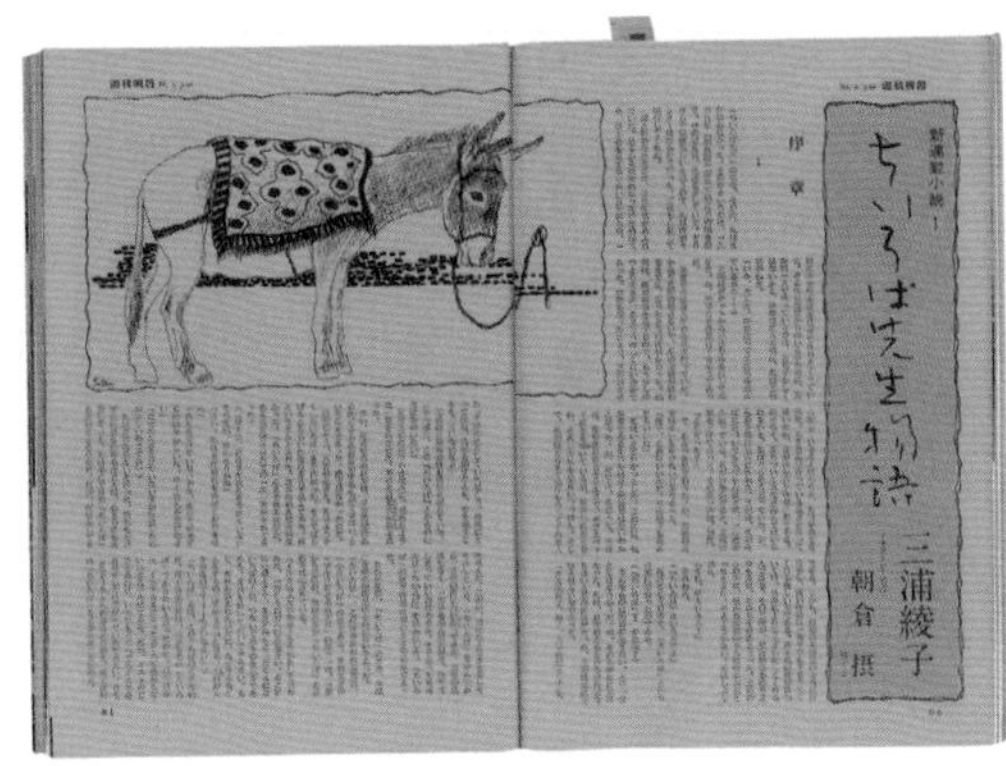

初出の雑誌「週刊朝日」(1986年1月〜1987年3月)

保郎はせっせと野村和子に手紙を書いた。
〈ぼくはちいろばです。小さなろばです。
自分は小さなろばであっても、
主のご用とあらば、世界の涯までも、
イエスさまをお乗せして、
素直に歩む者でありたいと思います〉

「ちいろば」の章より

1984年6月、取材旅行でギリシャを訪れた三浦夫妻

作品の真髄 Essence

〈ちいろば〉とは小さなロバのこと。エルサレム入城の時にイエス・キリストが乗った子ロバに由来する。この〈ちいろば〉のように「主の用」に力いっぱい応えてきた稀代の伝道者〈ちいろば先生〉こと榎本保郎牧師の生涯である。

反対を押し切って入った旅順の師範学校は1カ月も続かず、「皇民の錬成」に燃えた代用教員となるが出征。「日本の国」のために命を捧げるも敗戦。キリシタン殉教史に感銘を受け同志社大学神学部に入るが、1カ月で見限り、自殺未遂。それが、宣教師からもらったズボンのポケットの1ドルから林間学校、日曜学校、保育園、教会設立へと「わらしべ長者」のようになっていく。いわゆる〈逆転人生〉だが、そこに〈主〉が存在したことを証しした作品。

コクヨ　ケ−E20　20×20

「モデル小説」

『夕あり朝あり』

激動の日々を生き抜き96歳で召天するまで、三浦綾子との親交を重ねた白洋舎の創始者。

五十嵐健治（左から2番目）の自宅を訪れた三浦綾子と母のキサ（右端）

白洋舎の箱車。明治末期から大正にかけて、白洋舎では特に外交に力を入れていたという

あらすじ

五十嵐家の養子となり、戦争をはじめ激動の時代に翻弄されつつも日本が世界に誇るクリーニング・チェーン「白洋舎」を創業した五十嵐健治。三浦家との親交も深く、18歳で受けた洗礼から96歳での召天までひたすらにキリスト者として奔走した。三浦綾子が『続氷点』で登場させたヒロインの祖父のモデルとして頭に描いたのは、その姿であったと作家自身があとがきで語っている。

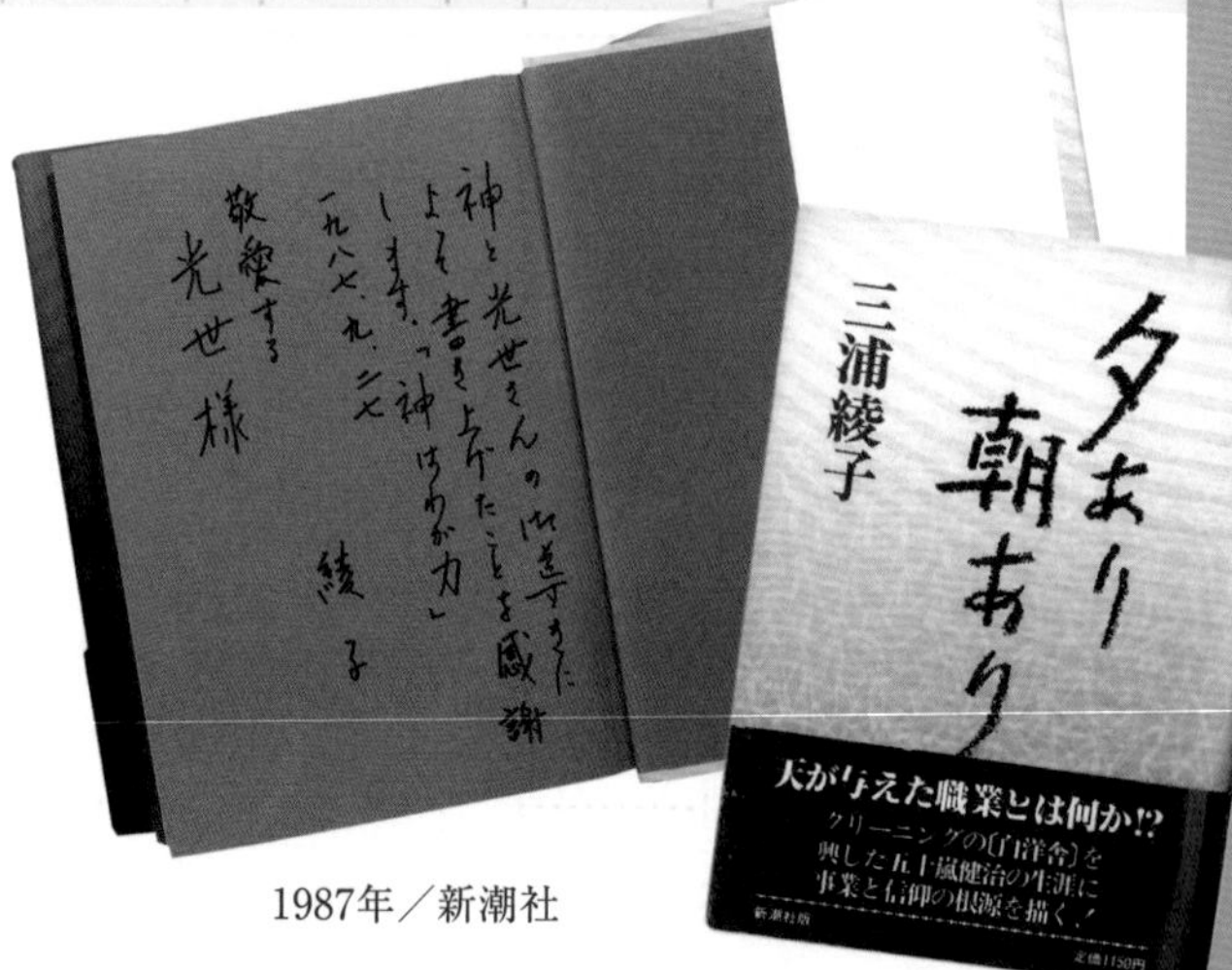

1987年／新潮社

人物 About

五十嵐 健治 いがらし・けんじ

●1877(明治10)年
3月14日、新潟県で船崎資郎の次男として出生。五十嵐家の養子となる。

●1896(明治29)年
小樽市においてキリスト教に入信。

●1906(明治39)年
日本橋区呉服町四番地に日本最初の乾燥洗濯業を創始。

●1920(大正9)年
5月、株式会社組織に改め、株式会社白洋舎社長に就任。7月、全日本ドライクリーニング安全協会を設立し、理事長になる。

●1936(昭和11)年
1月、渡米。主として安全事業を視察、4月帰朝する。

●1937(昭和12)年
12月、家庭安全協会を設立する。

●1941(昭和16)年
12月、株式会社白洋舎相談役に就任。

●1965(昭和40)年
11月、勲三等瑞宝章授与される。

●1972(昭和47)年
4月10日、心臓衰弱のため死去。
著書『詩篇の味わい』他3冊刊行。

どんな目に遭うのも人生の勉強だと、一応は自分なりに覚悟を決めて走って行った。とにかく財布の中には一銭もない。松本まで行って放り出されたら、仕方がない、寺か神社の縁の下にでも眠ろうと、ま、こうなりゃあ強いものです。

「疾走」の章より

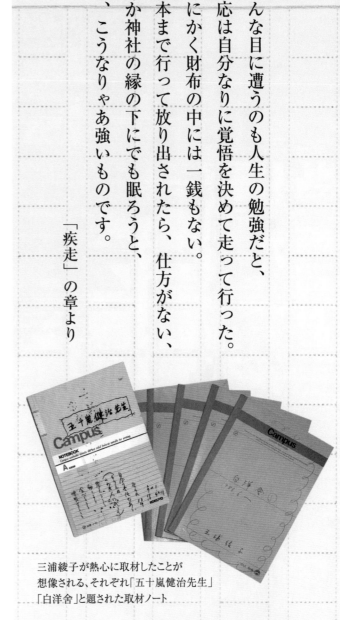

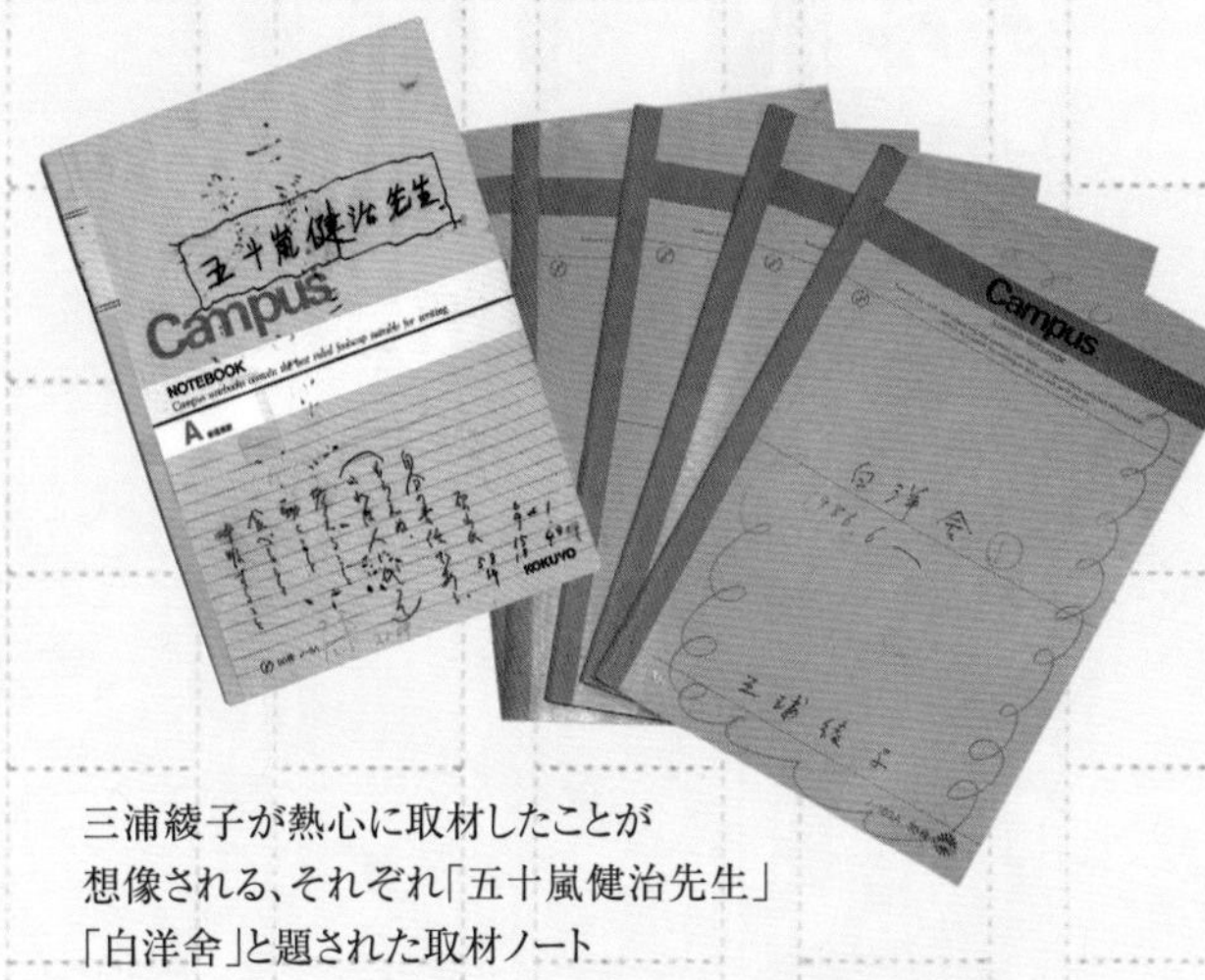

三浦綾子が熱心に取材したことが想像される、それぞれ「五十嵐健治先生」「白洋舎」と題された取材ノート

作品の真髄 Essence

自宅療養の三浦綾子と文通、96歳で召天するまで交流が続いた五十嵐健治は、日本におけるドライ・クリーニングの創始者で、東洋一といわれた白洋舎の創業者である。

この健治だが、『氷点』の当選を「小説など書いては、信仰が失われるのでは」と心配したという。小説は人を堕落させると思われていた明治の生まれだったからである。

立身出世を目指して各地を放浪、日清戦争では軍夫として参戦、三国干渉に立腹して密偵になるべく北海道に渡ったもののタコ部屋へ、そこからの逃走先で出会ったのは聖書であった、と冒険小説さながらの健治の人生は、上京後いっそうドラマチックに展開する。

書名は聖書の「創世記」に由来するが、そこには「神はこれを見て、良しとされた」ともある。

コクヨ　ケーE20　20×20

「大河小説について」ついて」

大河小説とは、第一次世界大戦の直後からヨーロッパで流行りだした一群の大長編小説で、大河のような様相を呈していることからフランスの小説家であるアンドレ・モロワが命名したものである。ロマン・ロラン『ジャン・クリストフ』やロジェ・マルタン・デュ・ガール『チボー家の人々』などで「第一次大戦の衝撃で、個人が大社会の現実に呑み込まれ、そのなかで存在を失っていく経験をした人々が、あらためて個人と社会の巨大な機構との間の関係を考え始めたことが、一群の作品として現われたもの」（及川茂）とされる。時代や社会、国家に翻弄される人々を様々に描き続けてきた三浦綾子文学には、このような大河小説と呼ぶにふさわしいものが多い。

『天北原野』の取材ノート

『天北原野』

激動の戦前戦後、
運命にひき裂かれた男女の苦難と愛の行方とは？

利尻礼文サロベツ国立公園　写真　サロベツ・エコ・ネットワーク

あらすじ

深く愛し合うも残酷な運命の手により離れ離れになった孝介と貴乃。それぞれ別の人生を歩み、戦争をはさんだ長い歳月を経て、二人はエゾカンゾウの咲くサロベツ原野に立つ。この長編小説はまた、激変の昭和を生きた者たちの物語でもある。

初出の週刊朝日で連載された際の
第１回誌面（1974年11月〜1976年４月）

Essence

作品の真髄

「善人が、なぜ故なき苦難にあうのか」〈作者の言葉〉という〈苦難の意味〉にクリスチャン作家として本格的に向き合った最初の作品。三浦綾子文学の多くがそうであるように大上段に構えるのではなく、大正末から敗戦後の激動の時代に北海道と樺太（サハリン）を舞台とした孝介と貴乃の引き裂かれた愛の物語を主軸に、読者の共感を呼びつつ描く。「ほしけりゃ、手に入れろ。それが男っつうもんだ」の父の言葉で貴乃を力づくで手に入れ、後には妹のあき子をも死に追いやる完治はいわゆる悪人だが、人の心をつかみ魅了する人物として描き、一筋縄ではない〈悪〉を明らかにすると共に、不幸や悲劇の根源に存在する〈欲望〉を解き明かし、〈戦争〉の正体にも迫る。

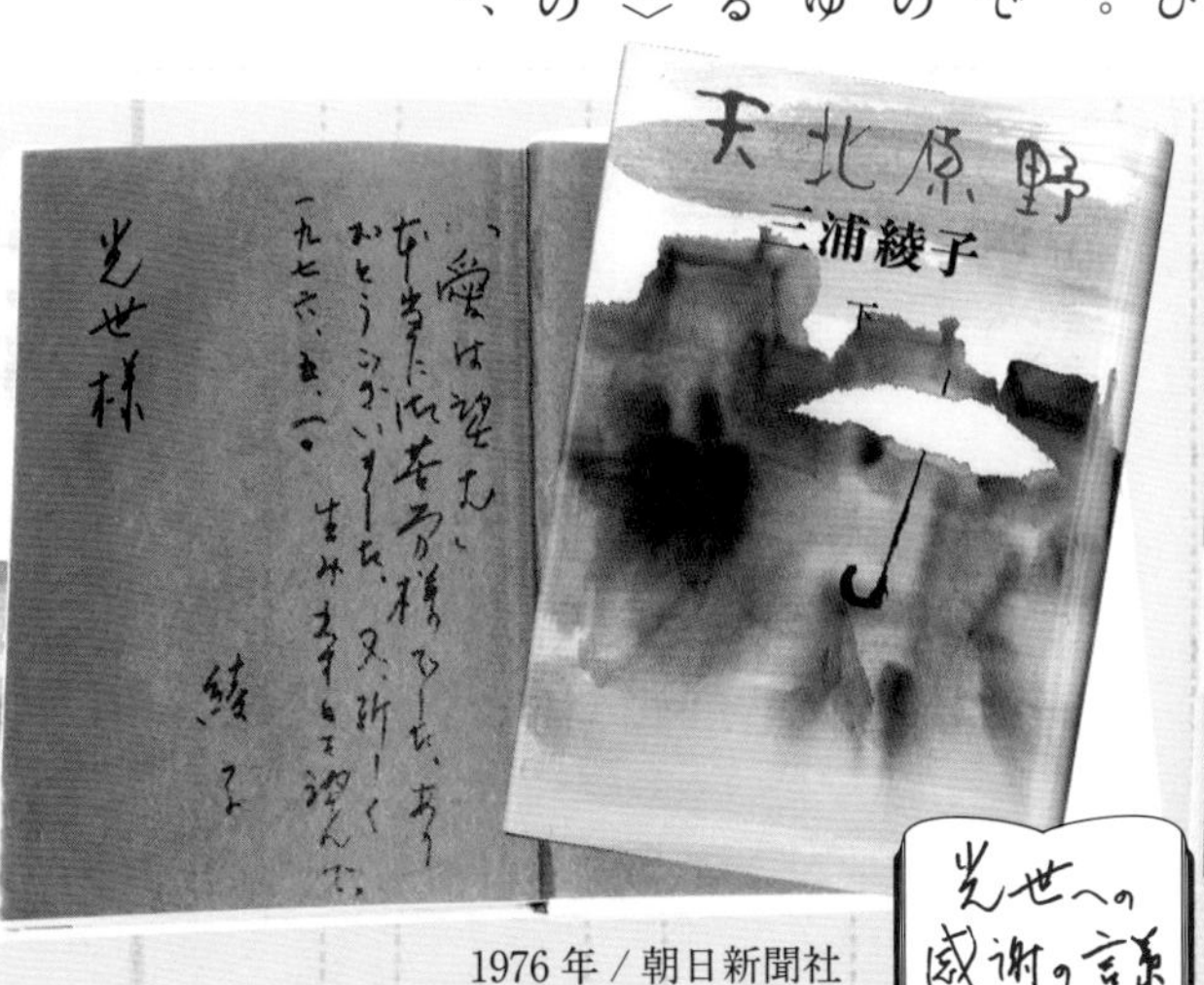

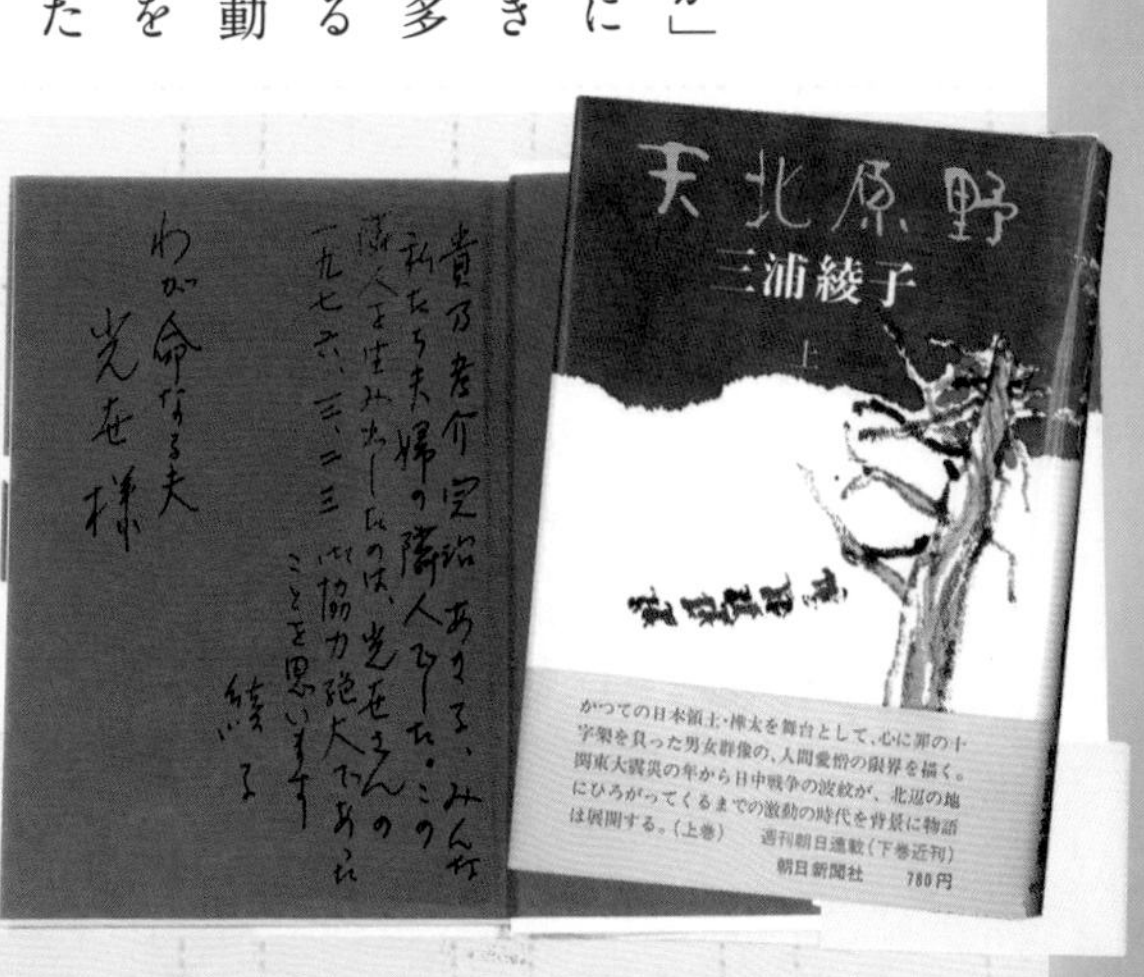

1976年／朝日新聞社

光世への感謝の言葉

『泥流地帯』『続泥流地帯』

1975（昭和 50）年、現地取材のため十勝岳中腹の泥流の跡を訪れた三浦夫妻

●●● あらすじ ●●●

上富良野の開拓農家の兄弟、石村拓一と耕作は父を喪（うしな）い母と離れて暮らしている。拓一は借金のため深雪楼に身売りされた福子への愛を胸に農民として逞（たくま）しく成長し、耕作は小学校教師に。しかし1926（大正15）年5月24日、十勝岳大爆発による泥流は全てを押し流し多くの命を奪う。復興は困難を極めるが、帰郷した母の祈りに支えられ、拓一は吉田村長らと共に再建に奔走。耕作は時に虚無的になるが、自らの生まれを嫌悪しつつも耕作を愛する深雪楼の娘・節子は、遂に実った稲に拓一が鎌を入れる朝、ある決断をし……。

Essence

作品の真髄

『泥流地帯』は1926（大正15）年の十勝岳噴火による泥流で壊滅状態となった上富良野開拓地に取材した長編小説で、正・続あるが、本来は一つの作品として構想された。天変地異に繰り返し翻弄されてきた私たちは、鴨長明『方丈記』をはじめ雲仙岳の火山性地震とその後の山体崩壊を描いた白石一郎『島原大変』など数々の災害文学というべきものを持っている。『泥流地帯』もそのような災害文学を代表するものだが、それ以上に全てを無にする泥流という〈苦難〉の意味を問いつつ、再生を図ろうとする〈人間〉に軸足を置く。「まじめに生きていても、馬鹿臭いようなもんだな」と言う耕作に「もう一度生まれ変わったとしても、おれはやっぱりまじめに生きるつもりだぞ」という拓一の言葉は胸を打つ。

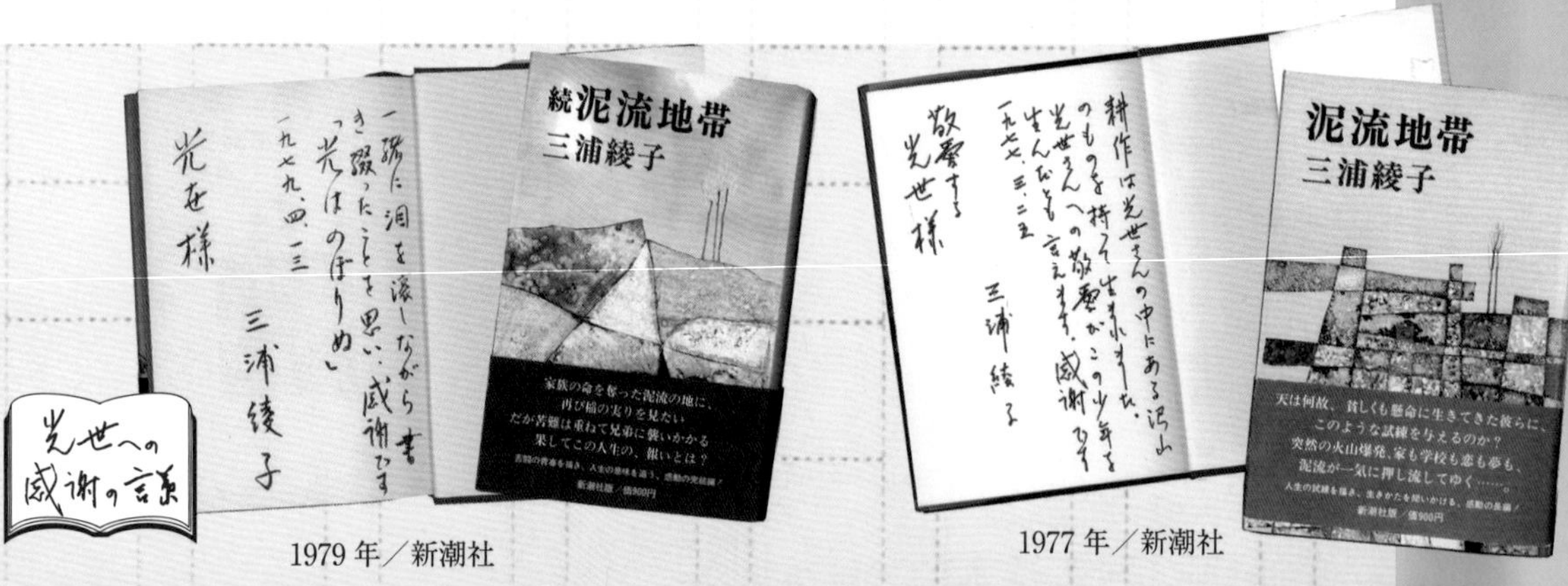

光世への感謝の言葉
続泥流地帯
三浦綾子
泥流地帯
三浦綾子

1979 年／新潮社

1977 年／新潮社

「大河小説」

『青い棘』

あらすじ

息子の嫁に亡き先妻の面影を見出す大学教授・邦越康郎。その密かな思いの一方で、嫁も心の片すみでは夫より舅を信じている。中国人強制連行殉難事件をはじめとした遠き戦争の記憶がよみがえる中、愛とは何か——その深淵に迫る。

1982年／学習研究社

Essence

作品の真髄

若くして死別した前妻に声がそっくりの息子の妻（嫁）に妖しいゆらめきを覚える舅という通俗的な設定も、軍人として江田島で敗戦を迎え、今は歴史学者となって旭川に居を構える大学教授・邦越康郎の息子夫婦、娘夫婦を含めた一家の、敗戦後30年の〈今〉として描くことで、作品は異彩を放つ。当時、話題となった海外での日本人による買春旅行にも触れ、経済的な繁栄の道をたどり始めた日本を支配する〈金〉と〈性〉への底知れぬ欲望を炙り出し、加害の問題をも露わにした。現代小説ではあるが、三浦綾子の歴史認識が貫かれ、あらゆるものを非人間化した戦争と国家（権力）について深く問う作品となっている。

「大河小説」

『嵐吹く時も』

あらすじ

三浦綾子が祖父母のキャラクターに想を得て、虚実織り交ぜ紡いだ一作。中津志津代の母で魔性の魅力を持つふじ乃の行動が周囲に波紋をもたらし……。明治・大正・昭和と続く社会情勢を背景に、国や国民の本質を問う。

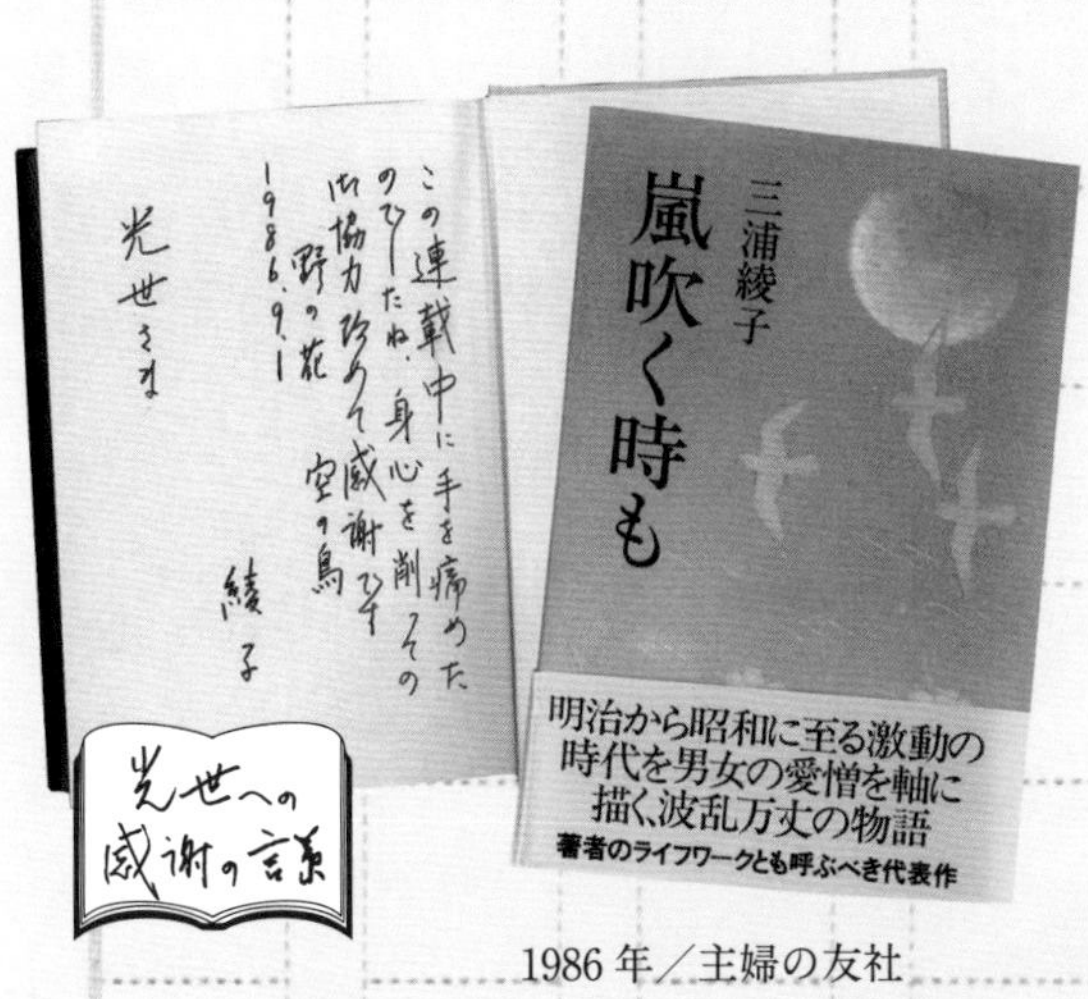

三浦綾子
嵐吹く時も
明治から昭和に至る激動の時代を男女の愛憎を軸に描く、波乱万丈の物語
著者のライフワークとも呼ぶべき代表作
光世への感謝の言葉

1986年／主婦の友社

Essence

作品の真髄

三浦綾子の父が生まれた沖の彼方に天売・焼尻の二つの島が眉のように見える苫前を「苫幌」とし、佐渡出身の父方の祖父母など血肉をモデルにした「毛色の変わった小説」（あとがき）。モデルといっても、それは登場人物の性格を指し、ストーリーが事実ということではない。身売りのような結婚で北海道に渡った天性の女ふじ乃の一夜の過ちで生まれた子どもをめぐる二つの家族の物語だが、時代背景を日露戦争終結後から大正末とし、自由民権や社会主義運動を組み込むことで、「男と女のこと」や「誰の子か」という極めて個人的な事柄を社会や国家の問題ともした野心作。タイトルは讃美歌405「神ともにいまして」に拠る。

一見、マイナスに見える体験というものが、
どんなに人を育てるための大事な体験であることか。
そのマイナスの体験が、やがて、
多くのプラスに変わるのではないだろうか。

『愛すること信ずること』より

3

第三章　伝える言葉
手渡したい言葉

三浦さんご夫妻の思い出

北海道新聞記者　青山　秀行

1999（平成11）年4月14日水曜日。昼下がりのことだった。三浦綾子さん担当だった私は、いつものように豊岡の三浦邸に足を運んだ。特に用事があったわけではなかったと思う。玄関に見慣れないいくつもの靴が並んでいた。居間が少し騒がしい。「何かいつもと違う」と思った。

綾子さんは居間の奥の部屋に横たわっていた。2日前から高熱が引かないのだという。光世さんが病状を説明してくださった。

「4時間10分かかりました」。2日前の夕食を食べるのにかかった時間のことだ。大雑把な4時間ではなく「4時間10分」。あわただしい緊急事態なのに、光世さんの説明は相変わらず細かい。ああ、大雑把さと繊細さが同居する三浦綾子さん、光世さんご夫妻の「らしい表現」だなあと感じた。

私をはじめ、その場にいた人は全員「すぐに入院させるべきだ」と勧めた。光世さんは少し迷っていたように見えた。「綾子が自宅にいられるのは、これが最後なのではないか」との思いがあったのかもしれない。実際、綾子さんはこの日を最後に自宅に戻ることはなかった。

肺結核、脊椎カリエスなどと闘い、自ら「病気のデパート」と称していた綾子さん。亡くなる直前に患っていたのはパーキンソン病だった。もしかしたら投薬の副作用かもしれないが、綾子さんは幻覚らしきものを見ることがあったという。

三浦邸には8トラックカセットのカラオケ機器があり、私は夫妻とカラオケをたびたび楽しんだ。光世さんは「月の沙漠」を歌い、私は「襟裳岬」「青葉城恋唄」などを歌った。ソファーで仰向けに休んでいる綾子さんは、両手を真上に伸ばし、拍手をよくしてくれた。興にのってくると「光世さん、起こして」と言い、とても楽しそうな表情になった。紅葉が色づき始めた10月初旬のある日、こんなことがあった。カラオケの途中で突然綾子さんは話しだした。「クリスマスも終わったし、何か節目節目に、ごにょごにょごにょ」。光世さんは「綾子、何を言ってるんだい。クリスマスはまだなんだよ」と困った表情だった。そう言われ、綾子さんは黙り込んでしまった。せっかくご機嫌だったのに、話の腰を折られ病人の表情に戻ってしまった。残念なエピソードだが、今も覚えている。

「懐かしいって気持ち。とても大事だと思う」。1998年6月、文学館が完成する直前の頃、綾子さんがよく口にしていた言葉だ。文学館を訪れる人に、懐かしいという情を持ってほしい。そう綾子さんは言っていた。生まれ育った旭川の街並み、大雪の山々、カタクリの群落、綿帽子のナナカマド、キリスト者としての祈り。綾子さんはそれらを見て「懐かしい」と口にしただろうか。懐かしいと思う心があれば、争いは生まれない。人を憎み妬む感情は湧かない。病魔と闘い続けた人生かもしれないが、目を細め、何かを懐かしむあの表情に、病魔への憎しみはなかったのかもしれない。ただあったのは、土地への愛、人への愛、そして神への愛だったのだろう。

時々、ご夫妻の笑顔を思い出す。光世さんの包み込むような笑顔、綾子さんのニヤリと挑むような笑顔。私自身、時折あの笑顔に己の生き方を問われているのではないかと感じている。

写真　相沢 明

1980（昭和 55）年、大島にて

「大河小説」

『銃口』

国家と民衆の関係に迫る
三浦綾子、最後の長編小説。

『銃口』で第一回井原西鶴賞を受賞し、喜ぶ二人
1996（平成8）年

井原西鶴賞受賞のメダル

あらすじ

1926（昭和元）年、旭川の少年・北森竜太は担任の坂部先生に憧れ教師を志す。やがて竜太は教師となり小学校に赴任。かつての同級生との愛を育みながら教育に熱中するが、生活綴方（つづりかた）教育の集会に出席したことから治安維持法違反で拘留される。厳しい取り調べの後に釈放されるが、待ち受けていたのは教職剥奪と坂部先生の死という現実だった。虚無感に苛まれる竜太に赤紙が届く。1945（昭和20）年、満州での敗戦。竜太は逃避行中、朝鮮満州国境付近で抗日義勇軍の一隊に捕らえられる。しかし、その軍の隊長は、かつて日本でタコ部屋から逃亡中に竜太とその父によって助けられた朝鮮人・金俊明だった。

1994年／小学館

銃口！
三浦綾子
Campus
NOTEBOOK
KOKUYO

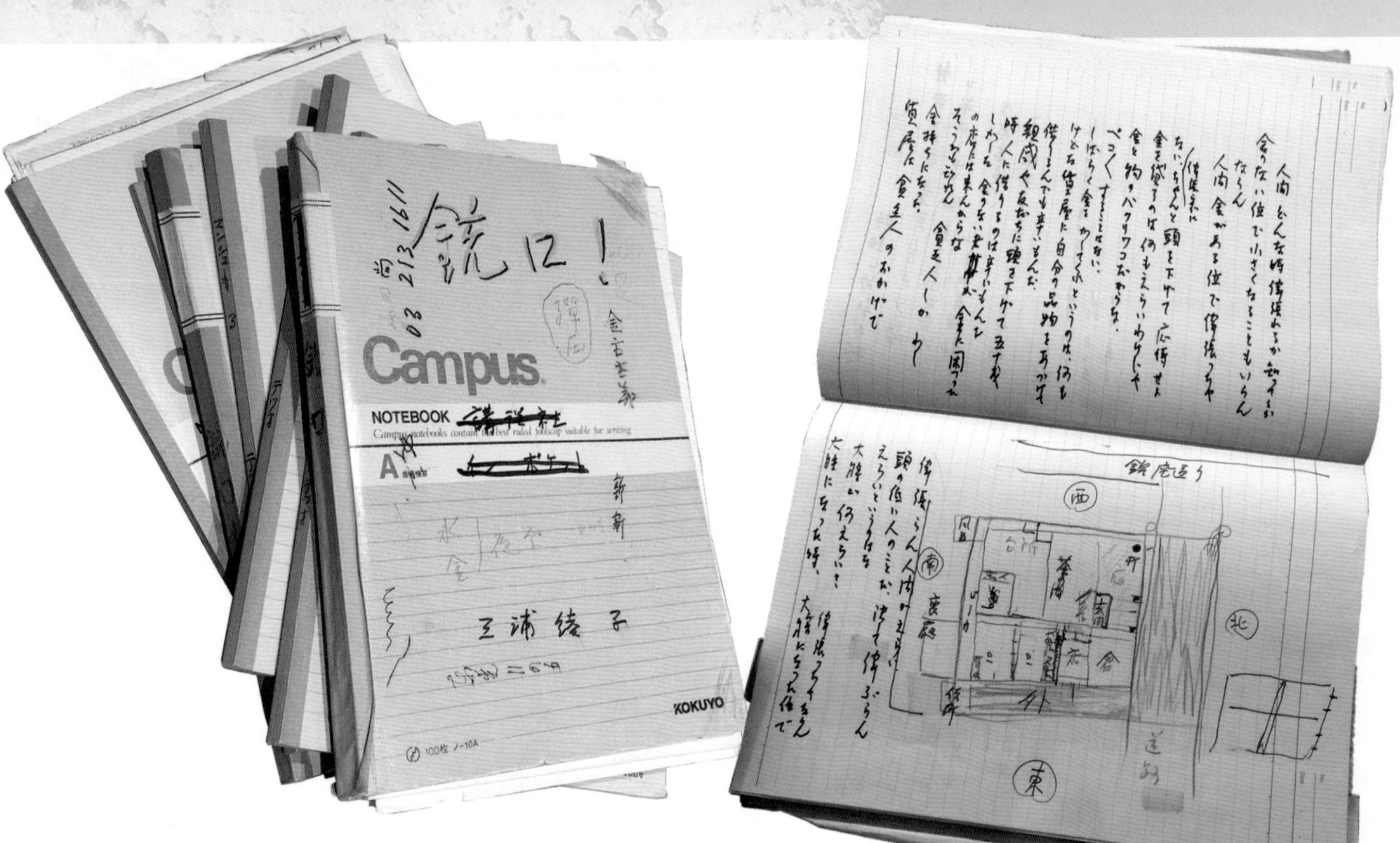

創作ノートの１冊目には、登場人物の設定メモや
北森質店の「間取り図」を細かく書いている

作品の真髄 Essence

さまざまな出会いを通して私たちは自己実現をはかっていく。主人公・北森竜太も小学校4年生の受け持ちだった坂部久哉に出会い、先生のようになりたいと願って子どもと共にあることを無上の喜びとする教師になった。しかし、「時代をしっかりと見つめなさい」との坂部の言葉は届かず、竜太は北海道綴方教育連盟事件に巻き込まれ、教壇を追われ、戦場に送り込まれる。１９２５（大正14）年の治安維持法、１９３８（昭和13）年には言論も統制する国家総動員法の制定という時代に竜太も無縁ではありえなかった。国家権力の不条理、人間を神とした時代の不気味さを浮き彫りにすると同時に作品は、竜太を救った金俊明との出会いのような人間的な交わりの可能性を添えることも忘れていない。

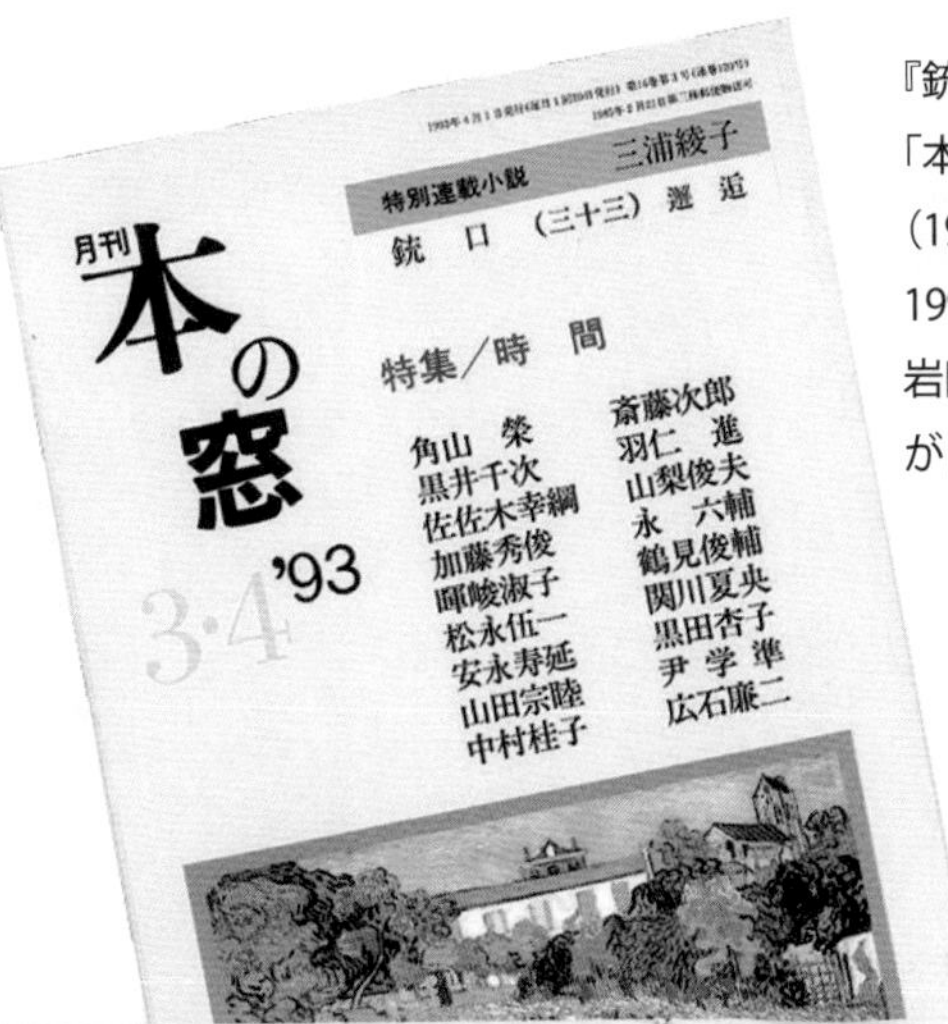

月刊
本の窓
3・4 '93
特別連載小説
三浦綾子
銃口（三十三）邂逅
特集／時間
角山榮
黒井千次
佐佐木幸綱
加藤秀俊
暉峻淑子
松永伍一
安永寿延
山田宗睦
中村桂子
斎藤次郎
羽仁進
山梨俊夫
永六輔
鶴見俊輔
関川夏央
黒田杏子
尹学準
広石廉二

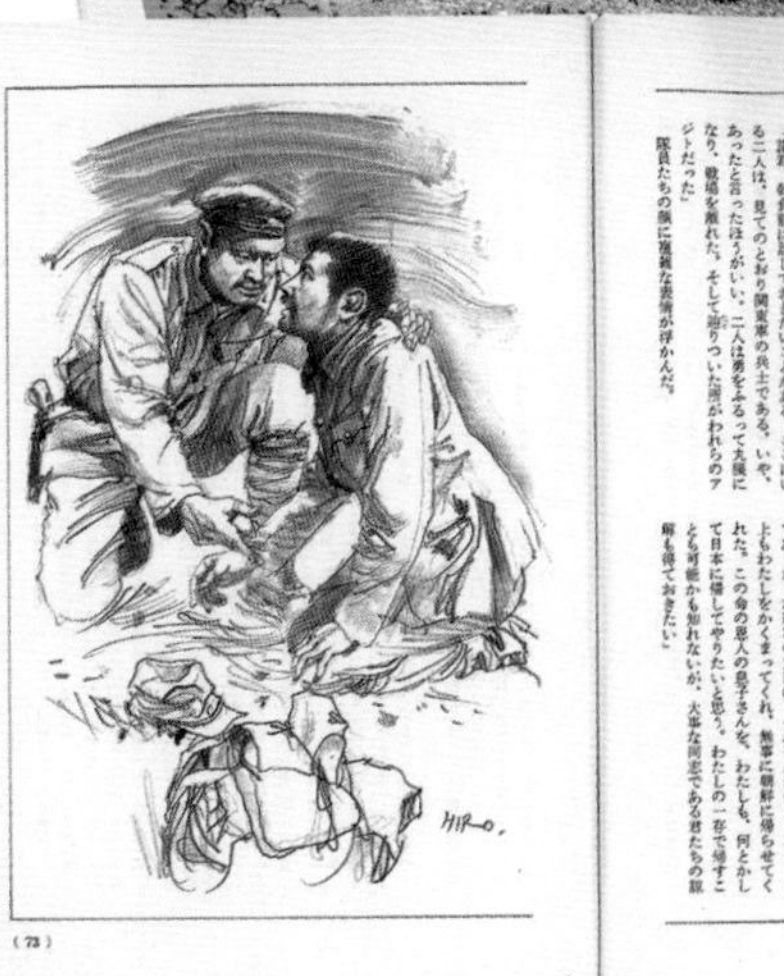

『銃口』の初出
「本の窓」
（1990年1月～
1993年8月／小学館）
岩田浩昌氏の挿絵
が目を引く

『銃口』韓国公演と光世さん

北海道新聞社文化部長　赤木　国香

２００５（平成17）年10月、三浦綾子さん最後の小説『銃口』の演劇作品が、東京の劇団「青年劇場」によって韓国で上演されるのに合わせて光世さんは訪韓した。竹島問題などで日韓関係が急速に悪化した時期だったが、「綾子の思いを韓国の人たちに伝えたい」と強く希望。ソウルへの３泊４日の旅に、旭川報道部の記者だった私も同行した。

『銃口』は、青年教師が戦争に巻き込まれる物語だ。実際の教職員弾圧事件「北海道綴方教育連盟事件」や、過酷な労働に従事させられた朝鮮人青年との友情などを題材にしている。教師だった綾子さんの体験も色濃く反映され、軍国主義教育に加担した後悔や平和への願いがぎっしりと詰まっている。光世さんは「日本の過ちを伝え、二度とあのような時代にするまいと必死で書いた作品です。綾子の遺言だと思っています」と語っていた。

ソウルでの光世さんは、講演や舞台あいさつで「綾子は、あの戦争は聖戦だと教えたことを深く後悔し、おわびしたいと言い続けていた」などと心を込めて訴えた。いずれも熱い拍手で迎えられ、涙ぐむ観客もいた。一方で、ソウルの公園で罵声を浴びせられたり、「私の祖父は日本人に殺された」と詰め寄られたこともあった。帰国後も、自宅前に貼ってあった『銃口』公演ポスターが二度、何者かに破り捨てられた。

それでも、光世さんは沈黙することはなかった。当時81歳。「綾子の遺言」を伝えることが最後の使命と決めていたのではないかと思う。『銃口』の発表から約30年。日韓の関係は当時以上に厳しい今、二人の「遺言」を再び手にとる機会が増えてほしいと願っている。

余談だが、旅の途中でグルメの光世さんのためにと、一行でサムゲタンを食べに行った。滋味豊かなスープとともに、食前の祈りを捧げる光世さんの穏やかな声を思い出す。平和という言葉は壮大だけれど、こんなふうに日々の暮らしを愛しむことなのだろうと、その時感じた。

舞台あいさつする三浦光世（左から4番目）

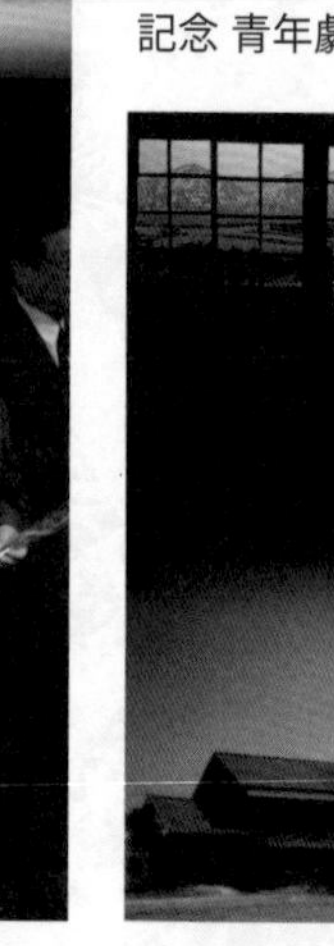

青年劇場『銃口』
2005年10月／韓国公演

写真　秋田雨雀・土方与志記念 青年劇場

遺された言葉

活水女子大学名誉教授
上出　恵子

『銃口』連載中の1992（平成4）年1月、前年の夏ごろから体の動きが不自然になってきた三浦綾子に難病パーキンソン病の診断が下った。肺結核の発病後、脊椎カリエスを併発して13年間の闘病生活を送った綾子は、作家となってからも血小板減少症、帯状疱疹、直腸がんと次々と病に倒れた。しかし、病で失われたものは「只健康だけ」で、希望も信仰も失うことはなく、「パーキンソン病でどうなっていくかわからなくても、感謝して生きていこう」と『難病日記』に記しながら、綾子は『銃口』に取り組んでいった。

「最後の小説作品」となった『銃口』は、「昭和を背景に神と人間を書いてほしい」との要望に応えた一千枚を超える長編である。大正天皇の大葬に始まり、戦時を重点的に、最後は昭和天皇大葬の日をもって終わる、昭和という激動の時代を壮大なスケールで描き、「三浦文学のすぐれた記念碑」（高野斗志美）とされ、「日本の小説の未来を指し示す」賞である第一回井原西鶴賞を受賞した。

「昭和といえば戦争ですね」と言う綾子は、昭和の戦争が戦場だけでなく銃後も巻き込んだ全面戦争＝総力戦であることを見据え、「戦場で火を噴く銃口もあるけれども、それだけではない。あなたにも私にも、銃口がいろんなところから向けられているんですよ。横から前から、後ろから。目に見えてくる形もあるし、見えない形もある」と指摘し、「厳しい思想統制下の戦争中に起こった『綴方教育事件』というのは、まさにそうなんですね」と「北海道綴方教育連盟事件」（1941年）を教師・北森竜太を主人公に描く。連盟の会合に参加、署名をしただけで、竜太は検挙され、退職を強いられ、思想犯として戦地に送られた。戦後、教壇に復帰することでその人生は回復したかのようだが、昭和天皇大葬の日の「昭和もとうとう終わったわね」に竜太は「本当に終わったと言えるのかなあ。いろんなことが尾を引いているようでねえ……」と必ずしも終わったわけではないと呟いている。

綴方教育事件は、かつて壺井栄『二十四の瞳』にも触れられていた。個を重視した自由な綴方を弾圧し、国定教科書を通してしか結びつくことが許されない〈そらぞらしい教師と生徒の関係〉に耐えられず、大石先生は教壇を去った。教育や言論の弾圧は、あたたかな血の通った人間の関係に楔（くさび）を打ち、人間を疎外するものとしてあった。

昭和から平成、そして令和となったが、私たちは互いを尊重しつつ自由にのびやかに生き得ているのだろうか。ウクライナでは〈銃口〉が火を噴き続けている。

写真　三浦綾子記念文学館

一生を終えてのちに残るのは、
われわれが
集めたものではなくて、
われわれが与えたものである。

『続氷点』より

『続氷点』で茅ケ崎の祖父が陽子に教えてくれたものとして出てくる
この言葉は、三浦綾子が愛読していたフェデリコ・バルバロ編『三分の黙想』
「与えること」の章に登場するジェラール・シャンドリの言葉に由来する。

1968 年／ドン・ボスコ社

綾子逝く

1999（平11）・10・12

5時少し過ぎ起床。綾子、尿1200cc、少し不足。8時まで堀田道子さん。朝2人で手をかざしつつ「氷点」のこと、小説のことといろいろ語り合う。彼女、長男の嫁としてよくやったことを改めて知る。8時30分、岩崎倫子嬢来室。午後、綾子今までにない危機におちいる。血圧上がらず、脈少なし、2時鉄夫夫妻に連絡、5時到着。病室に吾、鉄夫夫妻、堀田裕子、健悦兄、美子姉など集まり見守る。

5時39分、脈停止、あああア〜。6時15分遺体と共に病院裏口出る。鉄夫氏同乗、6時半、綾子を客間へ。三浦勲会長、広田氏宅へ挨拶に。みなテレビにて見ていたとの事。帰るや否や弔問客絶え間なし。五十嵐広三氏、木内綾氏、高野館長など涙を流して。それらの応対や打ち合わせにたちまち10時半、ようやく夕食、夜12時半、綾子の傍に床を並べて就寝。

大声で泣きたい思い。されど、感謝しなければならぬ。就寝後、両足の筋、突っ張り痛む。綾子に幾度も声をかける。

三浦光世の日記より

大雪山を望む旭川の風景
写真　石井一弘

写真　相沢 明

遺されなかった言葉

活水女子大学名誉教授　上出　恵子

「もし難病が快復すれば、綾子は旧約聖書のヨセフという人物を書いたことであろう。私はヨセフより、ダビデ王を書かせたかったのだが……」というのは三浦光世である。難病パーキンソン病によって「書きたいことはあるが、もうその体がわたしにはないのです」という三浦綾子が断念したいわば幻の作品として、光世が伝える以外にも〈浦上四番崩れ〉があった。

〈浦上四番崩れ〉は、世界遺産「長崎と天草地方の潜伏キリシタン関連遺産」によって広く知られるところとなったが、禁教令下、ひそかに信仰を守り続けてきた人々＝潜伏キリシタンに対する弾圧事件で、浦上（長崎市）で幕末から明治にかけて起こった。「崩れ」とは検挙事件を指し、寛政２（１７９０）年の一番崩れに始まり、この四番崩れが最期となった。

慶応元年に献堂された大浦天主堂で神父に自らの信仰を明らかにした潜伏キリシタンたちに対する弾圧は厳しく、それは幕府が倒れた後も続き、明治元年、浦上全信徒の諸藩への配流が決定。総勢三千数百名が浦上から追われ、北陸・中部以西の諸藩に流された。

この一村総流罪という信仰弾圧は、西欧諸国で問題にされ、不平等条約改正の障碍となると気づいた岩倉使節団の進言で、明治６（１８７３）年、キリシタン禁制の高札は撤去された、日本においてようやく「思想信条の自由・信教の自由という、近代国家にとって、もっとも重要な国民の権利が獲得」（家近良樹）されたのであった。

キリシタン研究家で浦上に血縁を持つ片岡弥吉は「近代日本の内政・外交上の問題、一村総流罪という歴史的事件となったのみでなく、信教自由と国法との優劣について問題を投じたことも注目される」と述べているが、このような〈浦上四番崩れ〉の執筆を綾子に熱望したのは、『細川ガラシャ夫人』の担当編集者であった主婦の友社の渡辺節であった。渡辺は、『三浦綾子全集』刊行に関わった高野斗志美と共に取材をはじめ、長崎でも綿密な調査を行い、周到な執筆準備をしていた。しかし、「病の問屋」と自ら称した綾子の体調が追いつかず、『銃口』が最後の小説となったのである。

〈浦上四番崩れ〉は、遠藤周作『女の一生　第一部・キクの場合』でも描かれているが、『海嶺』において漂流民という「ほとんど人目にふれない私たち庶民の生きざま」から日本の開国、近代化を大胆に描いた綾子によって、それは〈信仰〉と〈人間〉と〈国家〉の壮大なドラマとなったであろうことは想像に難くない。

「大河小説」

幻の〈浦上四番崩れ〉の足跡

浦上街道、取材当時の写真（下．地図３番）

１９８８（昭和63）年10月20日～23日に行われた長崎への取材旅行には、三浦綾子も参加する予定だったが体調不良で断念。綾子の信頼厚い高野斗志美が、主婦の友社の取材班に同行し、浦上ゆかりの地を巡った。しかし、三浦綾子が念入りに構想を練っていた、浦上キリシタンに材を取った大河小説の執筆はついに実現せず。綾子の遺志を想像すべく、ここに取材の足跡を辿ってみよう。

浦上キリシタンの中心人物・高木仙右衛門の墓標を訪れた高野斗志美（下．地図４番）

❶出津・歴史資料館
遠藤周作文学館
皇大神宮
❷樫山付近
天福寺
❸岩屋山
12 聖ヨゼフ堂
5 十字架山
9 ベアトス様石碑
8 如己堂
11 聖マリア堂跡
6 サンタ・クララ教会跡地
4 香蘭場墓地
13 小島牢獄跡
7 浦上天主堂
1 聖徳寺
2 山王神社
3 浦上（旧時津）街道
19 長崎県立博物館
14 二十六聖人記念館
18 勝山小学校
15 長崎県庁
17 長崎水道局
16 長崎港
20 大浦天主堂
長崎市
長崎関係取材及び撮影地
外海関係取材地

「浦上崩れ」取材

88'10.20～23
渡　辺　　撮影―梅　沢

長崎関係取材及び撮影

①聖徳寺
②山王神社
③浦上（旧時津）街道（石碑、及び近辺）
④こうらん場墓地――高木仙右衛門、岩永マキ墓
⑤十字架山
⑥サンタ・クララ教会跡地―潜伏キリシタン馬場秘密教会跡
⑦浦上天主堂―浦上山里村高谷代官屋敷跡
⑧如己堂―帳方屋敷跡
⑨ベアトス様石碑―キリシタン殉教跡（ただし、浦上崩れとは直接関係がない）
⑩元大橋付近
⑪聖マリア堂跡（場所不明　浦上字平付近）
⑫聖ヨゼフ堂跡（場所不明　辻付近　高木仙右衛門家跡地）
⑬小島牢獄跡　（場所不明　ただし桜町牢獄跡地（後出⑰）のほうが重要）
⑭二十六聖人記念館―西坂刑場跡
⑮長崎県庁―西奉行所跡
⑯長崎港―大波止（稲佐山から撮影、海上から撮影、琴平神社から撮影）
⑰長崎水道局―サン・フランシスコ教会跡、桜町牢獄跡
⑱勝山小学校―長崎代官屋敷跡
⑲県立博物館―立山役所跡
⑳大浦天主堂（全体、キリシタン釈放記念石碑）
＊他、歴史民俗資料館は必ず下見する。

外海関係

①出津・歴史資料館（館長田中氏と連絡済、館内の資料撮影）
②樫山付近（天福寺、皇大神宮、港より赤岳など）
③岩屋山―頂上付近より樫山を望む。
＊場合によっては黒埼関係でも撮影の可能性あり。２１日（金）に長崎活水学院・上出恵子先生と同行取材。ただし③の撮影は別の日に天候の具合で行う。

以上

当時の〈浦上崩れ〉取材地メモ

遠藤周作文学館から望む角力灘（すもうなだ）
写真　長崎市遠藤周作文学館

三浦綾子記念文学館　本館／分館　外観

4

第四章　ひかりと愛といのちの文学館

1998
平成10年
6月13日

三浦綾子記念文学館
開館
オープニングセレモニー

三浦綾子文学がつないだ 多くの人の、多くの想いが結実し 『氷点』の森に文学館が誕生した。

「旭川、北海道の誇りでもある三浦綾子さんの文学館を、ぜひ『氷点』の地・見本林に建てたい」(三浦綾子記念文学館 館報「みほんりん」創刊号)という市井の声が高まり、三浦綾子記念文学館設立の動きは始まった。開館の約2年半前から「三浦綾子文学館設立実行委員会」が設立業務にあたり、その活動は全国へ。一般募金者は1万5千人、総額は2億1千万円を超え、北海道や旭川市および周辺自治体からの建設助成金なども集まり、民設民営の希有な文学館として誕生した。運営はボランティアや賛助会員に支えられ、現在に至る。同館では三浦綾子が遺した原稿類や取材ノート、初出紙誌や関連資料などを保存、公開していると同時に、開館以来のメインテーマ「ひかりと愛といのち」が息づいている。

三浦夫妻も参加したテープカット

三浦綾子記念文学館テーマ

ひかりと愛といのち

三浦綾子記念文学館は、三浦綾子の文学の仕事をたたえ、ひろく国の内外に知らせることをねがい、多くの人々の心と力をあわせてつくられました。それはまた、三浦文学を心の豊かな糧（かて）としてのちの世につたえていくことも目的にしています。

三浦綾子は、一九六四（昭和三九）年、小説『氷点』で日本の文学界に登場しました。長編小説をはじめ、多様なジャンルにわたる作品群を遺しています。

その三浦文学の主題は、「ひとはどのように生きたらいいのか」という問いかけです。それを三浦綾子は、庶民の視点に立ち、人間への限りない関心とすぐれた観察力をもっておしすすめています。

キリスト者である三浦綾子の文学の才能は、聖書につながれています。同時に、人間のあり方を問いかける姿勢において、三浦文学は、垣根をこえてすべての人にひらかれ、魂の共通の財産となっています。

三浦文学のその新しい人間主義の性格を、この文学館では、〈ひかりと愛といのち〉ということばで受けとめ、いいあらわしています。

この文学館をおとずれる皆さまが、三浦綾子の人と作品にしたしく接することで、心の糧となる貴重な思いを手に入れてくださるならば幸いです。

一九九八（平成十）年六月十三日

三浦綾子記念文学館　初代館長　高野斗志美

1998（平成 10）年 6 月 13 日　開館記念式典後の二人

COLUMN

10年を振り返って

三浦綾子記念文学館
初代 副館長
（2003～2019年）
斉藤 傑
2019年没

三浦綾子記念文学館は、三浦綾子の文学に共感する人たちの市民運動で、平成一〇年（一九九八）六月一三日に開館した。場所は、三浦綾子の小説『氷点』の舞台になった旭川市神楽の見本林である。そして、平成二〇年には、開館一〇周年を迎えた。

（中略）

文学館、美術館といった博物館施設は、公共団体あるいは大きな後ろ楯がなければ、その運営は難しい。特に、経済が停滞し、入館者数が年々減少する現状のなかで、その維持を計るためには厳しい現実に直面する。

その中で、三浦綾子記念文学館は、曲がりなりにも一〇年間歩み続けてきた。長く博物館施設などを見てきたものにとっては、驚きに近い感じがする。（中略）

開館10周年での常設展示風景

この文学館には、開館以来、本当に多くの方々が訪れ、置かれた「想い出ノート」には、全国から訪れた人びとの想いが書き残され、三浦綾子が全国に届けたメッセージの大きさに驚かされる。私たちは、この三浦綾子の大きさに頼りすぎていたのではないか、という反省の想いもある。

ここ旭川の地から、三浦綾子が全国に送ったメッセージの大きさを考え、その残された遺産を考えたとき、現在のままでよいとは言えない。この文学館は、もっと輝いた存在でなければいけない。何よりも、全国から訪れる多くの皆さんに、希望と癒しを感じていただく場として存続しなければいけない。そのためには、行政の壁を取り払い官民一体となって考え、新しいあり方と運動が求められる。

三浦綾子記念文学館 館報「みほんりん」第22号（2009年1月28日発行）より

COLUMN

寂聴さんと三浦文学館

三浦綾子記念文学館
副館長
（2019年～）
大矢 二郎

昨年（2021年）11月に亡くなられた作家・瀬戸内寂聴さんの生まれは1922年（大正11）年5月15日で、綾子さんとは20日違いです。お二人とも戦前から戦後にかけて激動の時代を生き抜かれた方でした。

開館直後、寂聴さんが文学館を訪ねて来られ、その時の印象が1998（平成10）年9月20日の朝日新聞日曜版「あした見る夢」に綴られています。

三浦さんの記念館は、氷点の舞台になったという美しい自然林の中に建っていて、白亜の、いかにも女性の文学館という瀟洒で可愛らしい建物であった。（中略）一階と二階に展示されていたが、あまり広くもないのに、ひどく内部が広いように感じさせる、いい展示の方法であった。この記念館を建てようとした一万五千を越す醵金者たちの、三浦さんの人と文学に対する敬愛の情があふれていて、全館あたたかな、平和な雰囲気に満ちていた。

文学館の設計に携わった者として、これからも寂聴さんのこの評価に恥じない文学館であり続けたいと思っています。

見本林にたたずむ三浦綾子記念文学館

読者と作家の対話の場 想い出ノート

企画展等で、感想を自由に書いていただく「思い出ノート」は、125冊にも及んでいる（2022年9月現在）。このノートに記す方々は、三浦綾子に対して、一対一で想いを伝えているのだろう。かけがえのない一人ひとりが、三浦綾子文学への思いや、展示の感想、旅の思い出などをつづり、綾子と対話をしている姿に、文学館スタッフも励まされている。韓国語や中国語、英語などで書かれたページも少なくなく、世界からの読者がわざわざこの地を訪れ、三浦綾子文学の愛を分かち合う場ともなっている。

—資料室から— 整理にあたって

旭川大学非常勤講師
片山　礼子

これは文学館開館の2年前のことである。

当時、三浦綾子さんのご自宅は豊岡にあり、向かいの場所に資料室があった。そこには綾子さんの作品を産出した貴重な資料や寄贈書籍の数々が保管されていた。当時のことは、片山晴夫氏も紀要論文に詳細に記録している。（※）

週に2日程度、資料整理のために東延江氏を中心に文学館の職員の方たち、そして私もお手伝いをさせていただいた。

綾子さんの体調が良い時などは、光世さんと共に資料室までいらっしゃった。お二人が資料室で掛けてくれた言葉の数々にはいつも温かみがあったのを記憶している。

この資料室を通じて、それまで世間に知られていなかった作品との出会いもあった。『雨はあした晴れるだろう』（1966年／小学館「女学生の友」）もその一つ。当時は対象がジュニア向けということもあって広く行き渡ってはいなかった。幻の短篇とも言われたが、1998（平成10）年に単行本化（北海道新聞社）されるのである。

他にも『氷点』入選が一面を賑わした新聞記事を目にした時の感動や、じかに生原稿に触れる喜びなど資料整理を通じて貴重な時間を与えていただいたと思う。

※北海道教育大学生涯学習教育研究センター紀要　第一号（1998年3月発行）に詳しい。

若者の「読む・書く」力を養う三浦綾子作文賞

「三浦綾子作文賞」は、文学館開館の翌年に創設。三浦綾子文学の精神の継承を願うとともに、児童生徒が文章を書くことを通じて社会のあり方と人間の生き方を深く見つめ、たくましく生きる力を養うことを目的とした賞である。

当初は「自由作文部門」で創作や感想文などを募っていたが、2012年度（第14回目）からは「三浦綾子読書感想文部門」も設け、中高生が三浦綾子の本を読むきっかけを喚起。旭川近郊の学校からはもちろん、全国のさまざまな地域から広くご応募いただいている。選考委員がうなるほどの文章力、鋭い観察眼から書かれた作文は、毎年の話題にもなっている。

文学館を支える さまざまな活動

ボランティア組織「おだまき会」は、文学館開館の2カ月前、1998（平成10）年4月に結成された。当初は141人もの応募があり、民設民営の文学館に対する期待や関心の高さが実感できた。会の名前となった「おだまき」の花は、三浦綾子が好んだ花であった。喫茶の受付補助などを担う同会の初代会長を務めた後藤静子氏は、三浦綾子を「言葉は厳しいけれど、心は優しい人」と懐かしみ、同会は「綾子さんの人間性に共感した仲間たちが、文学館のためにボランティアをしようと自然に集まった組織」と振り返る。

そのほかのボランティアの活動内容も、展示パネルの設営、資料整理など多岐にわたっている。中でも「維持運営班」は、建物のメンテナンスや草刈り、除雪作業といった力仕事で、文学館を文字通り支えてくださっている。

さらに朗読友の会「綾の会」や、「三浦文学案内人の会」、さらに、「朗読劇団くるみの樹」などもそれぞれ自発的に生き生きとした活動を行っている。

「本館での展示の方向性」

本館1階では常設展示、2階では常設に加えて企画展示も行っている。1階では、日本語はじめ英語、韓国語、中国語（繁体字）と多言語に対応しており、外国からのファンの方々のニーズにも応えている。常設展は開館10年目に一新し、その10年後の2018（平成30）年4月にも大幅なリニューアルを試みた。「見る・聴く・触れる・味わう・薫る」を意識した「五感展示」を特徴とし、資料（複製）に直接触れられたり、映像資料を増やしたりなどの工夫も凝らしている。また同年からは全ての展示を撮影可とし、来館者がスマートフォンを片手に楽しめる参加型の展示も進めている。

「分館の存在意義」

開館20周年の2018（平成30）年9月、三浦夫妻の〈口述筆記〉の書斎を復元した「分館」が、本館横にオープンした。2015年6月に三浦家の家屋と土地が財団に遺贈され、その使途について検討委員会で議論を重ね、書斎部分を移設したものである。分館建設にあたっては、多くの企業や諸団体、全国のファンの方々から寄付をいただいた。代表作である『氷点』『続氷点』の展示室、さらに旭川家具で統一された氷点ラウンジも併設され、薪ストーブも設置。ラウンジは現在、カフェのみの利用も可能な憩いの場として、地域の方々に親しまれている。

（参考　三浦綾子記念文学館　館報「みほんりん」第41号／2018年11月発行）

伴走者の逝去

―三浦光世の言葉より―

三浦綾子記念文学館 館長（1998〜2002年）

高野　斗志美

2002年没

一九六四年七月、この年に高野先生は新日本文学賞の評論の部で入選されました。文学評論家としてスタートされたわけでした。奇しくも同年同月、家内綾子も小説『氷点が入選、作家としてデビューいたしました。そのような関係から、高野先生には大変お世話になりました。（中略）

先生は実に綾子の小説作品の十五冊にご解説を賜わっております。単行本から文庫本に繰り入れられる時、どなたかが解説をお書きくださるのですが、高野先生には最も多くおせわになりました。（中略）

先生はまた、三浦綾子記念文学館の建設につきましても、多大なるご尽力を賜わりました。本当に感謝は尽きません。

（三浦綾子記念文学館 館報「みほんりん」第10号／2003年1月31日発行）より

三浦綾子記念文化財団 副理事長（1997〜2008年）

後藤　憲太郎

2008年没

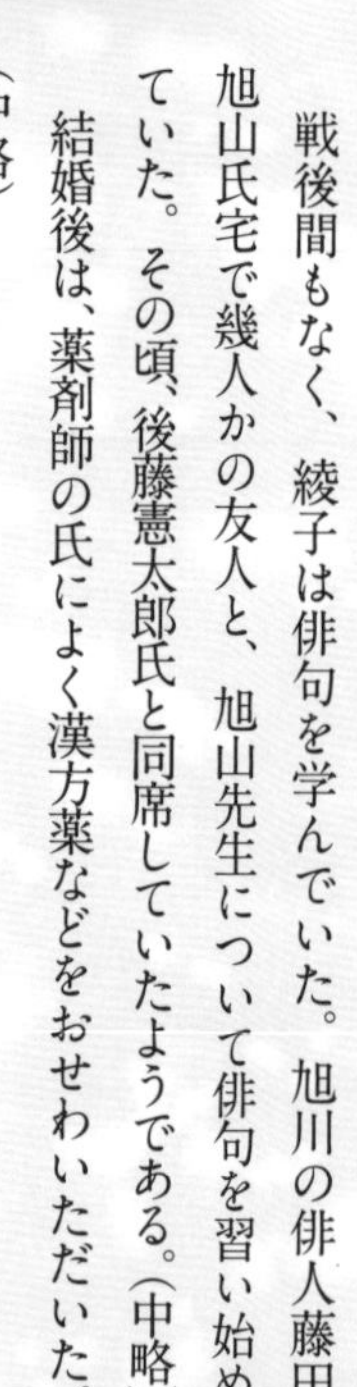

戦後間もなく、綾子は俳句を学んでいた。旭川の俳人藤田旭山氏宅で幾人かの友人と、旭山先生について俳句を習い始めていた。その頃、後藤憲太郎氏と同席していたようである。（中略）結婚後は、薬剤師の氏によく漢方薬などをおせわいただいた。（中略）

当文学館創設に関しては、ひとかたならずご尽力を賜わった。（中略）一般からも実に多くのカンパをいただいた。（中略）後藤氏は自ら多額の醵金をされたばかりでなく、この募金のために、道内はもとより、本州にもしばしば出かけて、その労に当った。（中略）おかげで当文学館は立派に立ち上り、そのテープカットには、まだ生きていた妻綾子も連なることができた。

（三浦綾子記念文学館 館報「みほんりん」第21号／2008年8月15日発行）より

次世代にむけて文学館からのメッセージ

令和版の「子供・若者白書」を読むと、世界の子どもたちに比べて、日本の子どもたちは自己肯定感や自分自身への満足感が非常に低い、という結果が目に入ってきます。「自分は役に立たないと強く感じる」などの回答は、同調圧力の強い日本ならではの受け止め方なのでしょうか。

そんな子どもたちに、三浦綾子の小説の力を届けたい、と願ってやみません。どのような状況に置かれても、生を受けたことを感謝し、〈いのち〉いっぱいに生きていく――その力や、ヒントをくれるのが、三浦綾子の小説です。

綾子はこんな短歌も作っていました。

平凡な事を平凡に詠(うた)ひつつ学びしは真実に生きるといふこと

平明な文体で、読みやすい三浦綾子の小説は、他者に対しても自分に対しても寛容になれるような言葉の結晶でもあります。一ページ読むごとに一つずつ強くなっていける、「真実に生きる」ことにそっと、時に強く背中を押してくれる、そんな読書体験を味わってほしいと願っています。

三浦綾子記念文学館 館長
（2017年～）
田中　綾

写真　大平将視

平和をつくり出す人たちは
幸いである
三浦光世

※三浦光世がファンの方々にサインをする際、しばしば贈った言葉

5

終章

終わりに

活水女子大学名誉教授　上出恵子

世界保健機関（WHO）が新型コロナウイルス感染症（COVID-19）の流行を「パンデミック（世界的大流行）」と宣言したのは2020年3月11日のことでした。それ以来、私たちはいわゆるコロナ禍での日々を余儀なくされています。密を避け、マスク生活が続いていますが、このような不自由で閉ざされた暮らしの中で、私たちは一筋の〈ひかり〉を願い、〈愛〉の必要性を思い、〈いのち〉の重さ、尊さに今さらながら気づかされてきました。そして、この〈ひかり〉と〈愛〉と〈いのち〉こそ、三浦綾子文学の真髄であることにも気づかされました。三浦綾子生誕100年の記念事業『三浦綾子生誕100年記念文学アルバム』の副題を「ひかりと愛といのちの作家」としたのもこのような思いからです。

生誕100年の三浦綾子さんの歩みを辿りながら、しきりに思い返されたものに『愛の鬼才』の「あとがき」があります。

先生は不思議な方だ。この世を去って30年にもなるというのに、先生は人の心をゆり動かしてやまない。人々が先生について語る時、その語る人自身の胸は必ず熱くなる。火がついたように燃えてくる。どなられ、叱られた思い出さえが、その人の生きる力となって甦るのだ。愛とはそういうものなのだと、私は連載中幾度思ったことだろう。

『愛の鬼才』は、〈洋生の店ニシムラ〉の西村久蔵氏の「どこを切っても、その断面に愛の一字が浮かんでくる」生涯を描いたものですが、この「あとがき」はそのまま私たちの綾子さんに対する思いでもあります。その人生、その作品は時を経ても「人の心を動かしてやまない」「その人の生きる力となって甦る」からです。

約100年前のスペイン風邪によるパンデミックも収束したように、今回のパンデミックもやがて終わる時がきます。だからと言って、当たり前の日常が戻ってくるとは限りません。地球温暖化による異常気象や災害、新たな感染症、地殻変動、武力や強権による支配をもくろむ人々など、私たちを脅かすものは絶えないからです。しかし、私たちは〈ひかりと愛といのち〉をその人生、その作品で語り続ける三浦綾子さんを知っています。生誕100年の今、これまで以上にその存在は揺るぎないものとなりました。

自作年譜

三浦綾子が〝自作〟した年譜をもとにたどる 作家の軌跡と、文学館の歩み――

一九二二年（大正十一年）●当歳

四月二十五日、旭川市四条通（※1）十六丁目左仲通に、堀田鉄治・キサの第五子（次女）として誕生。だが誕生の初声を上げず。臍の緒が二重に首を締めていたためである。助産婦に逆さにされ、尻を叩かれて、ようやく呱々の声？を上ぐ。この誕生の次第が、その後の生涯にわたって様々な影響をもたらしたようである。

この家の壁一重隣りに、三歳年上の堀内勉少年が住んでいた。六十数年後、突如現れて小説『銃口』に重大なアドバイスをもたらしてくれることになる。

尚、この町内には造り酒屋㊄藤田があった。のちにその住宅が『氷点』の主人公辻口家のモデルになる。

一九二八年（昭和三年）●六歳

三月、前記誕生の地より、市内九条通（※1）十二丁目右七号に転居。二年後、前川正の一家が一棟二戸の隣家に移転して来、一年を経ずに去って行く。この前川正が二十年後、綾子をキリスト教に導く。

一九二九年（昭和四年）●七歳

四月、旭川市立大成小学校入学。その頃では珍しくなった被布を着、母に手を引かれての入学であった。被布の袂に触れながら「あなたの家、金持だね」と、羨ましげに言った級友あり。その時初めて、うしろめたさの感情を覚える。

一九三一年（昭和六年）●九歳

旭川六条教会の日曜学校に一年間通う。

一九三二年（昭和七年）●十歳

三間の家から六間の一戸建の家に移る。九条十二丁目本通左三号のこの家は、借家ながらコの字型に建てられ、中庭もあった。三浦光世と結婚するまで、歌志内在住の教師時代と療養所入所期間以外のほとんどを、この家に住む。兄三人、姉一人、弟二人、妹一人、叔母一人、父母を入れて合せて十一人の大家族であった。

この年の秋から、長兄の営む牛乳販売業を助けるため、毎日早朝牛乳配達を始める。この牛乳配達は、小学四年生のこの年から女学校卒業までの七年間続ける。この早朝の、一人もの想う時間を楽しむ。特に冬期まつ毛も凍る寒さを好む。

一九三三年（昭和八年）●十一歳

小学五年生の夏休みに、横罫のノート一冊に時代小説『ほととぎす鳴く頃』を書き、受持教師渡辺みさを先生に提出。先生、二時間の授業を潰して、生徒一同の前にこれを読み聞かす。

一九三五年（昭和十年）●十三歳

四月、旭川市立高等女学校に入学。

六月二十四日、妹陽子死去。初めての肉親の死に遭い、大きな悲しみに打ちのめされる。幾夜か、近くの刑務所前の真っ暗な通りに一人佇み、「陽子ちゃん、出ておいで」と叫んでは泣く。この頃から人間の死を意識するようになる。

一九三七年（昭和十二年）●十五歳

女生徒の学校に倦み始めて、リウマチと称し三ヵ月の休学願を出す。学校を休んで、毎日床の中に寝たまま、文学書を読み暮らす。今でいうところの登校拒否である。が、医師も父母も仮病とは思わなかった。この登校拒否は届出どおり三カ月で終了。

一九三九年（昭和十四年）●十七歳

三月、旭川市立高等女学校卒業。生徒数、千名ほどのこの女学校は、民主的な明るい雰囲気で、生徒自治会の意見はそのほとんどが通った。戦時中とは思えぬ開放的な学校で、教師陣も充実していた。特に学年主任の国語教師新井玉作、数学教師野沢長吉、女子高等師範学校出の物理学教師根本芳子の諸先生の影響は大きかった。この根本先生の勧めにより、女学校卒業後直ちに、北海道歌志内市神威小学校に教師として赴任す。年齢十六歳十一カ月であった。

在任期間は僅か二年四カ月であったが、充実した楽しい教師生活を送る。しかしこの小学校が著しく軍国主義に染まっていた。多くの良心的な教師たちが冤罪（えんざい）で、どんな惨憺（さんたん）たる生活を送っていたか、他のほとんどの同僚たちと同様、知るよしもなかった。ではあっても、真実な生き方をつらぬく山下孝吉教師の姿勢には深く傾倒し、のちに小説『銃口』に、木下という教師として登場させる。

一九四一年（昭和十六年）●十九歳

九月、神威小学校文珠分校より、旭川市啓明小学校に転じ、自宅から二キロ余の道を通勤することになる。

十二月八日、太平洋戦争勃発。啓明校は、軍国主義的な神威小学校とは対照的な、自由主義的傾向の強い小学校であった。特に横沢校長は自由主義を信奉、全校生徒の毎朝の朝礼も、ベルによって集合させるのでなく、生徒一人々々の自覚によって集合させた。そんな職員室にある日特高刑事が二人現れ、校長を始め、それとおぼしき教師たちの机を捜索したことがあった。時代はいよいよ暗さを帯びていたが、若い女教師の感知するところではなかった。

一九四五年（昭和二十年）●二十三歳

八月十五日、日本敗戦。夏休み中ながら終戦の詔勅を聞くために、大方の教師たちと共に学校に集まる。日本の不敗を信じ切っていた身には、

1935年、旭川市立高等女学校入学を前に渡辺先生との集合写真（1列目左端が綾子）

1937年頃、旭川市立高等女学生時代の肖像

あまりにも手痛い現実であった。屋内運動場の床板に額をこすりつけ、奉安殿に向って詫びる。大粒の涙がぼとぼと床に落ちた。

敗戦後幾日かを経て、旭川にもアメリカ進駐軍が駐留。そのアメリカ軍の指令で、修身、国語、国史等の教科書に墨を塗らせた。受持の小学四年生の生徒たちは、言われるままに墨をすり、指示されるとおり、指示された文章を墨で消していった。自分たちが今、歴史のどこに立っているかも知らず、只言われるままに黒ぐろと墨を塗っていく生徒の姿が胸を刺した。教師自身である自分もまた、その立ち処を認識できなかった。教科書に墨を塗らせたことは、自分の心に墨を塗られたような屈辱感であった。もはやまじめに授業をつづける気力は失なわれた。その一時期、教室に洗濯たらいを持ちこみ、自分は洗濯をしながら、生徒に自習をさせた。

一九四六年（昭和二十一年）●二十四歳

三月、敗戦後の虚無の深まりをどうすることもできず、遂に教師を辞す。遂には二人の男性と同時に婚約するまでに心荒れる。

四月、一人が結納を持って来た日、貧血を起こして倒れる。それが十三年に及ぶ肺結核の予兆であった。

六月、療養所に入所。毎日のように患者の死にゆくを見、更に絶望におちいる。

一九四八年（昭和二十三年）●二十六歳

秋、幼馴じみの前川正と再会。七歳で別れて以来の再会であった。この前川正によって次第にキリスト教に導かれる。

一九五二年（昭和二十七年）●三十歳

二月、脊椎カリエスの疑いにより、旭川日赤病院より札幌医大病院へ転院。五月明らかにカリエスとの診断を受く。ギプスベッドに釘付の生活が始まる。この絶対安静の生活は以後数年に及ぶこととなる。

七月、西村久蔵の熱い導きを得、小野村林蔵牧師（戦中投獄された牧師）により病床受洗。この西村久蔵は、のちに綾子が『愛の鬼才』と題して伝記を書いたほどに、豊かな愛の人であった。

一九五三年（昭和二十八年）●三十一歳

七月、西村久蔵急逝。十月、ギプスベッドのまま退院、旭川へ帰り自宅療養生活に入る。

一九五四年（昭和二十九年）●三十二歳

五月二日、前川正、長年の療養の末召天。前年の西村久蔵につづき、前川正を失った痛手に泣く。数丁離れた前川家に弔問に駆けつけることもならず、慟哭の日々を送り挽歌のみノートに書き記す。

妻の如く思ふと吾を抱きくれし君よ君よ還り来よ天の国より

クリスチャンの倫理に生きて童貞のままに逝きたり三十三歳なり

吾が髪と君の遺骨の入れてある桐の小箱を抱きて眠りぬ

悲しみは深く、一年間ほとんど人に会わず。

一九五五年（昭和三十年）●三十三歳

六月十八日、三浦光世来訪。札幌在住の菅原豊、光世の名前を女性と思いこみ、「堀田綾子を見舞って欲しい」の葉書を三浦光世に出していて、その葉書を持って訪ねて来たのである。一見前川正に酷似した三浦光世に家人共々驚く。

一九五九年（昭和三十四年）●三十七歳

この三浦光世の来訪が重なるにつれて次第に回復に向い、五月二十四日、旭川六条教会において結婚式を挙ぐ。新郎三十五歳、新婦三十七歳。物置を改造したひと間の借家に入居、新婚生活が始まる。

着ぶくれて吾が前を行く姿だにしみじみ愛(かな)し吾が妻なれば　光世

手を伸ばせば天井に届きたりひと間なりき
吾等が初めて住みし家なりき　同

一九六一年（昭和三十六年）●三十九歳

六月、光世急性盲腸炎で入院、ほとんど手遅れで入院四十日に及ぶ。この間家屋新築。光世七月退院、即新居に入る。

八月、雑貨屋開店。

1946年２月、旭川市立啓明小学校（旧旭川市立啓明国民学校）の教員を退職する頃の集合写真（上から２列目右から３番目が綾子）

1962年夏、旭川市豊岡２条４丁目にあった三浦商店の外観

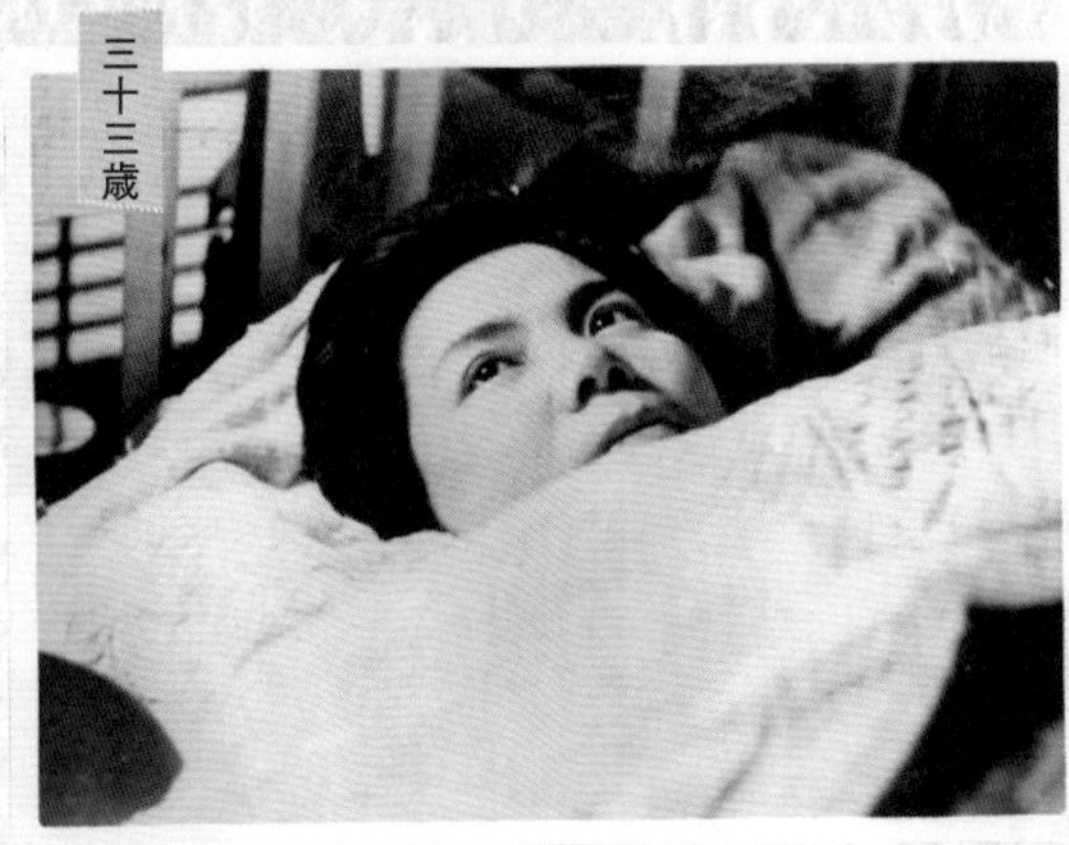

1955年頃、脊椎カリエスのためギプスベッドに寝たきりで自宅療養中

十二月、主婦の友社より「婦人の書いた実話」入選の通知受く。『太陽は再び没せず』と題する五十枚の手記であった。この手記は一九六二年新年号の「主婦の友」誌に掲載され、賞金二十万円を贈らる。

一九六四年（昭和三十九年）●四十二歳

七月、朝日新聞一千万円懸賞小説に『氷点』入選。同月上京。千歳より羽田経由。初めて飛行機に乗る。結婚直前千歳飛行場の夢を三度見しことを思い出す。八月雑貨店閉業。十二月九日付朝日新聞朝刊に『氷点』連載が始まる（翌年十一月十四日まで）。賞金のうち四百五十万円は税金。

一九六六年（昭和四十一年）●四十四歳

前年末、『氷点』単行本出版。『氷点』ブーム生まれる。一月二十三日よりNETテレビドラマに放映開始。一方、一月大映映画の撮影始まる。エッセイの原稿も多くなり、多忙を極む。

十二月一日、光世、旭川営林局を退職。綾子のマネージャーとして専心することになり、かつ何処に行くにも二人同行する。

一九六七年（昭和四十二年）●四十五歳

自伝『草のうた』を小学館「女学生の友」四月号より連載。

四月二十四日、小説『積木の箱』を朝日新聞夕刊に連載開始。

この年『塩狩峠』を日本基督教団の月刊誌「信徒の友」に連載中、口述筆記を試み、光世の筆記に頼る。意外に息が合い、能率が上がる。以来二十数年、ほとんどこの方法をもって創作活動をつづける。

網走に取材。宿の窓より燃える流氷を見る。血に染まったような流氷から炎のゆらめきを目撃して興奮。『続氷点』のラストシーンにこの様を描くこととする。

一九六八年（昭和四十三年）●四十六歳

四月、NET制作テレビドラマ『積木の箱』、放映開始。五月『積木の箱』朝日新聞社より刊行。

六月〜十月、東北、道内各地で講演。九月『塩狩峠』を新潮社より刊行。映画『積木の箱』公開。十一月、東京、関西各地で講演。東京ではアララギ

1964年、神奈川県茅ヶ崎にある『夕あり朝あり』のモデル・五十嵐健治(右から4番目)宅にて同氏らと共に

1964年の『氷点』入選後、笑顔で喜びを語る

1974年7月16日、『天北原野』の舞台・サロベツ原野への取材旅行にて雑誌連載の挿絵を手掛けた生沢朗(左)と共に

1964年頃、『氷点』入選時の祝賀会での高野斗志美(後の三浦綾子記念文学館初代館長)によるあいさつ

1975年8月、テレビドラマ化された『自我の構図』の北海道・天人峡ロケにて大空真弓(右)、嵯川哲郎(左)と共に

1969年、近江兄弟社にて毛筆で色紙を書く

歌会に出席、土屋文明氏に見ゆ。この年、夏、講演の途次、光世の父祖の故郷福島に親類縁者を訪う。

一九六九年（昭和四十四年）●四十七歳

一月、自伝『道ありき』を主婦の友社より刊行。四月三十日、父鉄治死去。七十九歳。十人の子を育てた多難の一生を思って涙とどまらず。七月～九月、東北、北海道各地で講演。

八月、自伝『この土の器をも』を「主婦の友」九月号より連載。十月、初の中短篇集『病めるときも』を朝日新聞社より刊行。九月～十一月、四国、奈良、北陸、東京各地で講演。九月には今治市の榎本保郎牧師の教会に招かれ講演。のちに榎本牧師の伝記小説『ちいろば先生物語』を書くこととなる。

一九七〇年（昭和四十五年）●四十八歳

五月、『続氷点』を朝日新聞に連載開始。『裁きの家』を集英社より刊行。六月『塩狩峠』の中国語版（『雁狩嶺』）が香港で刊行（初の翻訳版）。つづいて『氷点』（『冰点』）も七月同地より刊行。

十一月、仕事の増加に伴ない秘書を雇う。夏井坂裕子、初代秘書となる。十二月、自伝『この土の器をも』を主婦の友社より刊行。

一九七一年（昭和四十六年）●四十九歳

一月、TBS製作『氷点』カラー版テレビ放映開始（五十回連続）。

二月、小浜亀角画伯に日本画を習い始める。小説『自我の構図』の登場人物二人が高校の絵の教師という設定のため。書道と同様甚だ稚拙。

九月、同じ豊岡二条四丁目に新築転居。旧宅はOMF宣教団（※2）に寄付。

浴室のなき家に十年住みしかなそのあとに
フェニホフ先生住み給ふなり　　光世

この旧宅で『塩狩峠』がフェニホフ夫人によって英訳される。原作、翻訳共に同じ家においてなされたということ。

十一月十日、弟昭夫、交通事故により急逝。四十四歳。綾子の療養中、友人に作らせたのれんの販売等に協力してくれた最も心優しき弟。横断歩行中、猛スピードの無謀運転の車にはねられ、妻と二人の男児を置いて逝く。

十二月、『光あるうちに』（キリスト教入門）を主婦の友社より刊行。

一九七二年（昭和四十七年）●五十歳

六月『生きること思うこと』（信仰雑話）を主婦の友社より刊行。同月、秘書夏井坂裕子、結婚が近づき退職。僅か一年八カ月ながらよき協力をしてくれる。代って、元ナースの八柳洋子が秘書となる。クラスメイトで同信の金子マツ氏の推薦による。

七月、『自我の構図』を光文社より刊行。八月、『帰りこぬ風』（全篇若いナースの日記の形の小説）を主婦の友社より刊行。十一月、エッセイ集『あさっての風』を角川書店より刊行。同月初旬、主婦の友誌へ連載予定の『細川ガラシャ夫人』取材のため、大阪、京都、若狭地方を訪れる。無人の館の跡に立って、夫人の苦難を偲び、感無量。

一九七三年（昭和四十八年）●五十一歳

三月、『残像』を集英社より刊行。四月、光世・綾子対談集『愛に遠くあれど』を講談社より刊行。五月、前川正との往復書簡集『生命に刻まれし愛のかたみ』を講談社から刊行。『塩狩峠』新潮社より文庫版として刊行（それまでの全作品の中で、初の文庫版。以後次々に文庫版が刊行される）。

七月、関西旅行のあと、利尻・礼文島に遊ぶ。両島の美しさに瞠目。十一月、光世・綾子合同歌集『共に歩めば』を聖燈社より刊行。十二月、短篇集『死の彼方までも』を光文社より刊行。同月、映画『塩狩峠』公開。中村登監督。作品の出来栄えに深く感動する。特に佐藤オリエ、中野誠也、長谷川哲夫、新克利、中村美代子の演技に讃歎。

一九七四年（昭和四十九年）●五十二歳

四月、自伝『石ころのうた』を角川書店より刊行。十一月、光世と共著の随筆集『太陽はいつも雲の上に』を主婦の友社より刊行。この月、旭川六条教会の新会堂落成。記念にテレビを購入。『氷点』入選以来、綾子がしきりにテレビを欲しがったが、光世曰く、「お前の小説がテレビになるのだ。テレビを見て小説を書くわけではない。おれの歌うのを聞いていればよい」。こうして十年テレビをわが家に入れず、『氷点』始めテレビドラマは専ら親の家に行って見ることにしていたが、遂に購入。綾子曰く「これ、恩赦といったらいいわね」。

十二月、『旧約聖書入門』を光文社より刊行。映画『塩狩峠』ロサンゼルスで公開される。

一九七五年（昭和五十年）●五十三歳

八月、『細川ガラシャ夫人』（明智光秀の娘、細川忠興の妻玉子のこと）を主婦の友社より刊行。初めての歴史小説。

同月、三省堂旭川店開店記念文化講演会に、講師として登壇。松本清張、渡辺淳一の両氏と共に。演題は「小説と登場人物」。松本清張氏は「歴史と推理」。渡辺淳一氏は「文学と映像」であった。旭川市民文化会館大ホールにて。

一九七六年（昭和五十一年）●五十四歳

この年春頃まで、『天北原野』を「週刊朝日」に、『泥流地帯』を北海道新聞日曜版に、『果て遠き丘』を「週刊女性セブン」に連載。すなわち週刊連載三本が重なる。他に月刊として『広き迷路』を主婦の友社「アイ」に連載していた。

三月、『天北原野』上下巻、朝日新聞社より刊行。四月、『石の森』を集英社より刊行。

一九七七年（昭和五十二年）●五十五歳

三月、『広き迷路』を主婦の友社より、『泥流地帯』を新潮社より刊行。

四月、初めての海外旅行に出る。『海嶺』取材のため、香港・マカオへ。帰国後、東京から知多半島の小野浦へ。光世、香港で引いたのか、発熱発汗著し。一人宿に残し置くわけにもいかず、小野浦、滋賀県各地の取材に同行させ、幾日か日中宿で静臥させる。

六月、『果て遠き丘』を集英社より刊行。十二月、『新約聖書入門』を光文社より刊行。

1975年８月13日、北海道の十勝岳にて松本清張（左）、渡辺淳一（中央）と共に

1978年に逝去した綾子の母・堀田キサ

一九七八年（昭和五十三年）●五十六歳

三月二十七日、母キサ死去、享年八十六。

　あなたがたの時間を取りすまなしとやさしかりき
　　吾に最後の言葉となりぬ　　光世

五月、『海嶺』取材のため一カ月に亘り、フランス、イギリス、カナダ、アメリカへ。アメリカでは、車の通らぬ山道を往返八キロと言われて歩く。実は八マイル、約十三キロ弱であった。しかし奇跡的に倒れずにフラッタリー岬の取材を無事に終える。この旅行の途次、ハワイに寄り、急遽講演。初めての通訳つき講演。

六月、八柳洋子秘書、夫の転勤に伴い退職、釧路へ移住。但し、しばしばファンレターの束を送り、返事の代筆を依頼する。九月からは毎月釧路より呼び寄せ、泊りこみで仕事の応援をしてもらう。

十月、花香寿子、秘書となる。同月、短篇集『毒麦の季』を光文社より刊行。十二月、『天の梯子』を主婦の友社より刊行。

一九七九年（昭和五十四年）●五十七歳

二月、八柳洋子、釧路より旭川へ戻り、早速秘書として復職してもらう。

三月、花香寿子、第一子出産に備えて退職。

四月、『続泥流地帯』を新潮社より、『孤独のとなり』を角川書店より刊行。五月、書きおろし小説『岩に立つ』を講談社より刊行。

この年も講演のため道内、道外の各地へ旅行すること多し。八月には浜頓別へ講演に行き、かつて砂金採掘で街をなしたという遺跡に案内される。また携帯用カラオケセットを購入、綾子のため光世時に応じて歌うこととなる。

一九八〇年（昭和五十五年）●五十八歳

一月十四日、風邪を恐れて冬季は講演を避けていたが、日本基督教団北海教区年頭修養会のため層雲峡で講演、一泊。

三月、『千利休とその妻たち』を主婦の友社より刊行。四月、講演のため関西方面へ。鳥取、近江八幡、大阪、堺、明石と巡回。鳥取砂丘を見る暇もなく帰る。この旅行の疲れが出たのか、三大痛い病といわれる帯状疱疹に罹る。自分ではいち早くそれと自覚したが、連休も絡んで顔一面火ぶくれとなり、五月、旭川医大病院へ入院。「年齢的に一生痛みは治らぬかも知れず」「この病気には癌がひそんでいることが多い。注意せよ」「角膜をやられたので失明するかも」等々、医師より不気味な託宣を受ける。光世、その病状を数首歌に詠む。

　鶏卵大に腫れし瞼膿みただるる鼻耐え耐えて妻の言ふ声優し
　激しき痛み忍び明かしてまどろむ妻何か寝言を言ひて笑ふも
　見晴しよき丘の病院ぞ雪一筋消(け)残る遠き尾根を妻よ見よ
　ひと日看とりて夜更帰り来し家淋し妻の机に物堆(うずたか)し

この病気のため『海嶺』の連載を三カ月休載。

十月、伊豆の大島の相沢良一牧師に勧められ、静養と玄米食食事療法のため大島へ約一カ月近く滞在。一日三原山に案内され、島を一周、波浮の港に立つ。

一九八一年（昭和五十六年）●五十九歳

四月、『海嶺』上下巻、朝日新聞社より刊行。

六月、中国の作家韶(シャオ)華氏、随筆家何為(ホイ)氏、並びに陳喜儒氏の三人が来訪。かつての日本の侵略を思って平伏す。

十月、画文集『イエス・キリストの生涯』を講談社より刊行。十一月、初の戯曲『珍版舌切り雀』を書き、十二月の旭川市民クリスマスに市内の教会員によって公演される。

一九八二年（昭和五十七年）●六十歳

二月、『わが青春に出会った本』を主婦の友社より刊行。四月、『青い棘』を学習研究社より刊行。

五月、直腸癌の症状と感じ、受診。十七日、旭川日赤病院に入院。果して直腸癌と診断され、手術を受く。まことに幸なことに、人工肛門をつけぬ手術ですむ。六月五日退院。

一九八三年（昭和五十八年）●六十一歳

五月、『三浦綾子作品集』（全十八巻第一回配本）を朝日新聞社より刊行。同月、『水なき雲』を中央公論社より刊行。十月、伊豆の大島へ三年ぶりに。前回果せなかった講演を実現。この帰途、三兄都志夫の危篤の報、急ぎ札幌へ飛ぶ。兄はその床より手を伸ばして、綾子の頭を撫でてくれたが、数日後に逝く。六十三歳。柔道六段、旭川中学当時野球部のマネージャー、この野球部にはスタルヒンも属していた。兄弟の中でもとりわけ優しい兄であった。

一九八四年（昭和五十九年）●六十二歳

五月、『北国日記』（日記抄）を主婦の友社より刊行。同月、『ちいろば先生物語』取材のため三度目の海外旅行へ。風邪のためしばらく三十七度台の熱がつづいて危ぶまれたが、真夏の如きロスに着くや、うそのように治り、ロス、サンフランシスコ、シアトル、ニューヨークを経て、イタリア、イスラエル、ギリシャと各地に四十日間取材をつづける。

一九八五年（昭和六十年）●六十三歳

四月、『白き冬日』（『短歌に寄せる随想』改題）を学習研究社より刊行。

五月、『ちいろば先生物語』取材のため四国今治市へ。その頃より体調優れず、旅行に先立ち受診。主治医曰く「手術でポリープを摘った隣りに、また腫瘍ができている」。明らかに再発の疑い。京都に着いた時、今までに幾人かに勧められた粉ミルク断食療法を思い立ち、今治の帰途、大阪健康再生会にて二十日間、その療法の指導を受く。大病院にて末期と宣告された患者の、意外な回復を幾例も目撃して意を強くする。以後、大いに体調好転。特に秋頃には疲れを知らぬほどに元気回復する。

十一月、『ナナカマドの街から』を北海道新聞社より刊行。

一九八六年（昭和六十一年）●六十四歳

三月、『聖書に見る人間の罪』を光文社より刊行。六月、小説『夕あり朝あり』取材のため、東京白洋舎本社、上越市、茅ヶ崎市等、五十嵐健治ゆかりの地を巡る。

十二月、『雪のアルバム』を小学館より、『草のうた』を角川書店より刊行。

一九八七年（昭和六十二年）●六十五歳

五月、『ちいろば先生物語』を朝日新聞社より刊行。同月、講演のため、東京、大阪、明石、京都へ。明石へは三度目の講演、そのいずれも内貫八郎右衛門牧師の招きによる。九月、『夕あり朝あり』（北海道新聞など三社連合の各紙連載）を新潮社より刊行。

十月、『母』取材のため上京。小林多喜二の兄小林三吾氏をも訪う。

一九八八年（昭和六十三年）●六十六歳

一月、『私の赤い手帖から』（『私の心をとらえた言葉』改題）を小学館から刊行。五月、群馬県東村で星野富弘氏と対談。歩行のできぬ氏の信仰生活に心打たれる。六月、『母』取材のため秋田県大館市へ。小林多喜二の生地等取材。その途次盛岡にて講演。八月、日本キリスト教団出版局主催の「信徒セミナール」に来旭した参加者の乗る二台のバスをタクシーで先導、美瑛町北瑛の丘へ案内する。一同バスの中で喚声を上げたと聞き大いに満足、いや感謝。この丘は数年前より年に幾度も訪ねる所。毎回その美しさに感歎するところ。

同月、『小さな郵便車』を角川書店より刊行。十一月、星野富弘氏との対談集『銀色のあしあと』を、いのちのことば社より刊行。

一九八九年（昭和六十四年 平成元年）●六十七歳

一月、『それでも明日は来る』を主婦の友社より刊行。五月、結婚三十周年記念のテープとCDを完成。童謡、ナツメロ、讃美歌等合わせて十曲、綾子のナレーション、光世の歌唱で構成。伴奏曲、佐々木義生作曲並びに演奏。九月、『生かされてある日々』を日本キリスト教団出版局より、『あのポプラの上が空』を講談社より刊行。

十一月、作家生活二十五周年を記念して「三浦綾子文学展」を札幌で開催（旭川では十二月）。同月、『あなたへの囁き』を角川書店より刊行。十二月、『われ弱ければ』を小学館より刊行。

この年、のど不調のため講演をすべてキャンセルかつ辞退。

一九九〇年（平成二年）●六十八歳

九月、『風はいずこより』をいのちのことば社より刊行。この年は旭川市内でのみ六回講演。

十二月十二日、長兄道夫、およそ三十年に及ぶ療養の末逝く。

一九九一年（平成三年）●六十九歳

四月、『三浦綾子文学アルバム』を主婦の友社より刊行。五月、二年ぶりに市外で講演のため帯広畜産大学へ。汽車の便悪く驚いたが、車中で乗客との会話を楽しむ。帯広市内では広場の芝生に仰臥、ひと時春の光を浴びる。七月、『三浦綾子全集』（全二十巻）主婦の友社より第一回配本。九月、『祈りの風景』を日本キリスト教団出版局より刊行。十二月、エッセイ『心のある家』を講談社より刊行。

夏頃より歩き方変調、つんのめるような歩行を再々光世に注意される。時に足や手指のしびれを感じる。軽い脳梗塞かと思う。十二月、同じ六条教会員三浦美喜子氏宅の恒例のクリスマスに、例年の如く参加したが、トイレで立ち上がれなくなり、三浦美喜子氏に助けられる。不気味な前兆を感ず。

一九九二年（平成四年）●七十歳

一月、友人村田和子氏、健康を案じてくれて美唄労災病院の神経内科の医師をつれて来る。診断してすぐに難病パーキンソン病と分かる。誤まった対応をしていると大変なことになるところ、大いに助かる。但し服薬の副作用で昼となく夜となく幻覚を見るようになる。幻覚は主に人間像で、ほとんど怪物や虫などは見ず、これもラッキー。

三月、書きおろし小説『母』（小林多喜二の母セキの語り口）十年来の懸案遂に角川書店より刊行。

七月、日本ペインクリニック全国大会で講演、会場は旭川市民文化会館。二年前より旭川市立病院長柴田淳一氏より依頼されていた件。体調低下のため光世がその半分を分担。

一九九三年（平成五年）●七十一歳

二月、『三浦綾子全集』主婦の友社刊全二十巻配本完了。

九月、『明日のあなたへ』主婦と生活社より刊行。同月、「三浦綾子全集

六十六歳

1988年５月20日、『銀色のあしあと』で対談した星野富弘の自宅・群馬県にて同氏と共に

六十九歳

1991年５月28日、自宅の書斎での綾子と光世

六十三歳

1985年10月12日、旭川市豊岡にて 綾子と光世の雨の日の散歩

完結記念講演会」のため五年ぶりに上京。主治医伊藤和則氏、友人村田和子氏、秘書八柳洋子、夫光世に介助されながら無事上京、二泊する。この講演会の講師は東京在住の評論家尾崎秀樹氏と、旭川から旭川大学教授高野斗志美氏。場所はカザルスホール。光世と綾子十五分程度挨拶のスピーチ。同月、西村久蔵召天四十年記念会に札幌往復日帰り。タクシーにて。上京時よりも疲労する。

十一月、結婚二年後に建て、雑貨屋を営み、小説『氷点』を書いた旧宅(めぐみ教会へ献じていたもの)の解体式。式後急遽保存の要請が山内亮史旭川大学教授等より提起あり。

十二月、CDとテープ『神共にいまして』発行。

一九九四年(平成六年)●七十二歳

二月、ひろさちや氏との対談集『キリスト教・祈りのかたち』主婦の友社より刊行。三月、小説『銃口』上下巻(「本の窓」一九九〇年一月号より一九九三年八月号まで連載)を小学館より刊行。

五月、芝桜で有名な滝上町へ一泊旅行。光世、秘書八柳洋子同行。滝上は幼少時光世の育った地。作家小檜山博氏、児童文学者加藤多一氏の出身地。往返タクシー。六月、前進座、『母』を旭川公会堂にて上演。原作者としても感動と敬意を禁じ難し。七月、山田洋次監督来宅対談、北海道新聞の朝刊一面に、「希望　明日へ」と題して八月七日より十二日まで六回に亘り掲載。十一月、北海道新聞文化賞社会文化賞受賞。

＊以上、『三浦綾子文学アルバム幼な児のごとく』北海道新聞社より

一九九五年(平成七年)●七十三歳

一月、自伝小説「命ある限り」を月刊「野性時代」(角川書店)に連載開始。

二月、対談集『希望・明日へ』を北海道新聞社より刊行。

五月、書き下ろしエッセイ集『新しき鍵』を光文社より刊行。

十月十日〜十五日まで旭川西武デパートにて「三浦光世、綾子夫妻の想い出箱展」が開催される。

十月、エッセイ集『難病日記』(キリスト教月刊誌「信徒の友」に「生かされてある日々」と題して連載。平成四年八月号の一部と同年九月号〜七年三月号)を主婦の友社より刊行。

十月十七日、「三浦綾子記念文学館」設立発起人会に出席。

十二月六日、「三浦綾子記念文学館」設立実行委員会に出席。

一九九六年(平成八年)●七十四歳

三月十七日、名人等七冠王羽生善治氏来宅。

三月、『銃口』のNHKテレビ化で旭川市内ロケが始まる。

五月十四日、末弟堀田秀夫死去。

四月、自伝小説『命ある限り』(「野性時代」に連載、平成七年一月号〜八年四月号　未完)を角川書店より刊行。

六月、『母』角川文庫版を刊行。

六月二十三日、札幌医大大学祭にて「人間性の回復」と題して講演。途中具合が悪くなり休憩、その間光世話をする。再び登壇、最後を締括る。

五月二十七日、HBCラジオ放送「つづれ織る命、三十七年目の三浦綾子夫妻」と題して光世・綾子出演。

六月二日、NHKテレビ「さわやかインタビュー」に光世、綾子出演、全国放送。

七月、幻覚がひどくなり(パーキンソン病の薬の副作用による)、気力、体力ともに低下、　八月、快方に向わず、三本の連載を已む無く一時休載。

九月三日、「三浦綾子文学館をつくろう札幌の会」結成総会、綾子不調のため光世出席。

九月十一日、「第一回井原西鶴賞」受賞。大阪より西鶴文学代表の桝井寿郎氏来旭、自宅にて授賞式を行う。

九月十六日、大雪クリスタルホールにて「三浦光世&綾子五郎部俊朗、愛のコンサート」開催。

十月、『新しき鍵』光文社文庫版刊行。同月、『明日のあなたへ』集英社文庫版刊行。

十一月一日、北海道文化賞受賞、札幌アカシアホテルの授賞式に出席。

十一月十九日、旭川青年大学講演会で綾子挨拶、光世講演。

十二月八日から六回にわたり、ドラマ「銃口」がNHK衛星第2で、翌年三月一日から三回、土曜ドラマとしてNHK総合テレビで放映。

十二月、『銃口』小学館文庫版刊行。

一九九七年（平成九年）●七十五歳

一月二十七日よりリハビリのため札幌柏葉脳神経外科病院に光世とともに入院。

三月二十一日、旭川東郵便局開局二十周年記念の絵ハガキ「三浦綾子の世界」発売。

四月一日、財団法人三浦綾子記念文化財団設立認可が下りる。「三浦綾子記念文学館」設立へ。

五月、講演集『愛すること生きること』を光文社より刊行。

六月十二日、柏葉脳神経外科病院退院。

七月四日、第一回アジア・キリスト教文学賞受賞。ソウルでの授賞式は体調悪く欠席。同月二十九日、発熱のため旭川リハビリテーション病院に入院。

八月二十七日、退院。

九月九日、北海道開発功労賞受賞。

九月現在、エッセイ二本、自伝小説一本、同年一月より休載中。

十月、『小さな一歩から』講談社文庫版刊行。

一九九八年（平成十年）●七十六歳

六月十三日、「三浦綾子記念文学館」開館。
＊以上、『国文学　解釈と鑑賞』第六十三巻十一号「特集三浦綾子の世界」／至文堂、平成十年十一月一日発行より／同年譜は講談社文庫『小さな一歩から』所収の自作「年譜」（一九九七年九月十五日　作成）に、『至文堂』での特集にあたり三浦綾子自身が補筆し掲載されたもの

一九九九年（平成十一年）●七十七歳

十月十二日　三浦綾子、多臓器不全のため、旭川リハビリテーション病院で逝去。

七十一歳

1993年４月９日、旭川女子商業高等学校にて三浦綾子文庫のオープンテープカット

七十二歳

1994年10月2日、自宅で行われた到知出版社のインタビュー

七十六歳

1998年５月10日、旭川市豊岡の自宅にて、高野斗志美（中央）と共に新刊ニュース対談にて

旭川の観音霊園にある三浦夫妻の墓

［自作年譜］　1994年分までは『三浦綾子文学アルバム　幼な児のごとく』（1994年／北海道新聞社）、1995年分以降は『国文学　解釈と鑑賞』（第63巻11号「特集三浦綾子の世界」／平成10年11月1日発行）に基づく。
※1　住所等の表記には一部、加筆・修正を加えている。
※2　国際福音宣教団（キリスト教）

文学館の歩み

1995（平成7）年
12月6日　「三浦綾子記念文学館設立実行委員会」が全国の約3千人の実行委員で発足

1996（平成8）年
3月　札幌に「三浦綾子記念文学館をつくろう札幌の会」が発足

1997（平成9）年
4月1日　財団法人三浦綾子記念文化財団　認可
4月4日　理事長に三浦光世が就任、文学館設置場所を『氷点』ゆかりの地・神楽見本林に決定

1998（平成10）年
2月27日　三浦綾子記念文学館、初代館長に高野斗志美が就任
6月13日　オープン、開館記念式典（見本林）、開館祝賀会（旭川パレスホテル）

1999（平成11）年
10月11日　入館者10万人達成
10月12日　三浦綾子、多臓器不全のため、旭川リハビリテーション病院で逝去

2000（平成12）年
6月13日～10月17日　開館2周年記念特別企画展「三浦綾子署名本展 ― 妻から夫への感謝のことば」（文学館中央ホール）

2001（平成13）年
6月13日～10月17日　開館3周年記念特別企画展「三浦綾子　新聞小説『泥流地帯』の世界～人生の苦難を希望に変えた人々～」（文学館中央ホール）

2002（平成14）年
6月13日～10月17日　開館4周年記念特別企画展「道ありきのころ ― 再生をとげた魂の軌跡 ―」（文学館中央ホール）
6月22日　入館者20万人達成
7月9日　館長　高野斗志美逝去
10月16日　理事会・評議員会、三浦光世を館長に選任　理事長職と兼務（～2010年）

2003（平成15）年
6月12日～10月13日　開館5周年記念特別企画展「三浦綾子　氷点 ― よみがえる名作 ―」（文学館中央ホール）

2004（平成16）年
6月13日～10月11日　氷点40周年特別企画展「三浦綾子のすべて」（文学館中央ホール）

2005（平成17）年
6月13日～10月12日　開館7周年記念特別企画展「銃口 ― 三浦綾子　最後の小説 ―」（文学館中央ホール）
7月17日　入館者30万人達成

2006（平成18）年
6月13日～10月12日　開館8周年記念特別企画展「三浦綾子の歴史小説 ― 海嶺 ―」（文学館中央ホール）

2007（平成19）年
6月13日～10月12日　開館9周年記念特別企画展「三浦綾子の初めての歴史小説 ― 細川ガラシャ夫人 ―」（文学館中央ホール）

2008（平成20）年
3月11日　副理事長　後藤憲太郎逝去
6月13日　開館10周年新展示のリニューアルオープン及び記念式典

2009（平成21）年
4月10日～3月31日　三浦綾子没後10年特別展「三浦綾子の歩んだ道のり」三部作（本館2階企画展示室）

2010（平成22）年
2月1日　財団法人三浦綾子記念文化財団から公益財団法人三浦綾子記念文化財団への移行登記終了。「公益財団法人三浦綾子記念文化財団」の名称で新財団が発足／理事会・評議員会も体制を一新／三浦光世理事長が名誉理事長に、盛永孝之が理事長に就任
5月3日　入館者40万人達成

2011（平成23）年
6月12日～10月27日　特別展『氷点』二大企画展「ようこそ、美しくて不気味な『氷点』の奥舞台・見本林へ」（本館2階企画展示室）
6月15日～7月7日　特別展『氷点』二大企画展「三浦文学と北海道～『氷点』の物語から見る」（本館2階企画展示室）

2012（平成24）年

4月1日～6月10日　三浦綾子生誕90周年記念特別展「加藤多一の世界」（本館2階企画展示室）

5月24日　現理事長の任期満了に伴い、理事の山田宏紀が理事長に就任

2013（平成25）年

6月13日～10月27日　開館15周年記念特別展「大河小説『天北原野』」展（本館2階企画展示室）

2014（平成26）年

4月1日～6月29日　『氷点』50年記念事業　『氷点』3連続企画展第1弾「追体験で味わう〝『氷点』の聖地〟見本林」（本館2階企画展示室）

7月1日～10月28日　企画展第2弾「〝ゲンザイ〟」（本館2階企画展示室）

10月30日　三浦光世が敗血症により逝去

11月1日～3月27日　企画展第3弾「〝流氷が燃える〟～『続氷点』ヒロイン陽子の逢着点」（本館2階企画展示室）

11月10日　『氷点』の連載開始50周年を記念して実施された三浦綾子記念文学賞を、河﨑秋子が『颶風の王』で受賞

2015（平成27）年

8月2日　入館者50万人達成

2016（平成28）年

7月1日～10月28日　『塩狩峠』50年事業特別展「一粒の麦いのちより重い愛の尊さ」（本館2階企画展示室）

11月14日　理事会・評議員会、北海学園大学教授・歌人の田中綾を第3代館長に選出

2017（平成29）年

3月15日　田中綾　新館長に就任

5月24日　現理事長の任期満了に伴い、石川千賀男が理事長に就任

2018（平成30）年

4月6日　1階常設展示リニューアルオープン

9月5日　開館20周年記念誌『こだわり、てづくり。三浦綾子記念文学館、市民と20年』発行

9月29日　三浦夫妻の書斎を移設・復元した分館オープン

12月16日　財団副理事長や作文賞選考委員を務めた菅野浩逝去

2019（令和元）年

1月17日　設立準備から携わり、副館長と財団執行理事を長く務めた斉藤傑逝去

三浦綾子没後20年　三浦夫妻結婚60年記念企画展

4月5日～6月9日　「愛の短歌・夫婦生活40年　光世のまなざし、綾子の横顔」（本館2階企画展示室）

6月5日　理事会・評議員会、大矢二郎を副館長に選任

6月13日～翌3月29日「愛し愛されるための6つの法則ハッとして、ホッとする愛のことば」（本館2階企画展示室）

2020（令和2）年

4月4日～翌3月21日　終戦75年企画展　連載開始『銃口』30年／『青い棘』40年を記念して「アノ日、空ノ下デ君ハ何ヲ想フ」（本館2階企画展示室・2階回廊）

2021（令和3）年

〈自然災害をテーマとして〉

7月1日～翌2月27日　開館23年記念特別企画展「大きなニレの樹の下で」十勝岳噴火災害からの復興を描いた『泥流地帯』『続泥流地帯』（本館2階企画展示室・2階回廊）

2022（令和4）年

4月1日～翌3月20日　三浦綾子生誕１００年記念特別企画展「プリズム―ひかりと愛といのちのかがやき―」（本館2階企画展示室）

2023（令和5）年

4月1日～翌3月20日　企画展「綾子と海」（本館2階企画展示室・2階回廊）

6月13日～翌3月20日　三浦綾子記念文学館・小さな企画展「同時代を生きた作家―遠藤周作と三浦綾子―」～回廊にて

※２０２０年より、新型コロナウイルス感染症対策として休館を余儀なくされ、各年度の企画展は会期延長となりました。

三浦綾子読書会

三浦綾子読書会は文学館とは別に、2001年に始まった文化活動で、2022年現在、オンラインも含めて国内外約200の読書会があり、約500人の会員と約3000人の参加者がつながる活動になっています。

三浦綾子の著作を事前にもしくは、その場で読んで感想を語り合う読書会のほかに、朗読会、映画上映会、作品舞台を訪ねる文学散歩ツアー、三浦綾子の文学や読書会の運営などについて学ぶ各種講座や講演会、読書会リーダー研修会、研究会、全国大会なども企画開催しています。また、若い方々に三浦綾子の自伝小説『道ありき』などを贈呈する活動も行っています。ホームページ、Facebookページなどで各地読書会の開催情報などの発信を行っています。

三浦綾子読書会代表／三浦綾子記念文学館特別研究員
森下 辰衛

三浦綾子　著作等目録一覧

……映画化　……テレビ化　……ラジオ化　……短編小説

(注)※初出単行本を中心に年代順に挙げました。特装本、文庫本、三浦綾子記念文学館復刊シリーズ等、また舞台化作品等については文学館にお問い合わせください。

No.	タイトル	出版社（初版）	初版年月日	翻訳	映像化
1	氷点	朝日新聞社	1965年11月15日	○	映画（'66）.テレビ（'66、'71、'81、'89、'01、'06）
2	ひつじが丘	主婦の友社	1966年12月10日	○	テレビ（'66～'67）「愛の自画像」
3	愛すること信ずること　夫婦の幸福のために	講談社	1967年10月30日	○	
4	積木の箱	朝日新聞社	1968年5月25日	○	テレビ（'68、'75）、映画（'68）
5	塩狩峠	新潮社	1968年9月25日	○	映画（'73）
6	道ありき―わが青春の記―	主婦の友社	1969年1月31日	○	
7	病めるときも	朝日新聞社	1969年10月25日	○	テレビ（'69）「羽音」
8	裁きの家	集英社	1970年5月25日	○	テレビ（'70、'73）
9	この土の器をも―道ありき第二部　結婚編―	主婦の友社	1970年12月5日	○	
10	続氷点	朝日新聞社	1971年5月25日	○	テレビ（'71、'06）
11	光あるうちに―道ありき第三部　信仰入門編―	主婦の友社	1971年12月15日	○	
12	生きること思うこと　わたしの信仰雑話	主婦の友社	1972年6月1日	○	
13	自我の構図	光文社	1972年7月10日	○	テレビ（'70）「愛の誤算」、（'74、'78）「自我の構図・愛と死」
14	帰りこぬ風	主婦の友社	1972年8月1日	○	
15	あさっての風	角川書店	1972年11月30日	○	
16	残像	集英社	1973年3月30日	○	テレビ（'73）
17	死の彼方までも	光文社	1973年12月15日	○	テレビ（'77、'83、'91）「死の彼方までも」 （'94）足跡の消えた女「私は悪女？」
18	石ころのうた	角川書店	1974年4月30日	○	
19	旧約聖書入門　光と愛を求めて	光文社	1974年12月20日	○	
20	細川ガラシャ夫人	主婦の友社	1975年8月1日	○	
21	天北原野（上）	朝日新聞社	1976年3月30日	○	テレビ（'77）
22	天北原野（下）	朝日新聞社	1976年5月20日	○	テレビ（'77）
23	石の森	集英社	1976年4月25日	○	
24	広き迷路	主婦の友社	1977年3月1日	○	テレビ（'79）
25	泥流地帯	新潮社	1977年3月25日	○	
26	果て遠き丘	集英社	1977年6月25日	○	テレビ（'78）
27	新約聖書入門　心の糧を求める人へ	光文社	1977年6月25日	○	
28	毒麦の季	光文社	1978年10月25日	○	テレビ（'90）尾灯「冬あかり」、（'93）「喪失」
29	天の梯子	主婦の友社	1978年12月8日	○	
30	続泥流地帯	新潮社	1979年4月15日	○	
31	孤独のとなり	角川書店	1979年4月30日	○	
32	岩に立つ　ある棟梁の半生	講談社	1979年5月24日	○	
33	千利休とその妻たち	主婦の友社	1980年3月26日	○	テレビ（'83）
34	海嶺（上・下）	朝日新聞社	1981年4月20日	○	映画（'83）
35	わが青春に出会った本	主婦の友社	1982年2月22日	×	
36	青い棘	学習研究社	1982年4月1日	○	ラジオ（'83）
37	水なき雲	中央公論社	1983年9月10日	○	テレビ（'89）
38	泉への招待　真の慰めを求めて	日本基督教団出版局	1983年9月10日	○	
39	愛の鬼才―西村久蔵の歩んだ道―	新潮社	1983年10月20日	×	
40	藍色の便箋	小学館	1983年12月1日	○	
41	北国日記	主婦の友社	1984年5月14日	○	
42	白き冬日	学習研究社	1985年4月20日	○	
43	ナナカマドの街から	北海道新聞社	1985年11月20日	○	
44	聖書に見る人間の罪―暗黒に光を求めて―	光文社	1986年3月30日	○	
45	嵐吹く時も	主婦の友社	1986年8月30日	○	
46	草のうた	角川書店	1986年12月20日	×	
47	雪のアルバム	小学館	1986年12月20日	○	
48	ちいろば先生物語	朝日新聞社	1987年5月28日	×	
49	夕あり朝あり	新潮社	1987年9月20日	○	
50	私の赤い手帖から―忘れえぬ言葉―	小学館	1988年1月1日	○	
51	小さな郵便車	角川書店	1988年8月25日	○	
52	それでも明日は来る	主婦の友社	1989年1月25日	○	
53	生かされてある日々	日本基督教団出版局	1989年9月20日	○	
54	あのポプラの上が空	講談社	1989年9月22日	○	
55	あなたへの囁き	角川書店	1989年11月5日	○	

……映画化
……テレビ化
……ラジオ化
……短編小説

No.	タイトル	出版社（初版）	初版年月日	翻訳	映像化
56	われ弱ければ―矢嶋楫子伝	小学館	1989年12月20日	○	映画（'22）
57	風はいずこより	いのちのことば社	1990年9月1日	○	
58	心のある家	講談社	1991年12月10日	○	
59	母	角川書店	1992年3月10日	○	映画（'17）
60	夢幾夜	角川書店	1993年1月25日	×	
61	明日のあなたへ	主婦と生活社	1993年9月9日	○	
62	銃口（上・下）	小学館	1994年3月10日	○	テレビ（'96）「銃口教師竜太の青春」
63	この病をも賜ものとして	日本基督教団出版局	1994年10月30日	×	
64	小さな一歩から	講談社	1994年11月21日	×	
65	新しき鍵―私の幸福論―	光文社	1995年5月30日	○	
66	難病日記	主婦の友社	1995年10月10日	×	
67	命ある限り	角川書店	1996年4月30日	○	
68	愛すること生きること	光文社	1997年5月30日	○	
69	さまざまな愛のかたち	ほるぷ社	1997年11月15日	×	
70	言葉の花束	講談社	1998年6月5日	○	
71	雨はあした晴れるだろう	北海道新聞社	1998年7月10日	○	
72	ひかりと愛といのち	岩波書店	1998年12月18日	○	
73	明日をうたう　命ある限り	角川書店	1999年12月25日	○	
74	遺された言葉	講談社	2000年9月20日	×	
75	愛の歌集　いとしい時間	小学館	2000年10月12日	×	
76	人間の原点　苦難を希望に変える言葉	PHP研究所	2001年8月15日	○	
77	永遠のことば	主婦の友社	2001年11月20日	×	
78	忘れてならぬもの	日本キリスト教団出版局	2002年2月20日	×	
79	私にとって書くということ	日本キリスト教団出版局	2002年9月25日	×	
80	愛と信仰に生きる	日本キリスト教団出版局	2003年4月25日	×	
81	丘の上の邂逅	小学館	2012年4月28日	×	
82	ごめんなさいといえる	小学館	2014年4月25日	×	
83	国を愛する心	小学館	2016年4月6日	×	
84	三浦綾子366のことば	日本キリスト教団出版局	2016年7月13日	×	
85	一日の苦労は、その日だけで十分です	小学館	2018年4月25日	×	
86	平凡な日常を切り捨てずに深く大切に生きること	いのちのことば社	2022年4月25日	×	

三浦綾子・光世ほか共著等　目録一覧

No.	タイトル	出版社（初版）	初版年月日
1	太陽は再び没せず　夫婦愛に生きた記録11編	主婦の友社	1972年11月10日
2	生命に刻まれし愛のかたみ	講談社	1973年5月2日
3	愛に遠くあれど	講談社	1973年4月12日
4	共に歩めば	聖燈社	1973年11月10日
5	太陽はいつも雲の上に	主婦の友社	1974年11月5日
6	銀色のあしあと	いのちのことば社	1988年11月10日
7	イエス・キリストの生涯	講談社	1981年10月22日
8	わたしたちのイエスさま	小学館	1981年12月25日
9	祈りの風景	日本基督教団出版局	1991年9月30日
10	キリスト教・祈りのかたち	主婦の友社	1994年2月14日
11	希望、明日へ	北海道新聞社	1995年2月25日
12	三浦綾子対話集　全4巻	旬報社	1999年2月～4月
13	夕映えの旅人　生かされてある日々3	日本基督教団出版局	2000年10月12日
14	まっかなまっかな木	北海道新聞社	2002年4月21日
15	綾子・光世　愛つむいで	北海道新聞社	2003年6月30日
16	「氷点」を旅する	北海道新聞社	2004年6月30日
17	したきりすずめのクリスマス	ホームスクーリングビジョン	2008年12月8日
18	綾子・光世　響き合う言葉	北海道新聞社	2009年4月9日
19	信じ合う 支え合う 三浦綾子・光世エッセイ集	北海道新聞社	2018年4月25日
20	祈りのことば	日本キリスト教団出版局	2021年10月25日

三浦光世 著作目録一覧

No.	タイトル	出版社（初版）	初版年月日
1	少年少女の聖書ものがたり	主婦の友社	1975年11月1日
2	吾が妻なれば	近代文藝社	1990年5月30日
3	妻と共に生きる	主婦の友社	1995年10月10日
4	夕風に立つ	教文館	1999年7月31日
5	死ぬという大切な仕事	光文社	2000年5月30日
6	綾子へ	角川書店	2000年10月12日
7	三浦綾子創作秘話	主婦の友社	2001年12月20日
8	妻　三浦綾子と生きた四十年	海竜社	2002年5月16日
9	希望は失望に終わらず	致知出版社	2002年8月6日
10	二人三脚	福音社	2004年6月30日
11	愛と光と生きること	日本キリスト教団出版局	2005年4月20日
12	青春の傷痕	いのちのことば社	2006年11月15日
13	ジュニア聖書ものがたり50	いのちのことば社	2008年11月20日
14	三浦光世　信仰を短歌う	日本キリスト教団出版局	2010年3月25日

結婚写真を撮影している写真 1959（昭和 34）年 5 月 24 日

撮影された結婚写真

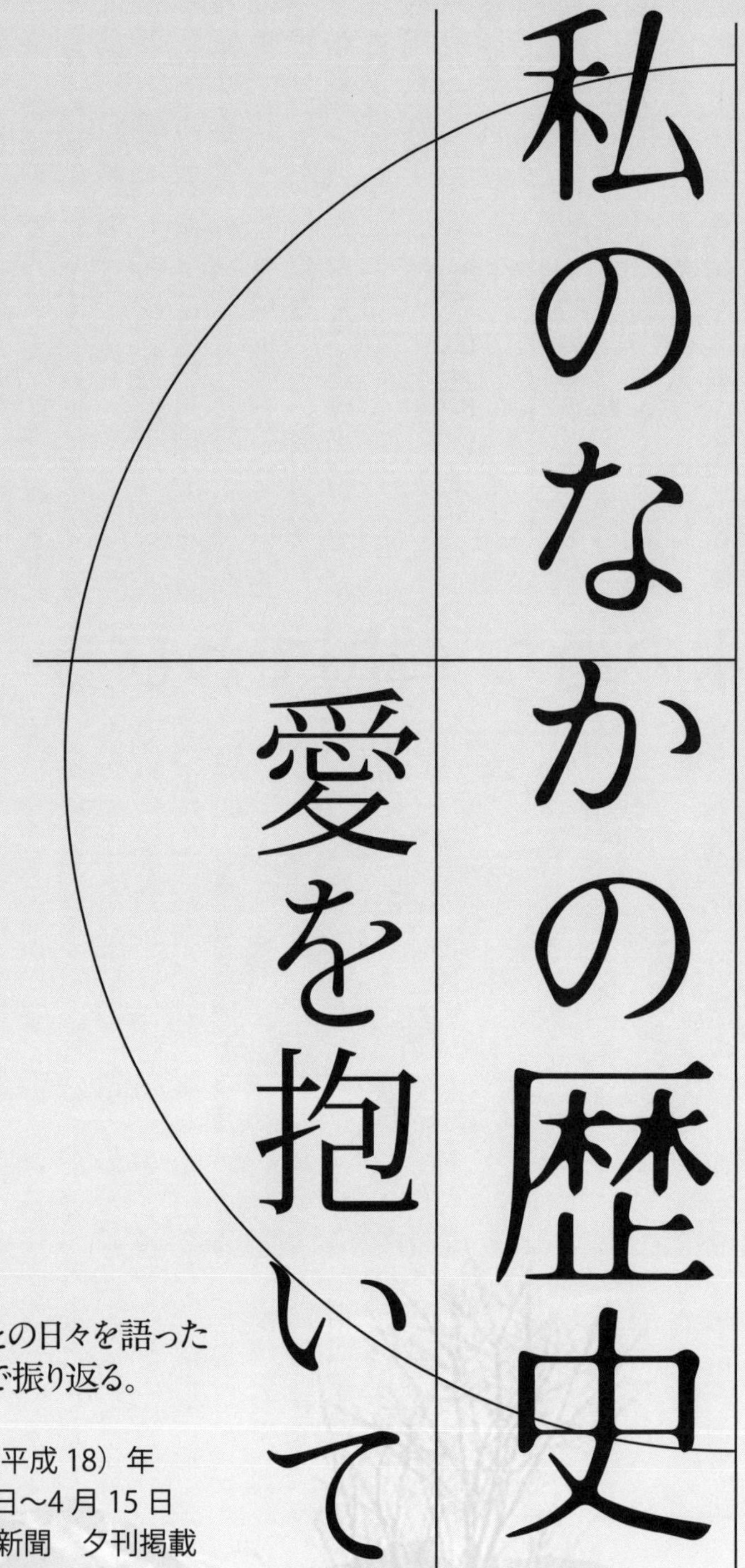

私のなかの歴史
愛を抱いて

三浦光世が綾子との日々を語った
連載を新聞紙面で振り返る。

2006（平成 18）年
4月3日〜4月15日
北海道新聞　夕刊掲載

私のなかの歴史

愛を抱いて ——①

三浦綾子記念文学館長　三浦（みうら）光世（みつよ）さん

日本の過ち　韓国でわびる

妻の思いを

妻の綾子が天に召されて、今年で七年になります。昨年秋、私は初めて韓国に行きました。綾子の最後の小説「銃口」（一九九四年）の演劇が上演されるのに合わせて、舞台あいさつと講演をするためでした。そこで綾子が長年、悔い続けてきた思いを伝えたかったのです。

綾子は「韓国や中国に行くことがあるなら、私、とても胸を張って歩くことはできない」と言っていました。戦時中、小学校教師だった綾子は、子どもたちに「大きくなったらお国のために命をささげるのよ。天皇陛下のために死ぬのよ。日本は神の国だから、神風が吹くの」と説いていたからです。当時は私もそう信じていました。敗戦後、綾子は誤ったことを教えた自分が許せず、教師をやめました。

わが家に綾子の作品が好きだという中国の作家二人と通訳の計三人が、いらしたことがありました。その時綾子は、客間の畳に額をすりつけんばかりにして「日本がかつて行った申し訳ないこと、とんでもないことをどうぞ許してください」と頭を下げました。作家たちは「過ぎたことですよ」と温かく答えてくださった。

ソウルでの講演会では、私は日本が行った日韓併合、創氏改名などを韓国の皆さんにおわびしたい、と話しました。客席で五十代くらいの女性が涙をふいているのが見えました。少しは、韓国に来たがっていた綾子の思いを伝えることができたのでしょうか。翌日訪れた市内のタプコル公園で、六十代くらいの女性からきつい口調で抗議を受けました。案内者によると、小泉純一郎首相の靖国神社参拝への抗議だそうです。今も口惜しい思いをしている方は多いのでしょう。

ところで、「銃口」は「激動の昭和を総括し、神と人間について書いてほしい」という依頼で生まれた小説です。戦争に巻き込まれる教師の北森竜太が主人公ですが、舞台は中国、朝鮮半島に及びます。

重要な人物に、竜太を助ける金俊明という朝鮮の青年がいます。生い立ちや経歴は創作ですが、寡黙で義理堅い彼の人となりは、以前、旭川で韓国料理店を開いていた在日韓国人の男性がモデルです。私も綾子も親切にしてもらいました。彼は亡くなりましたが、韓国での「銃口」公演には、堺市に住む彼の夫人が駆けつけてくれました。私が「あなたたちに日本は申し訳ないことをしました」と言うと、彼女は「当時の政府が悪かった。個人への恨みはありません」と言ってくださいました。

旭川に帰ると、自宅の掲示板に張った「銃口」のポスターが破られていました。嫌がらせです。「韓国に謝罪するとは三浦はとんでもないやつだ」と思った人がいたのでしょう。身の危険を心配してくれる人もいました。私も八十歳を過ぎましたから、できるなら人生を静かに大過なく終えたい。ですが、私のような小さき者も間違いの許しを請い、わびるべきことはわびなければ。あのころ、朝鮮の人たちが差別されていたことを知っていたのですから。

歯切れが良くて評判が良かった綾子の講演に比べ、私はおしゃべりに毛が生えた程度。それでも綾子の作品を読んでいただけたらいいな、との願いを込めてお話ししています。綾子が残した本は九十六冊。『綾子先生の本を読んで、自殺を思いとどまった』『希望を持つことができた』というお話を今もいただきます。綾子の仕事はまだ続いているのだなと感じています。（聞き手・赤木国香）

韓国・ソウル市内のタプコル公園で（中央が私）。抗日運動の様子を伝えるレリーフが並ぶ＝2005年10月20日

1924年（大正13年）東京都生まれ。27年、網走管内滝上町に移住。宗谷管内中頓別町の小頓別小高等科卒。当時の旭川営林局などで働き、59年に堀田（旧姓）綾子さんと結婚。66年に同局を退職。歌人。財団法人三浦綾子記念文化財団理事長と三浦綾子記念文学館長を兼任。著書に「死ぬという大切な仕事」など。旭川市在住。

私のなかの歴史

愛を抱いて――②

母、兄、妹と離れ離れに

三浦綾子記念文学館長　三浦光世さん

「あなたがたは世の光である」。新約聖書のこの言葉が、私の名前の由来です。命名は父の友人で、父は「もったいない名前だが、闇夜の中でたばこの火程度に光ってくれたらいいだろう」と笑っていたそうです。

私は関東大震災（一九二三年＝大正十二年）の翌年、東京は目黒不動（目黒区）の近くで生まれました。父の三浦貞治、母のシゲヨとも福島県出身で、二人は若いころに滝上村（現網走管内滝上町）に開拓に入り、それぞれの親を呼び寄せました。でも与えられた土地は石が多かったり、傾斜地だったりで生活は苦しく、結局、祖父母は残り両親と子供たちが東京に出てきたのです。

父は、東京市電の運転士などを務めました。洗礼は受けていませんでしたが、東京で教会に通っていたようです。ビールが好きで、私も悪がきで「飲ませて」とねだって、ちょっとだけ飲んだことがあったそうです。今は全然飲みませんがね。きょうだいは五つ上の兄の健悦、生まれてすぐ父方の伯父の養子になった三つ上の富美子、私、そして妹の誠子でした。

私が三つの時、父は無理がたたったのか肺結核になり、一家で滝上に帰りました。父は自分が開拓した地で死ぬ覚悟だったのでしょう。幼い私には夏、父と駅弁を食べながら列車に乗っていた記憶があります。父は絵が上手で、チューリップの絵をよく描いてくれました。私はそんな父が大好きで、いつもまとわりついていました。

父の死

滝上では農作業を終えて帰宅した母が、伏していた父に「寂しかったでしょう」と声をかけると、父は「寂しくはなかったよ。キリストと話をしていたから」と言ったそうです。父は神に訴えていたのかもしれません。「なぜ、私はこの若さで妻子を残して死なねばならないのでしょうか。なぜ、こんな病気になったのでしょうか」と。二七年（昭和二年）十一月、三十二歳で父は亡くなりました。

ひつぎは座棺で、私は母に抱き上げてもらって父の亡きがらをのぞきました。母もつらかったでしょうに、私が「見せて、見せて」とせがんだものですから…。父の安らかな顔は今も覚えています。

母は、女一人でこのまま農業をしていても三人の子どもを育てるのは難しいと考え、美容師になるために札幌に行きました。兄と妹は父方の祖父母の家へ、私だけ母方の祖父母の家へ預けられました。

母方の祖父、宍戸吉太郎は福島県で洗礼を受けたキリスト教徒で、酒もたばこもやらない、やさしい人でした。話も上手でね、旧約聖書の物語を童話がわりに教えてくれました。のちに私は「少年少女の聖書ものがたり」を書きましたが、そのころの楽しい思い出が下地になっています。祖母のモトは後添いで、血のつながりはありませんでしたが、優しい人で私を慈しみ、かわいがってくれました。

祖父は正義感の強い人間でもありました。小学生のころ、夜中に音がして、だれかが入ってきたことがありました。工事現場のたこ部屋から逃げ出した人が、助けを求めてきたのです。犬の遠ぼえが聞こえ、外はにわかに騒がしくなりました。私は怖くて仕方なかったのですが、祖父はすぐに彼をかくまいました。周囲が静かになるのを待って若干のお金を渡し、「道路には絶対に出るな。なるべく早く村から離れろ」と逃がしたのです。

この話をしたのでしょう。綾子が小林多喜二の母セキを描いた小説「母」（九二年）では、多喜二の父がたこ部屋からの脱走者を助ける場面があります。最後の小説になった「銃口」でも、主人公の父が同じように脱走した朝鮮籍の青年を助けています。

（聞き手・赤木国香）

兄の健悦（右）、姉の富美子（左）と。中央の赤ん坊が私。背後にいるのは母のシゲヨ

私のなかの歴史

愛を抱いて――③

三浦綾子記念文学館長　三浦光世さん

きょうだい思い家族支える

母方の祖父の家に預けられた私は、そこから滝上村（現網走管内滝上町）の滝西小学校へ通いました。成績は良かったので、六年生の時、担任の先生が祖父に「光世君を中学に進学させてやってください」と頼みに来てくれました。

でも中学進学には名寄か旭川に出て、宿舎に入らなければならない。祖父はやさしい人でしたが、貧しい山奥の開拓農家で土地は石だらけ。そんな余裕はありませんでした。無理もない話でしたが、その夜は「なぜ父さんは死んだのか」と、布団をかぶって泣きました。ただ、二年間の高等科に進むことは許してくれました。

美容師になろうと札幌に出ていた母は、私が十三歳の時に帰ってきました。美容師にはなれませんでしたが、教会の手伝いをしているうち、信仰を得て戻りました。私たちは、兄が働いていた宗谷管内中頓別町小頓別に移り、再び家族で暮らせるようになりました。

父方の祖父に預けられていた五つ上の兄の健悦は、小学校高等科を出るとすぐ、あちこちで働きました。私を師範学校に進学させるためでした。樺太（サハリン）まで出稼ぎに行ったこともありました。師範学校は小学校高等科を卒業すると受験でき、卒業後は小学校の教師になれたのです。

頼れる兄

兄は本当に愛のある、温かな心の持ち主でした。いつも私たち弟妹のことを第一に考えてくれ、絵も歌も上手で手先も器用。私が将棋が好きだと知ると、将棋盤や駒まで作ってくれました。力も強くて、コメを三俵（百八十㌔）担いで歩けるほど。けれど私が小頓別小高等科を卒業する一九三九年（昭和十四年）、頼りの兄が軍隊にとられてしまった。結局、卒業後に運送会社の給仕兼事務員になりました。十五歳になったばかりでした。

綾子の小説「泥流地帯」（七七年）の主人公の兄弟は、こうした私と兄の生い立ちをモデルにしています。「泥流地帯」は二六年（大正十五年）の十勝岳噴火による大正泥流の惨害を題材にした長編で、私がずっと綾子に書くように頼んでいたテーマでした。旭川営林局（当時）に勤めていたころ十勝岳災害の記録をまとめた本があって気になっていたのです。

というのも、被害が最も大きかった集落「三重団体」は、日々の行いがとても立派だったというのです。因果応報という言葉を聞きますが、それではなぜ、立派な人間に苦難がふりかかるのか。綾子は十三年もの闘病生活を送っていたので、苦難を経た綾子にこそ、このテーマで書いてほしかった。綾子は「私には農業の経験もないし、難しいわ」と渋っていましたが、まさか私と兄をモデルにするとは思ってもみませんでした。そんな綾子の気持ちが、うれしかったですね。

話は戻りますが、十六歳の時、中頓別営林区署（当時）の毛登別伐木事業所に検尺補助員として入りました。兄が上司の熊谷猛哉さんという方と親しく、「弟を雇ってほしい」と頼んでくれたのです。熊谷さんは作業員一人一人に声を掛けてくれる、心の広い人でした。道路工事には朝鮮の人もいましたが、熊谷さんは絶対に差別をしませんでした。

作業現場は山奥で、先輩が丸太の寸法を測り、帳面をつけ、私が丸太に刻印を押します。ササやぶの中を先輩について走り回って随分忙しかったですね。一年たったころ、優秀な者を中頓別営林区署の本署勤務にしたいという話が来て、熊谷さんは私を推薦してくださった。三人枠で、ほかは三十代の先輩ばかり。優秀な先輩を差し置いて申し訳ないと思いましたが、小学校を卒業しただけで本署勤務になれることは珍しく、私は喜んで本署に向かいました。

（聞き手・赤木国香）

軍隊に入る兄・健悦（左）と私（右）。中央は母のシゲヨ＝1939年

私のなかの歴史

愛を抱いて ―④

三浦綾子記念文学館長　三浦光世さん

母の聖書、洗礼 生きる糧

好事魔多し、と言いますが、中頓別営林区署の本署勤務となり、さあ頑張ろうと意気込んで働き始めた直後、私は腎臓結核になったのです。一九四一年（昭和十六年）、十七歳の時でした。

北大病院に四十日間入院し、右の腎臓を摘出しました。手術にはばく大な費用がかかり、医療保険で大部分はまかなえたとはいえ、上司だった熊谷猛哉さんら多くの方にお金を借り、助けていただきました。退院後は元気に働けると思っていたのに、体調は思わしくなく十九歳の時に退職しました。

結核は、三歳の時に亡くなった父から幼児感染していたらしいのです。幼いころにもリンパ節結核になって首が曲げられないほどにはれ、当時は軟こうでうみを吸い出していました。今も首に大きな跡が残っています。右耳も物心ついたころには聞こえませんでした。高熱でも出したのでしょう。綾子は自分のことを「病気の問屋」と言っていましたが、私も「病気のデパート」みたいなものなんです。

四四年（昭和十九年）ごろに体がやっと回復し、旭川に移って旭川営林区署（当時）で働き始めました。軍隊から戻った兄の健悦が旭川で働いていたからです。私は徴兵検査も受け、丙種合格。丙種は合格者の中では一番下ですが、お国のために働けることが、当時は誇らしくてね。軍事教練も張り切って受けました。石狩川の土手から冷たい川に飛び込み、泳ぐ訓練をするのです。教練の担当者は病み上がりの私に「無理するな」と言ってくれましたが、私は「大丈夫であります！」。

病を越えて

ばかなことをしました。訓練で無理を重ねるにつれ、体調を崩していきました。私は軍隊に行くことなく戦後を迎えたのですが、食糧事情の悪化もあって体調は戻るどころかどんどん悪くなっていきました。夜中にトイレに行く回数が五回、七回…とどんどん増え、痛みが加わり、血尿も出るようになりました。膀胱結核だったのです。痛みは締め上げられるように強烈で、拷問のようでした。横になると痛みが増すものですから、正座して布団をかぶって寝ていました。

延々と自宅療養が続き、いく度も長期欠勤しました。働けない、痛みにも耐えられない。一晩でいいから、この痛みを忘れてぐっすり眠りたい。あまりにつらくて、ある時兄に「死んだ方がいい」と口走ってしまったんです。「こんな体なら、自分で始末をつけてやる」と。兄は静かに「おまえは愛の分からんやつだ」と言いました。私に注がれる兄や母の愛、周囲の人の愛の深さを分からないから、死にたいなどと言えるのだと。

痛みの中で、私は母の聖書を手に取りました。でも、名前ばっかり書いてあってよく分からなかった。それを見た兄が「一人では無理だな」と、牧師さまを自宅に連れてきてくれました。兄は軍隊にいたころから教会に通うようになっていました。兄と一緒に牧師さまの言葉に耳を傾け、聖書を学びました。あれは本当にありがたかった。あの時、もし兄が「聖書になんか頼るのか。弱いやつだな」と切り捨てていたら、私は生きていけなかったと思います。四九年、二十五歳の時に兄と一緒に洗礼を受けました。

でも、病は神の恵みだったのかもしれません。私が人並みに健康だったなら、兄のように温かな心も愛もない私ですから、弱い人たちをさげすみ、ばかにしていたでしょう。

五二年ごろでしたでしょうか。結核の特効薬ストレプトマイシンが出回り、この薬のおかげで私は見事に回復。旭川営林署(当時)で再び働けるようになりました。そうして妻となる綾子に出会うわけですが、そこに至るまでの話を近々自伝として出版する予定です。(聞き手・赤木国香)

ストレプトマイシンのおかげで結核から回復、再び旭川営林署で働き始めたころ

私のなかの歴史

愛を抱いて ―⑤

勘違い 思い切って見舞う

三浦綾子記念文学館長 三浦光世さん

綾子に初めて会ったのは、一九五五年六月十八日。さわやかな初夏の土曜日で、勤めていた旭川営林署の仕事を終えて旭川の九条通にあった堀田（旧姓）綾子の家に向かいました。

きっかけは札幌在住の結核療養者で、菅原豊さんという方が発行していた「いちじく」という冊子です。謄写版刷りで、療養中のキリスト者たちの交流誌になっていました。その冊子に、私も綾子も文章を寄せていました。当時綾子は脊椎カリエスのために自宅で療養していました。

ある日、菅原さんからはがきが届きました。「旭川には堀田綾子さんがいます。ともに励まし合ってはどうでしょう」。菅原さんは私を女性だと思っていたのです。女性同士で話でもしたら、療養中の綾子の気も紛れるだろうから見舞ってはどうかと。確かに子どものころ「女みたいな名前だ」とからかわれ、祖父の吉太郎から「野口英世だっているじゃないか」と諭された私ではあります。

ですが、見舞うといっても相手は女性だし、正直、困りました。ぐずぐず思案しているうちに三週間がたち、さすがに申し訳なくなって思い切って訪問しました。菅原さんの勘違いがなければ、綾子とは出会わなかったわけです。

出会い

綾子は木製のギプスベッドに横たわっていました。療養生活はもう九年。絶対安静で、首も動かないようにベッドに固定され、寝返り一つ打てない状態でした。「どうやってご飯を食べていますか」と聞くと、「胸に食べ物を置き、鏡に映して見ながら食べるんですよ」。大変だなあ、と思いました。病気でむくんではいましたが、大きくて個性的な黒い目が印象的でしたね。

一方の綾子は、私を見て随分驚いたそうです。綾子は前川正さんという幼なじみと婚約していたのですが、前川さんは結核の手術に失敗し、私と出会う一年前に天に召されていました。その前川さんと私がそっくりだというのです。写真を見ると、自分でもなるほどそうだなあと思います。「前川さんの弟さんですか」と聞かれたこともありました。

前川さんは綾子のために献身的に祈り、立ち直らせてくれた人です。戦時中、綾子は子どもたちに「大きくなったら天皇陛下のために死ぬのよ」と説いていました。子どもを愛していただけに、とんでもない間違いを教えたのだと気付いた途端、むなしさと絶望で綾子は荒れました。病になり、自暴自棄になって自殺まで考えた。そんな綾子を根気強く諭し、信仰の道に導いたのが前川さんでした。

私はいつも前川さんの写真を持ち歩いています。「奥さんの前の婚約者なのに」と言われますが、とんでもない。前川さんは綾子の命の恩人ですから。私は前川さんのような真実の人に、愛のある人になりたいのです。

その後、綾子は歌誌「アララギ」を貸してくれ、私は彼女の勧めでアララギに入会し、短歌を詠み始めました。三度目の見舞いの八月二十四日のことでした。「私の命をあげますから、どうか堀田さんを癒やしてください」とお祈りをしたんです。そうしたら綾子はとても感動してくれて「そんなお祈り、今まで聞いたことがない」と細い手を差し伸べ、初めて握手しました。綾子はこの日を「握手記念日」と呼んでいました。

なぜ三度会っただけの人にそんな偉そうなお祈りをしたのか、とも聞かれます。療養中、私は「一晩ぐっすり眠れたら、一年びっしり働けたら、もう死んでもいい」と思っていました。結核の特効薬ストレプトマイシンのおかげで回復しましたが、綾子は聴覚障害の副作用が出て使えなかった。私はこんなに働けるのだから、いつ死んでも満足だという思いがあったのです。

（聞き手・赤木国香）

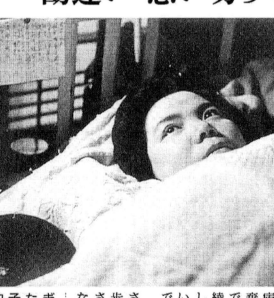

ギプスベッドに横たわっている綾子。黒い瞳が印象的でした

私のなかの歴史

愛を抱いて―⑥

祈り…幸せへの意志固める

三浦綾子記念文学館長　三浦（みうら）光世（みつよ）さん

青年のころ、幾人かで牧師様に尋ねたことがあります。「先生、愛とは何ですか」と。すると関西出身の牧師様は「愛はな、好きとか嫌いとかの感情ではない。人を幸せにしたいという意志や。意志の力や」とおっしゃいました。

綾子を見舞うようになって一年ほどたちましたが、一向によくなる気配はなく、綾子は短歌をつづったノートをくれました。死期が近いと思い、形見分けのつもりでくれたのでしょう。そこには前川正さんへの挽歌など胸を打たれる歌が並んでいて、心が揺さぶられました。

それから間もなく、綾子が死ぬ夢を見たんです。それまで治る夢は見たことはあったのですが、あまりに生々しい、現実的な死の夢をありありと見てしまいました。暑い夏の盛りで、もう夜は明けていました。これは大変だと思って、布団の上に座り直し、一時間くらいすがる思いで祈りました。すると突然、聖書のある言葉が胸につきつけられるような感じがしました。それは復活したキリストが弟子ペテロに三度問い掛けた「おまえは私を愛するか」という言葉でした。これは一体どういうことなのか。祈るうち、綾子と一緒に生きていく覚悟はあるのか、ということだと思い至ったわけです。

結婚

それまで私は綾子を結婚の対象とは思っていませんでした。そもそも私は結婚そのものに懐疑的でした。生い立ちも性格も好みも違う二人が一緒に住むなんてややこしくて面倒だ、と。一人の女性を妻として一生愛していく自信もない。

私は祈りました。私は愛というものが分かりません。どうか愛をいただきたい。綾子と生きていけと言うのなら、その愛を、幸せにしようという意志をいただきたい、と。そのうちに体が軽くなってきましてね。綾子は私より二つ年上で、治るかどうかも分かりませんでしたが、心は決まり、綾子に手紙で伝えました。

それからの綾子は奇跡的に少しずつ回復していきました。ベッドから起き上がれるようになり、食事の手伝いもできるようになり…。二年ほど後の元旦、いつものようにあいさつに行くと、だいぶ良くなった綾子が「来年も来てくれますか」と尋ねました。私は「いえ、もう来ません」と答えました。「来てくれないのですか」「来年は二人で、お父さん、お母さんのところに新年のあいさつにいきましょう」。それが、プロポーズでした。

結婚すると家族に伝えると、母はさすがに体の弱い者同士が一緒になることを心配しました。でも兄は「好き合った者同士なら、三日連れ添って死んでも本望だろう」と言い、綾子の家に結婚の申し込みに行ってくれました。本当に愛のある兄でした。

こうして一九五九年五月二十四日、私たちは旭川六条教会で結婚式を挙げました。私は三十五歳、綾子は三十七歳。遅い結婚ではありましたが、綾子は驚くほど美しい花嫁姿でした。結婚式の前々日までは高熱を出していた綾子でしたが、結婚後一年もたたないうちに、どんどん元気になっていったのです。

最初の新居は、旭川市九条通の一間だけの家。綾子は子どもが大好きでしたが、年齢や療養を終えたばかりの体力を考え、子育ては無理とあきらめました。

（聞き手・赤木国香）

綾子の病が癒え、祝福の中で挙げた結婚式

私のなかの歴史

愛を抱いて ―― ⑦

三浦綾子記念文学館長 三浦（みうら）光世（みつよ）さん

雑貨屋の傍ら 紡いだ1000枚

結婚から二年後、綾子の希望で旭川市豊岡に新居を建て、小さな雑貨屋を開きました。綾子の体を心配して反対しましたが、綾子は「私は十三年間病気をしたけれど、聖書の言葉で希望を教えられ、こんなに幸せになったと多くの人に伝えたい」と言うものですから。

ところが、家を建てている間に私は盲腸の処置が遅れて死にかけたんです。前から痛かったのですが、盲腸はもっと痛いものだと信じ込んで、お医者さまの問診にきちんと答えていなかった。結局、市立旭川病院に四十日以上入院しました。

綾子にはどんなに心配をかけてしまったことか。退院して家の前に立った私に綾子は「光世さん、これが光世さんの家よ。できたのよ」。あの時のうれしそうな声が今も忘れられません。この家を復元したのが上川管内和寒町の塩狩峠記念館です。この家で綾子は「氷点」を書きました。

一九六三年の元旦、綾子の両親にあいさつに行ったら、綾子の母親が「（弟の）秀夫が、綾ちゃんに見せるようにと言っていたよ」と、朝日新聞の一千万円懸賞小説募集の記事を見せたんです。綾子は以前、手記が雑誌「主婦の友」に入選していたので、家族も書く気があればと思ったのでしょう。

「氷点」誕生

翌朝、「光世さん、私ゆうべ小説の粗筋ができたの。書いてもいい？」。新しいことを始める時は何でも躊躇（ちゅうちょ）する私ですが、その時に限って「いいねえ。読んでくださる方が希望を持つ、光を抱けるような小説を書いたらいいよ」と答えたんです。綾子はほほ笑んで「うれしい。じゃあ書くからね。舞台は旭川にしようかな」。「それなら」と、私は旭川市神楽の外国樹種見本林を勧めました。

私は旭川営林局（当時）にいたので、よく見本林を散策していました。うっそうとした天をつくような木々、美瑛川の流れ。大好きな場所でした。結婚前、ギプスベッドの中の綾子に見本林に行ったことがあるかどうか尋ねると、「遠足で二度行っただけ」。それを聞いてから、どうしても綾子を見本林に立たせてあげたくて、見本林の中で「堀田さん（綾子さんの旧姓）が回復し、ここに来ることができますように」と祈りました。

綾子は一月九日にはもう書き始めていました。ただ題名が決まらなかった。そんな十二日の朝、私は出勤のバスを待ちながら「今日も寒いな。氷点下何度くらいかなあ」と考えていたんです。そこでふと「氷点か…」。主人公の陽子が残す遺書は「私の心は凍えてしまいました」という内容だと聞いていましたから、これは、と思いました。綾子に告げると「光世さん、さすがねえ」。「さすが」と言ってくれたのが、とても誇らしかったですね。

綾子が執筆するのは雑貨店を閉めた後でした。午後九時から寝床に寝そべって枕元に原稿用紙を置いて書く。寒いからです。軒下からすき間風が入り、つぼのインクが凍るんです。それを綾子は万年筆でガツガツとついて書いていました。執筆は一年間、続きました。

完成したのは締め切り当日の十二月三十一日の午前二時。私が千枚もの原稿を荷造りし、祈りをささげてから郵便局に持っていきました。三十一日付の消印のスタンプがあれば良いと窓口の方に話すと、係の人は「それでは二回、スタンプを押しておきましょう」。うれしいですね。こうして矢は放たれたわけです。

明けて六四年。七百三十一点の中から最終選考に残り、朝日新聞の方がわが家に来ました。なんといっても雑貨屋の四十二歳の主婦ですからね。本当に自分で書いたのか、盗作ではないのか、どんな文学修業をしたのか、ほかにも懸賞小説に入選したことがあるのか、などを聞いていきました。こうして七月十日に当選発表となり、大変な騒ぎになりました。

（聞き手・赤木国香）

作家として駆け出しのころの綾子と私＝雨竜太刀川写真館（空知管内雨竜町）撮影

2006年(平成18年)4月11日(火)　北海道新聞　夕刊

私のなかの歴史　愛を抱いて　⑧

三浦綾子記念文学館長　三浦(みうら)光世(みつよ)さん

絶対服従　一字一句逃さず

一九六四年七月、「氷点」の当選が発表になってからは目が回るような忙しさになりました。なんといっても「雑貨屋の四十二歳の主婦」が一千万円懸賞小説に当選したのですから。取材が殺到し、八月には雑貨屋を閉めざるをえませんでした。

二年後、旭川営林局を辞めました。綾子のマネジャーになるためです。ただでさえ体の弱い綾子なのに、こんなに忙しい日が続いては大変なことになる。私が支えなければと思ったのです。

「塩狩峠」(六八年)執筆のころから、綾子が語り、私が書き留める口述筆記を本格的に始めました。綾子はひどい肩のこりと手の痛みに悩まされていて、「光世さん、私の言う通りに書いてくれる?」と言ったのです。一度やってみると、「ああ、これ、とっても楽。このやり方で書いてみたい」。それから綾子の著作のほとんどは口述筆記になりました。

口述筆記

原稿用紙二行分くらい綾子が語り、私は半分くらい書いたところで「はい」と、次を促します。私は綾子が語る文章を覚えながら、前の分を一字一句逃さずに書いていく。文章にはリズムが大切だから綾子を待たせてはいけないと思い、なるべく早く、分かりやすい字で書きました。あいまいな返事だと、綾子は「光世さん、気に入らないのかな」と思ってしまうので、とにかくいい返事。大きな、きびきびとした声で「はいっ!」。

分からない漢字の時はひらがなで書いておいて、後から調べて書き込みました。もっとも綾子は小学五年生くらいから読んでほしいと考え、難しい漢字は使いませんでした。普段は一日三、四時間くらい続けたかな。以前、編集者の方が挑戦しましたが、一時間と持ちませんでした。松本清張先生が「あなた、それは特技ですよ」とほめてくださったこともあります。

書き留める秘訣(ひけつ)ですか。教会で牧師様のお話をノートに書き留めていたことが助けになったと思います。しっかり話を聞こうと思って、なるべく多くの言葉を書いていたんです。

口述筆記の場合は、綾子に絶対服従でした。書き始めも「こんな話よ」という説明は一切なし。「始めるわね」「はい」。それだけ。綾子の文章を変えることは当然なかったし、綾子の自伝で私が出てくる場面を書いても、特に違和感はありませんでした。

綾子は大幅に内容を直すことはありませんでした。書き出しこそ若干直したことが何度かありましたが、あとはテレビ画面を見ながら情景や会話を説明しているようにスラスラと出てきました。時には「この小説、どうやって完結させるのかな」と不安になることもありましたが、ちゃんと最後にはうまいこと持っていく。綾子はよく「ストーリーテラー」と言われますが、話の筋作りは本当にうまかったですね。聞いていて涙が出て、二人で泣きながら口述筆記をしたこともあります。

頼んで書いてもらった小説は二作。一作は前述した「泥流地帯」、あとは「母」。小林多喜二の母セキさんを描いた小説です。多喜二の小説は結婚前から読んでいましたが、共産主義者というだけで拷問で殺されたなんて、お母さんはどんなに納得がいかない気持ちだったでしょう。お母さんの思いを綾子に書いてほしいと思ったのです。

綾子は「共産主義のことはよく分からない」と渋っていましたが、セキさんがキリスト教の葬式をしたということで決意してくれました。秋田弁の語りの形式は、綾子のアイデアです。素朴な語りでお母さんの苦しみを表現しようと考えたんです。

「母」は多くの人が名作だと言ってくれます。この本をきっかけに洗礼を受けたという人もいて、書いてもらって本当に良かったと思います。

(聞き手・赤木国香)

綾子が語り、私が書き留めていた口述筆記

私のなかの歴史

愛を抱いて ―― ⑨

三浦綾子記念文学館長　三浦（みうら）光世（みつよ）さん

純粋な妻の心に促され

　結婚したころ、綾子から「英語の勉強を始めたら」と勧められました。そのうち綾子が小説を書き始めると、ファンレターが外国からも届くようになった。どこから来たのかも分からないようでは困るから、ようやく習い始めました。

　やはり上達は難しく、「もっと早くに始めていれば」と悔やみました。ただ、ものまねが得意なためか、発音だけはほめてもらえましたね。今もラジオの英語講座を毎日、聞いているんですよ。ものまねといえば昔、綾子と映画「エデンの東」を見に行ってね。主演俳優ジェームズ・ディーンの表情をまねしたら、「似てる、似てる」と随分喜んでくれました。

　綾子が元気なころは一緒に海外取材にも行きました。一九七八年には「海嶺」（八一年）の取材でフランス、イギリス、カナダなどへ。八四年には「ちいろば先生物語」（八七年）のためにイスラエルやギリシャ、米国などを約四十日間回りました。綾子はこの時とばかりに「ホテルのフロントにモーニングコールをお願いして」「お風呂のお湯が出ないと伝えて」。私のつたない英語も、少しは綾子の役に立ったようです。

　「海嶺」は江戸時代に難破し、北米に漂着した船乗りたちを描いた歴史小説です。この取材のためにイギリスからカナダに向かう飛行機で、

英語、祈り

私たちはいつものように食前の祈りをしました。すると隣の英国紳士が「あなたたちはクリスチャンですか」と声をかけてくれました。綾子のことを「本当にいい奥さんですね」とほめてくださり、「私の妻もいい妻でしたが、がんで亡くなりました」。片言の英語での会話でしたが、心に残るものになりました。

　綾子は英語以外にもいろいろなことを私に促しました。この食前の祈りもそうです。結婚後、綾子が「光世さん、お祈り」と促すものですから、人前でも汽車の中でも、私は声に出して食前の祈りをしています。私は臆病者ですから、最初は内心びくびくしていましたよ。でも、次第に習慣になりましたね。

　「女流作家というのは気が強くて、だんなさんを尻に敷くんでしょうね」と言った人がいて、綾子も同じと思われているかもしれませんが、とんでもない。綾子はいつも従順で、私の言うことに何でも「はい、分かりました」。編集者に対しても「編集者は先生なの」と言って、「私は作家よ」みたいな傲慢な態度を取ったこともありません。愚痴をこぼすこともなく、いつも幼い女の子のように純粋でした。

　私と意見が対立する時も、必ず一歩引くのは綾子。けんかにもなりませんでした。六四年の「氷点」受賞の時も、賞金は自分たちでは使わず、恩人知人のために使おうと二人で決めました。綾子は「せめてテレビが一台ほしい」と言いましたが、私はにべもなく「そんなものはいらない」。綾子は文句一つ言いませんでした。今思うと、それくらい買ってあげればよかったのにね。

　でも、将棋では「引く」手は、妙手である場合が多いんですよ。綾子の場合は、言ってみれば妙手の連続。結局、何もかも綾子の促すように進んでいった気がします。

　「綾子先生を支えるために、犠牲になったことが多いのでは」と言う人もいましたが、そんなふうに思ったことは一度もありません。つらいと思ったこともありませんね。せいぜい、好きな将棋をする時間が自由にならなかったくらいかな。私自身、前に出たがる方ではないし、少しは綾子の役に立ったのかなと思うと、うれしいんです。

　私には綾子を助けるという使命が与えられた、と思うこともあります。何よりも、綾子と一緒にいる時が最高に幸せだったんですよ。

（聞き手・赤木国香）

取材旅行で訪れた米国で綾子と。綾子が着ているのはお気に入りの優佳良織のジャケット＝1984年

私のなかの歴史

愛を抱いて ―― ⑩

三浦綾子記念文学館長　三浦（みうら）光世（みつよ）さん

苦しみ見かねて口出し

難病

綾子は「病気の問屋」と自称するほど病気が多かったのですが、一番大変だったのは帯状疱疹（ほうしん）の時でした。

「海嶺」を書いていた一九八〇年、綾子は五十八歳でした。激痛に加え顔が膨れ上がり、まぶたも腫れて本当にかわいそうでした。お医者さまからは、痛みは一生続くのではないか、と言われました。がんが潜んでいるかもしれない、左目は失明するでしょう、右目も早晩—とも。

絶望してしまいそうな状況なのに、綾子は取り乱すことなく「それもありがたいこと」と言うのです。

「私は十三年間、病と闘ったおかげで人に感動してもらえるものを書けるようになった。あの苦しみがなければ、私は面白おかしいものしか書けなかった。失明もまた、悪いことではないのでしょう」と。

私は痛みに耐える綾子の顔に手をかざしました。一日中です。人間の手からは静電気が出て痛みを和らげる作用がある、と聞いたからです。痛いところに自然と手が行くように、手には癒やす力があると思うのです。

腫れた顔に触れることはできないので、祈りながらじっと手をかざしていました。それくらいしかできなかった。でも、看護師さんに「変なこと、しないでください」としかられてしまいました。

以前から私たちは、肩や腰など痛む場所にお互いの手を当てていました。それを見た人から「あの夫婦は人前でベタベタしてみっともない」と言われたこともありましたね。幸い、綾子は失明もせず、痛みも残りませんでした。

その後も綾子の病は続きましたが、いつも明るかった。二年後に直腸がんが見つかった時も「私は神様にえこひいきされているんだわ」と感謝していたくらい。この時は旭川赤十字病院で手術し、事なきを得ました。

そして難病のパーキンソン病。私たちはよく一緒に散歩をしたのですが、だんだん綾子がつんのめるような歩き方になってきた。大変な病気が始まっていたことも知らず、「綾子、歩く時はかかとから足を着けるものだぞ」と、かわいそうなことを言ってしまいました。綾子がこの病と診断されたのは、最後の小説になった「銃口」を書いていた九二年でした。

「銃口」は、「北海道綴方（つづりかた）教育連盟事件」を題材としています。主人公の旭川の教師、北森竜太はこの事件で教壇を追われ、徴兵されて満州（現中国東北地方）で終戦を迎えます。千百枚を超す大作でしたが、執筆中に綾子の病状は進み、声がだんだん小さくなり、体が傾いていきました。何とか頑張っていたのですが、終盤に近づいていたある日、口述筆記をしていた私はつい「なあ綾子、竜太をもう旭川に帰してはどうだろうか」と言ってしまった。

パーキンソン病と闘っていた当時の綾子と＝1998年

綾子の作品に注文をつけたのはこの時だけでした。病気の綾子を見るに見かねて、というよりも、私が綾子の介護で疲れていたのかもしれません。従順な綾子は「じゃ、そうするわね」。

竜太の復員は遅れ苦難が続くのですが、節を変えて進行を早めよう、終戦当時でも一週間もあれば満州から旭川に帰れるのでは、と私が口出しした通りに綾子は書き、原稿を送りました。

間もなく、連載していた「本の窓」編集者の真杉章さんから電話が来ました。毎回ほめてくださる方なのに、その時は「残念です」とおっしゃった。「終戦当時、鮮満国境には汽車は走っていませんでした。もう一度送った資料をご覧になってくれませんか。まだ書いてもらいたいことがあります」。私は綾子の最後の作品を、危うく失敗作にするところだったのです。

余計なことをした私に、綾子は愚痴一つ言わず資料を調べ直し、書き直し、三日後に無事送りました。

（聞き手・赤木国香）

私のなかの歴史
愛を抱いて ——⑪

ひつぎに「じゃあ、また…」

三浦綾子記念文学館長 三浦光世さん

最後の小説「銃口」は第一回井原西鶴賞（一九九六年）などをいただきましたが、一方で綾子のパーキンソン病は進み、次第に自力で起きることも寝ることもできなくなりました。

夜中に「光世さん、トイレ」「脚がしびれた」と起こされる生活が五年くらい続いたかな。その度にトイレに連れていき、脚をもむ。三回ならまだいい方。一晩に六、七回になることもあって、私がけんしょう炎を患っていた時などはちょっときつかったですね。

でも「疲れた、もういやだ」と感じたことはありませんでした。介護はする側より、される側の方がつらいんですよ。それに仕事は秘書が支えてくれ、食事や家事も手伝ってくれる方がいた。今思うと、介護のヘルパーに来てもらっても良かったのですが、当時は綾子の世話は私がすると思い込んでいました。

「献身的な介護だった」と言ってくださる方もいますが、綾子を転倒させたこともあり、行き届かないことばかり。できたのは、そばにいてやることぐらい。綾子が昔、私にしてくれたことに比べれば遠く及びません。結婚したばかりのころ、私は盲腸で死にかけたり、急性肺炎で倒れたり。その都度、丈夫ではない綾子が心のこもった介護をしてくれました。肺炎の時は私の肩が布団から出るたび、夜中でもすぐに直してくれた。

別れ

そして一九九九年。この年はつらいことが多かったですね。二月に姉の富美子が、三月には私たち夫婦を二十六年間支えてくれた秘書の八柳洋子が相次いで他界しました。七月、綾子は高熱を出し、旭川の進藤病院に入院しました。病状は落ち着きましたが、リハビリで体力をつけてから帰宅した方が良いということになり、八月に旭川リハビリテーション病院に転院しました。あの時、一度でも家に連れて帰ってあげれば良かった。

綾子の入院中、私は夜は病院に泊まり、昼に家に戻って仕事をしていました。九月の朝でした。食事の前、綾子は何か言おうとした。でも言えないような、ちょっと複雑な顔をしました。その時看護師さんが入ってきて、「あ、息をしていない！」。たんによる気管閉塞だったそうです。心停止状態になり、医師が集まって処置してくださったのですが、呼吸は戻らず、人工呼吸器が着けられ、「もって五日です」と言われました。

けれど綾子は三十八日間生き続けました。「身内の方を呼んでください」と何度も言われましたが、不思議に持ち直す。主治医は「綾子先生は私たちには予測ができません」とおっしゃった。私は信仰の証しだったと思っています。綾子は「私には死ぬという仕事が残っている」と言っていました。神がどれほど大きな愛でこの世界をお造りになられたか、その証しを伝えて終わりたいと願っていたのですから。

意識がなくなっても、私は以前のように綾子に語り続けました。聴覚は人間の中で最後まで働くと聞いたことがあります。答えはなくても、綾子には聞こえていたと思います。十月十二日、綾子は多臓器不全で七十七歳の生涯を閉じました。

家に戻った綾子の遺体と布団を並べて眠りました。その夜は、ずっと声をかけていました。「綾子、いい仕事をたくさんしてくれたね」と。本当によくやってくれました。病気でつらくても愚痴は一切なかった。火葬場に入っていくひつぎに最後にかけた言葉は「じゃあ、また会う日まで」。

今、夕食は一人で取っています。四十年間綾子と向かい合って食べていましたから、今でも時折綾子の名を呼んでしまう。めめしいやつですね。

（聞き手・赤木国香）

綾子の納骨式。墓には綾子と私の名、2人の短歌を刻みました

私のなかの歴史

愛を抱いて ――⑫

武器消滅する日 信じて

三浦綾子記念文学館長 三浦光世さん

三浦綾子記念文学館は、「氷点」の舞台となった旭川市神楽の外国樹種見本林の中にあります。設立には多くの方がご協力くださり、全国から寄付をいただいて綾子の死の一年前、一九九八年に開館しました。

文学館をつくる話が持ち上がった時、綾子は「自分の名を冠した建物はいらない」と固辞しました。けれど発起人の方たちが大勢で自宅に来られ、「この旭川で作家が生まれ、多くの作品を残した。これは旭川の大切な歴史です。今、綾子先生の資料を保存しなければ、のちの人に〝先輩たちは何をしていたのだ〟としかられる」とおっしゃった。それなら、と綾子も納得しました。

来館者からは「自殺を思いとどまりました」「人生を問い直したい」などの言葉をいただきました。多くの方の尽力で生まれた文学館ですから本当にうれしいですね。

初代館長は文芸評論家の高野斗志美先生。日本では、綾子のように信仰を柱に作品を書くことは「文学として本道ではない、〝主人持ち〟の文学だ」と見る人もいます。けれど高野先生は綾子の作品を「いかに生きるべきかの問いに貫かれている」と、随分早い時期から評価してくださった。作品が発表されるたびにわがことのように喜び、綾子や私を励ましてくれたのです。最もふさわしい館長でしたのに、

剣を鋤に

二〇〇二年七月、七十三歳で亡くなりました。もっと長生きしていただきたかった。高野先生の死と同じ月、限りない愛を私に与えてくれた兄の健悦もまた、天に召されました。

今は私が館長と三浦綾子記念文化財団の理事長を兼ねていますが、困ったことに私には、館長としての取りえが何もない。高野先生と違い、当然ですが文学に明るくはないですし、ものごとを交渉する才覚も、催しを企画する能力もない。せめて何かの足しになればと、〇三年から毎月第二水曜に文学館で「小さな講演会」を開いています。綾子の思い出や聖書の話など一時間ほどのおしゃべりですが、綾子や兄、多くの人が私に注いでくれた愛、神の愛を伝えたいと思っています。

かつて綾子と一緒に見ていた自宅二階の窓から外をながめていると、この地上は何と美しく、驚きに満ちているのかと思うことがあります。何もなかった雪の原なのに春になれば土から芽が出て、花が咲き、木々は緑に輝く。綾子は、この世界を造られた神の愛を伝えたいと言っていました。このすばらしい地上にいるのだから、人間はもっとお互いを大事にして生きたいですね。

綾子は最後の小説「銃口」に、国民が二度と銃口を向けない、向けられない世界になってほしいとの願いを込めました。旧約聖書のイザヤ書第二章第四節には「剣を打ちかえて鋤とし、やりを打ちかえて鎌となす。国は国に向かって剣をあげず、彼らはもう戦いを学ばない」とあります。この言葉を人々が受け止め、武器を捨て、戦争を捨て、人が人を信じ、その英知を真の発展に注いだなら、この地上はもっともっとすばらしくなるはずです。

新約聖書には「平和をつくり出す人は幸いである」との言葉もあります。私は憲法九条を守る「あさひかわ九条の会」に入っています。平和は漫然と待っていても来ない。愛をもって平和をつくり出さなければ。この地上から武器が消滅する日がきっと来る。そう信じています。

最近、病院の待合室で愛らしい、小さい子どもが私に向かってずっと手を振ってくれました。若いころの私は怒りっぽくて愛のない、冷たい人間でしたから、子どもには好かれなかった。やっと私も、幼子が愛してくれる存在になってきたのかもしれません。

三浦綾子記念文学館での「小さな講演会」で話す私（左）

（聞き手・赤木国香）

＝おわり＝

◇次回は17日から北海道被爆者協会会長、越智晴子さんを連載します。

三浦綾子 光世 署名本

妻綾子は、自分の本が出版される都度、その扉や見返しに献辞を書いて、先ず私に贈ってくれた。（中略）

綾子は、小説、エッセイ等、八十数冊の著書を世に出した。そのほか文庫や全集もあるので、献辞の数も相当なものになった。（中略）

献辞の書いてある原本は、現在三浦綾子記念文学館に展示されていて、「こうまで妻が夫を敬うとは……」と、感動してくださる方もおられるとか。（中略）

三浦光世

『遺された言葉』「あとがき」より抜粋　２００８年／講談社

三浦綾子記念文学館には三浦綾子に関する様々な資料や書籍が所蔵されている。綾子の夫の光世への直筆署名献呈本もその一つである。『氷点』に始まるその数々の献辞を紹介した『遺された言葉』（２０００年／講談社）では総数１４９冊とある。かつて三浦綾子記念文学館で展示、来館者を圧倒したものだが、増補版を出すにあたって、この稀有な署名本の全貌を明らかにするため新たに６冊を加えて１５４冊を書影と共に取り上げた。三浦綾子文学の歩みが一望できるのみならず、作品世界を具現化し、時代の空気をも反映した装幀、装画に目を奪われる。ジャケ買いという言葉があるが、電子書籍の普及で〈本〉の存在感はかえって増し、そのしつらえを楽しむ喜びもある。献辞に併せて、三浦綾子文学の魅力を〈本〉からも堪能したい。

活水女子大学名誉教授　上出恵子

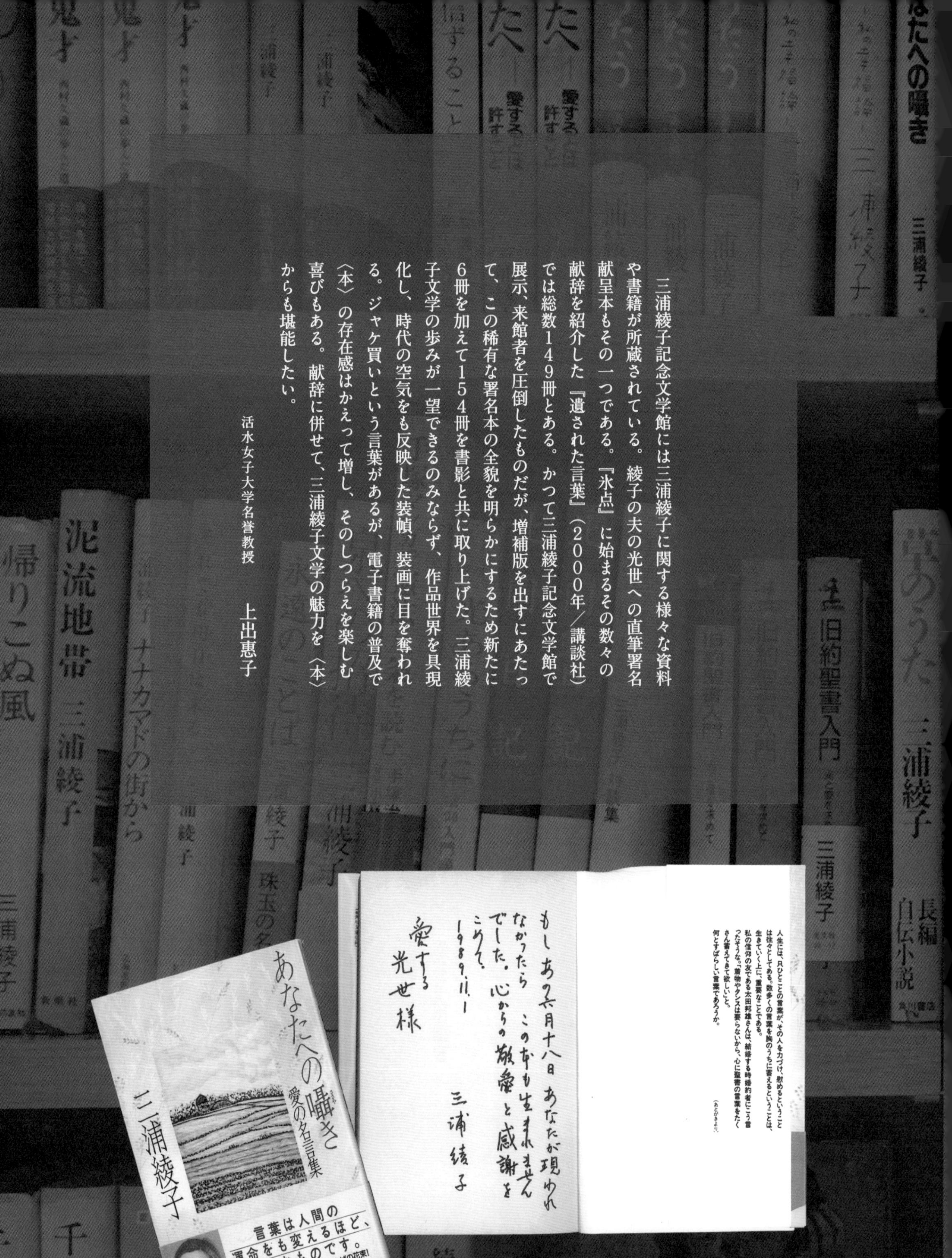

もしあの六月十八日あなたが現われなかったら　この本も生まれませんでした。心からの敬愛と感謝をこめて。
1989.11.1
三浦綾子
愛する光世様
あなたへの囁き
愛の名言集
三浦綾子
言葉は人間の運命をも変えるほど、大きなものです。
生きていく勇気がわいてくることばの花束!

『あなたへの囁き』愛の名言集　1989年／角川書店

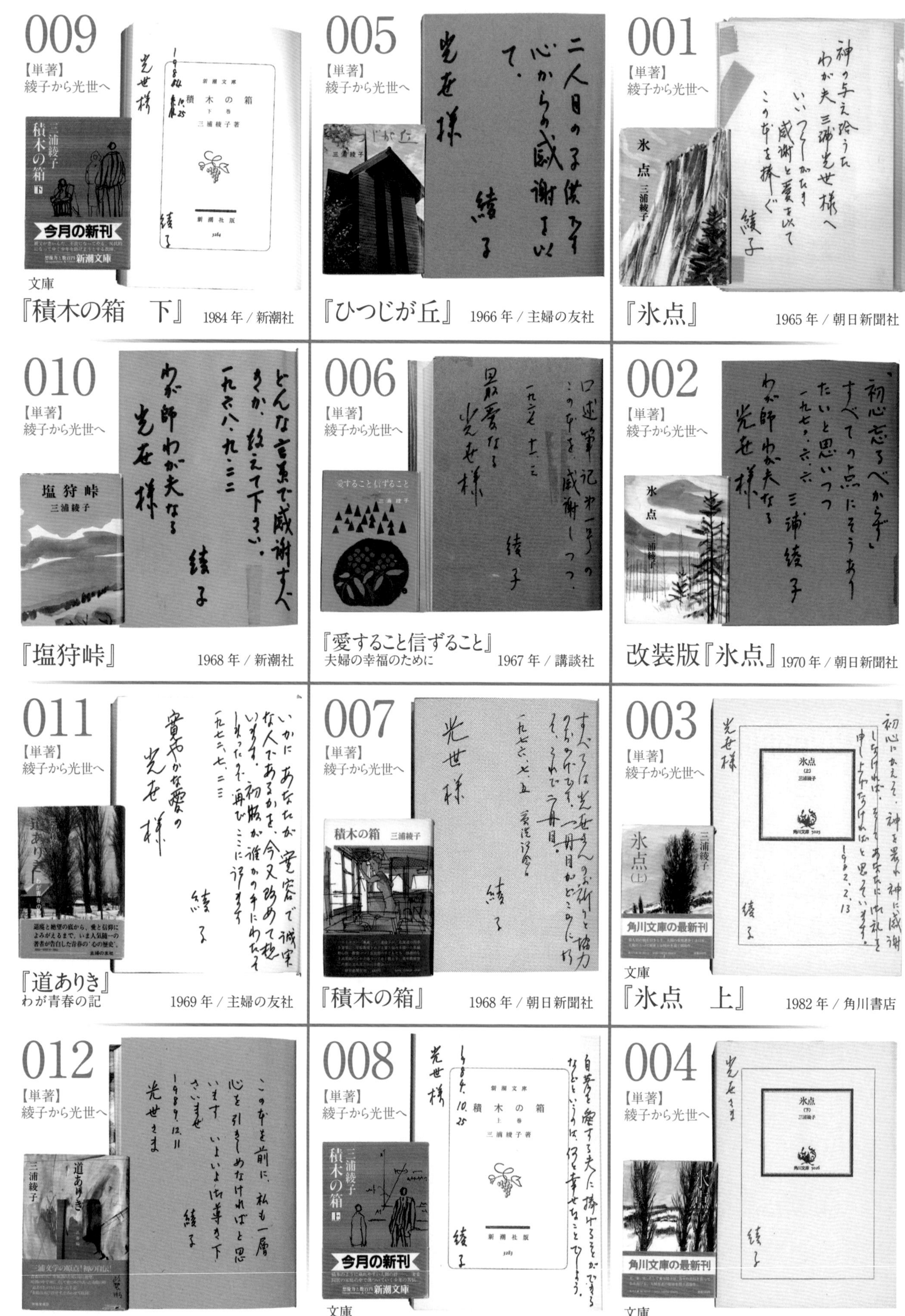

001
【単著】
綾子から光世へ
『氷点』 1965年／朝日新聞社

002
【単著】
綾子から光世へ
改装版『氷点』 1970年／朝日新聞社

003
【単著】
綾子から光世へ
文庫
『氷点　上』 1982年／角川書店

004
【単著】
綾子から光世へ
文庫
『氷点　下』 1982年／角川書店

005
【単著】
綾子から光世へ
『ひつじが丘』 1966年／主婦の友社

006
【単著】
綾子から光世へ
『愛することと信ずること』
夫婦の幸福のために 1967年／講談社

007
【単著】
綾子から光世へ
『積木の箱』 1968年／朝日新聞社

008
【単著】
綾子から光世へ
文庫
『積木の箱　上』 1984年／新潮社

009
【単著】
綾子から光世へ
文庫
『積木の箱　下』 1984年／新潮社

010
【単著】
綾子から光世へ
『塩狩峠』 1968年／新潮社

011
【単著】
綾子から光世へ
『道ありき』
わが青春の記 1969年／主婦の友社

012
【単著】
綾子から光世へ
新装版『道ありき』 1989年／朝日新聞社

● 【単著】綾子　● 【夫妻共著】　● 【作品集】綾子
● 【単著】光世　● 【光世以外との共著】　● 【全集】綾子

013
【単著】綾子から光世へ

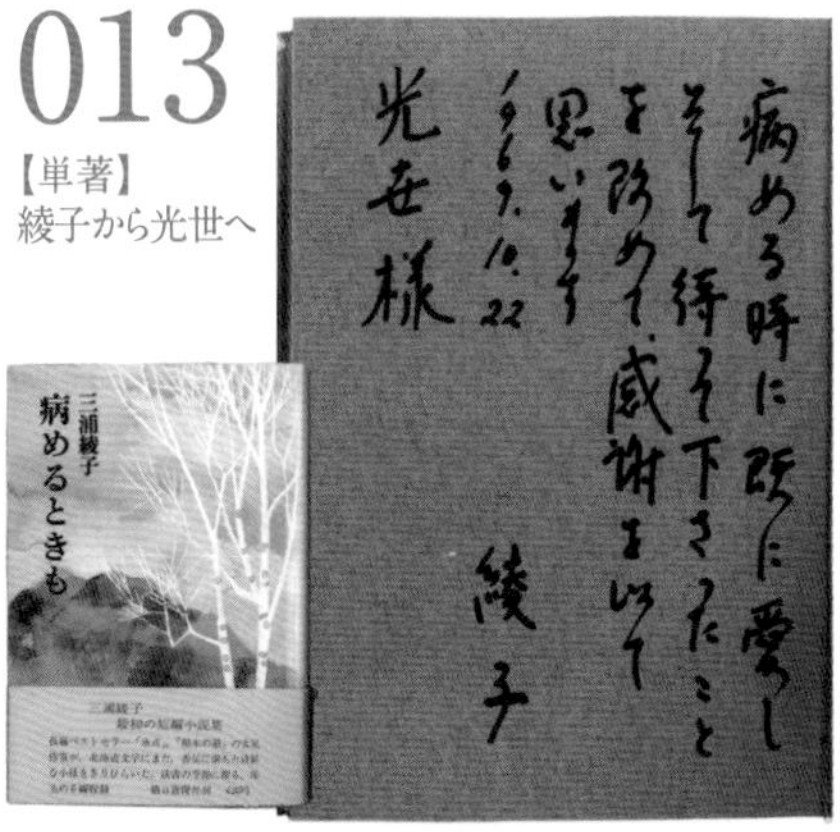

『病めるときも』 1969 年 / 朝日新聞社

014
【単著】綾子から光世へ

文庫
『病めるときも』 1982 年 / 角川書店

015
【単著】綾子から光世へ

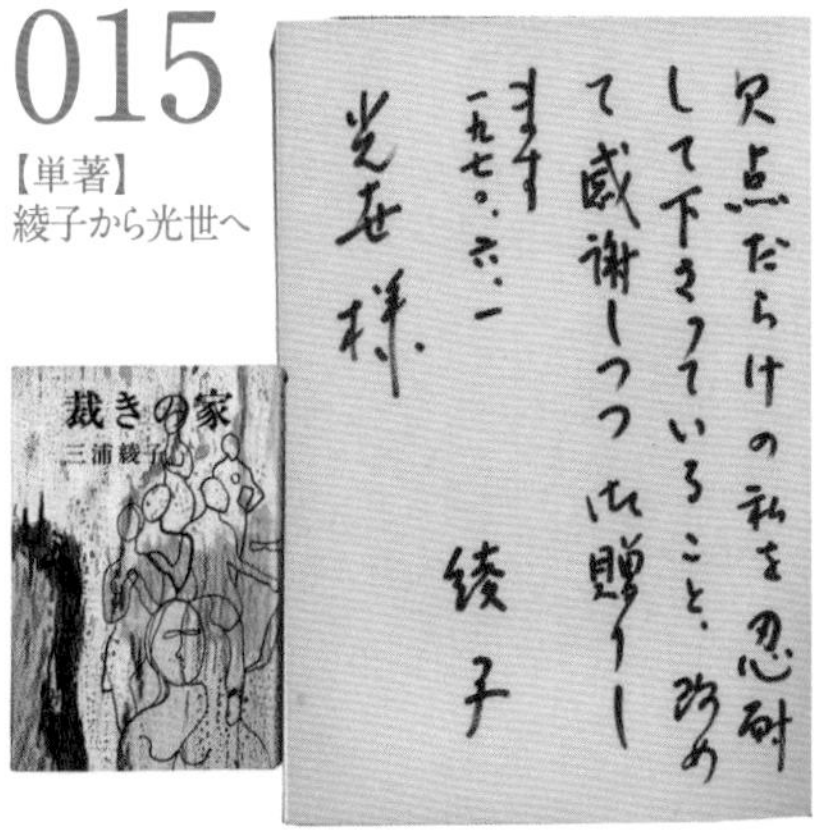

『裁きの家』 1970 年 / 集英社

016
【単著】綾子から光世へ

文庫
『裁きの家』 1977 年 / 集英社

017
【単著】綾子から光世へ

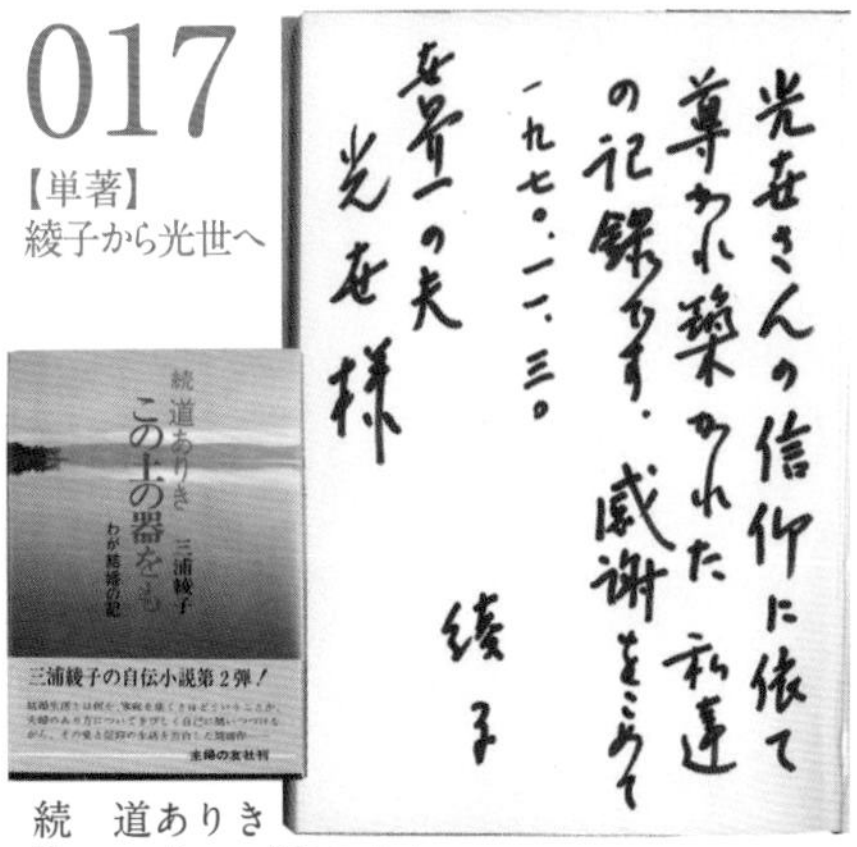

続　道ありき
『この土の器をも』わが結婚の記 1970 年 / 主婦の友社

018
【単著】綾子から光世へ

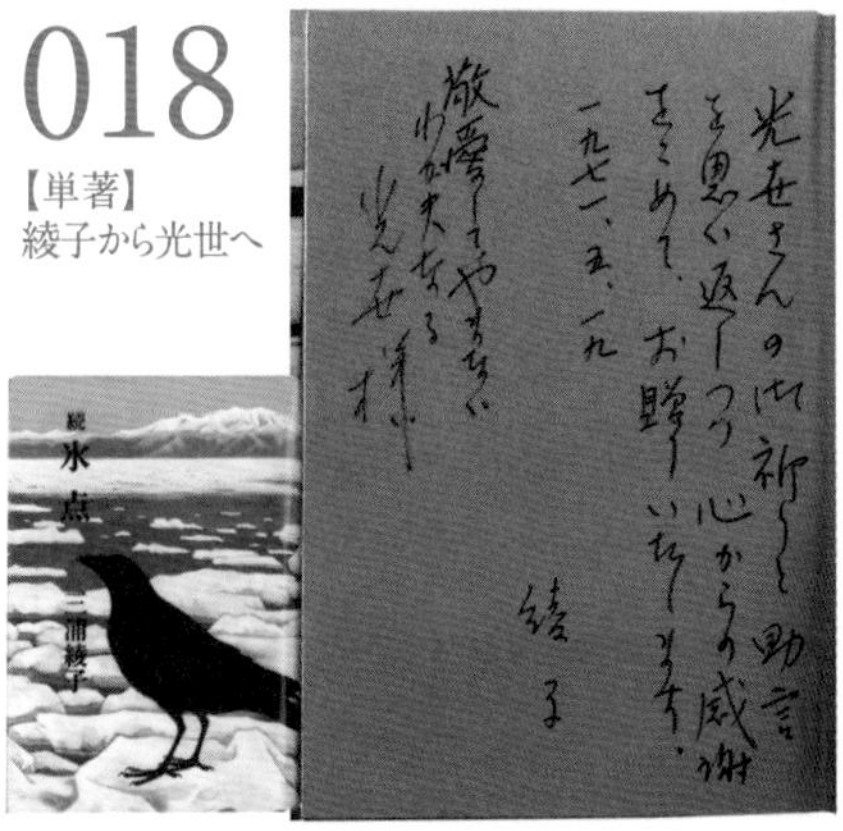

『続　氷点』 1971 年 / 朝日新聞社

019
【単著】綾子から光世へ

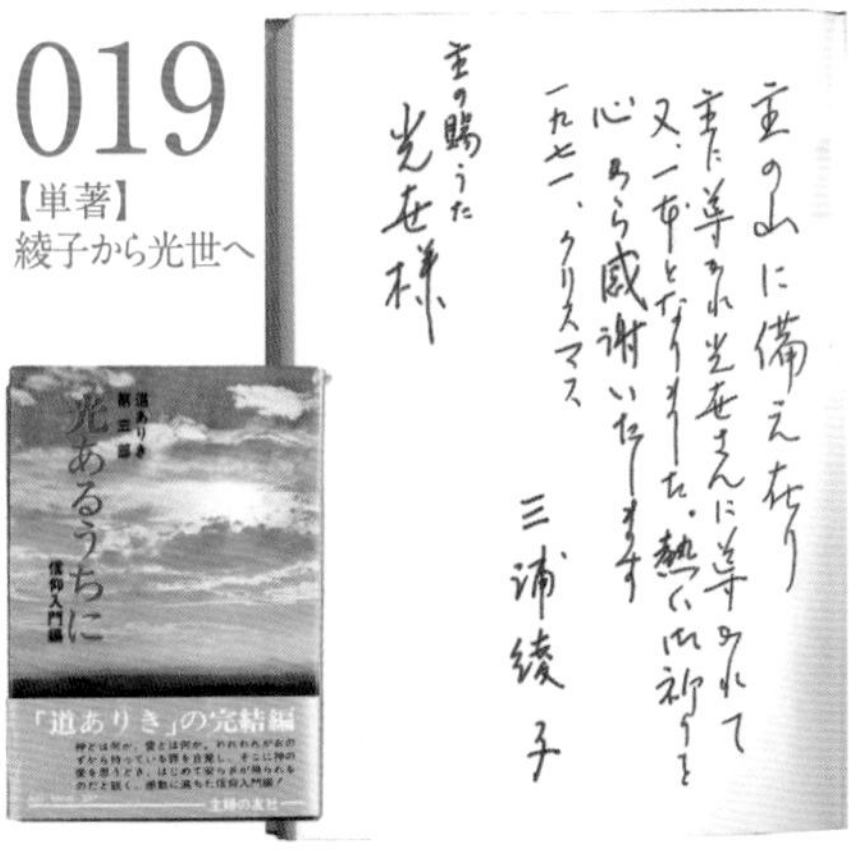

道ありき第三部　信仰入門編
『光あるうちに』 1971 年 / 主婦の友社

020
【単著】綾子から光世へ

文庫 道ありき第三部 信仰入門編
『光あるうちに』 1982 年 / 新潮社

021
【単著】綾子から光世へ

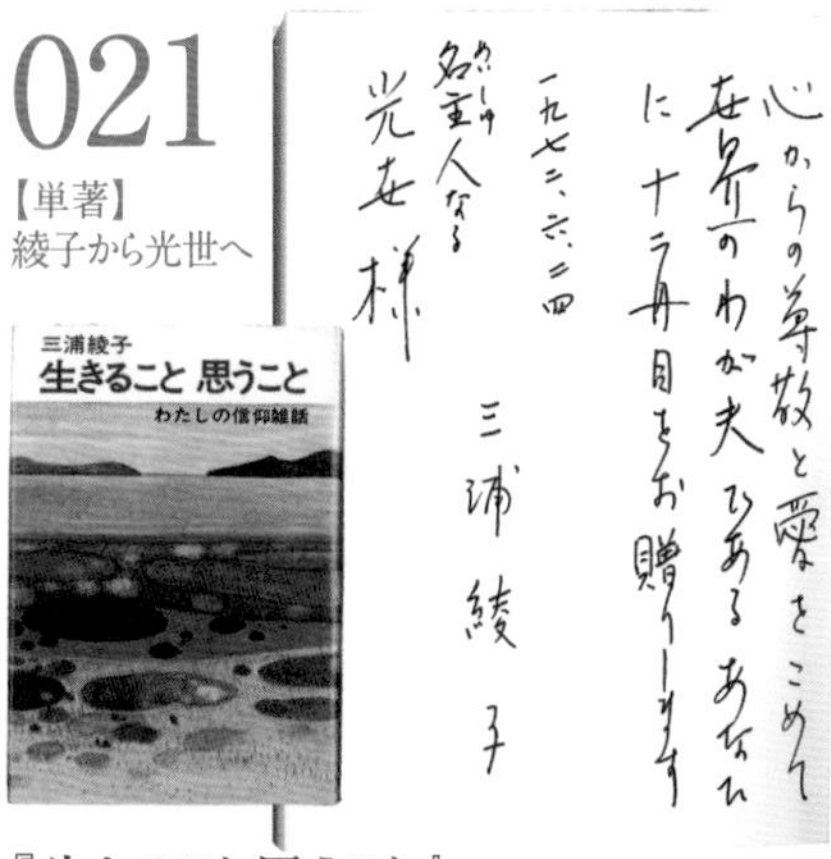

『生きること思うこと』わたしの信仰雑話 1972 年 / 主婦の友社

022
【単著】綾子から光世へ

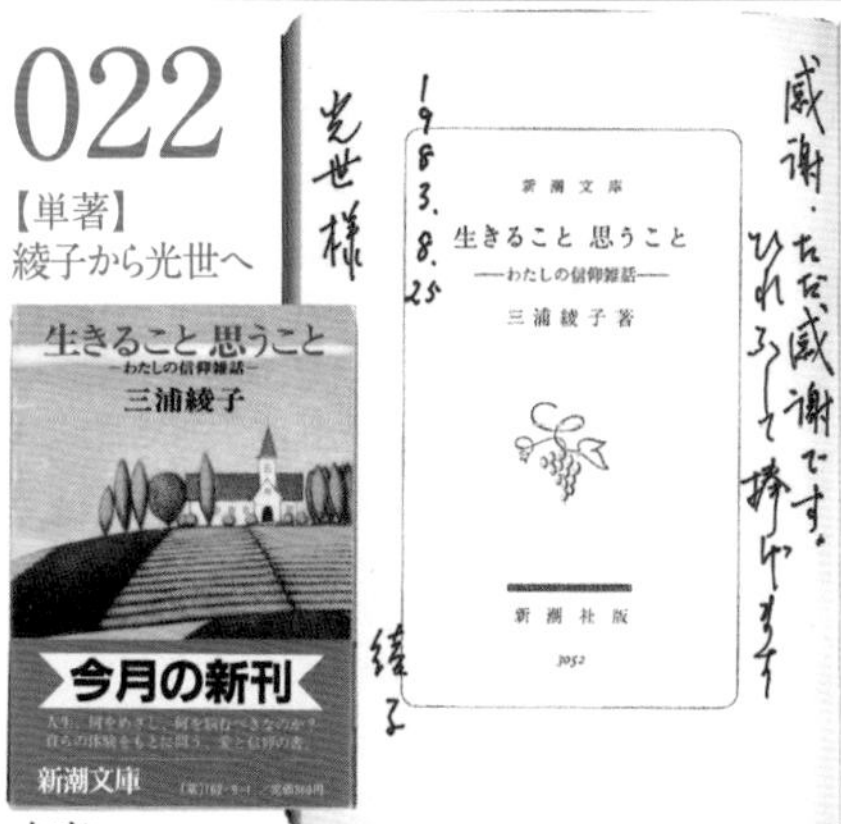

文庫
『生きること思うこと』わたしの信仰雑話 1983 年 / 新潮社

023
【単著】綾子から光世へ

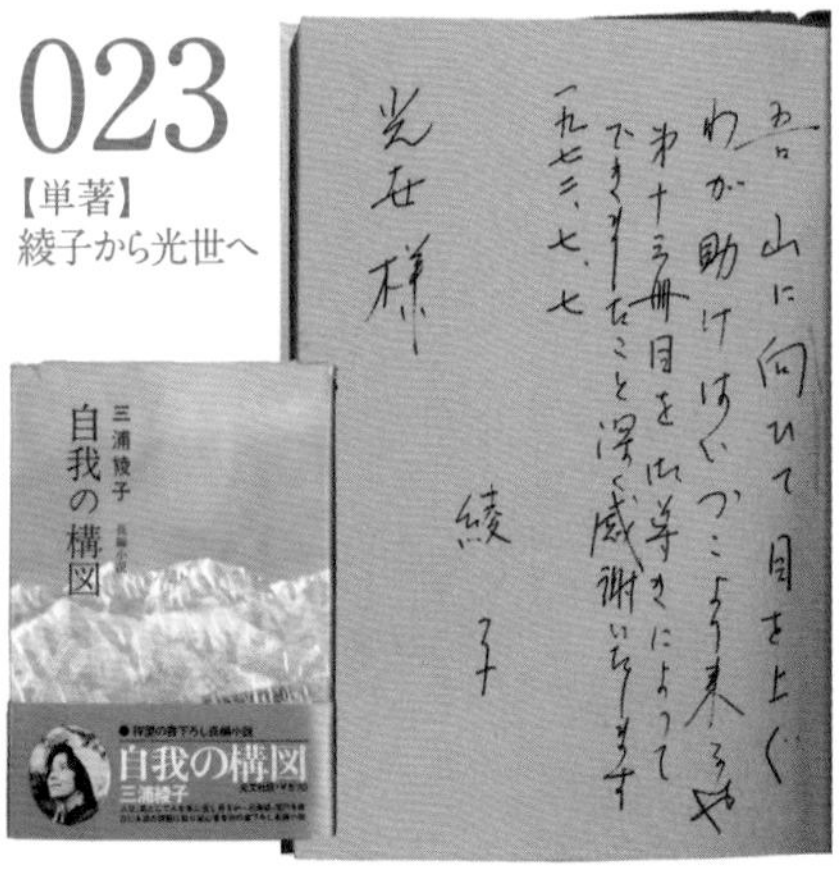

『自我の構図』 1972 年 / 光文社

024
【単著】綾子から光世へ

文庫
『自我の構図』 1982 年 / 講談社

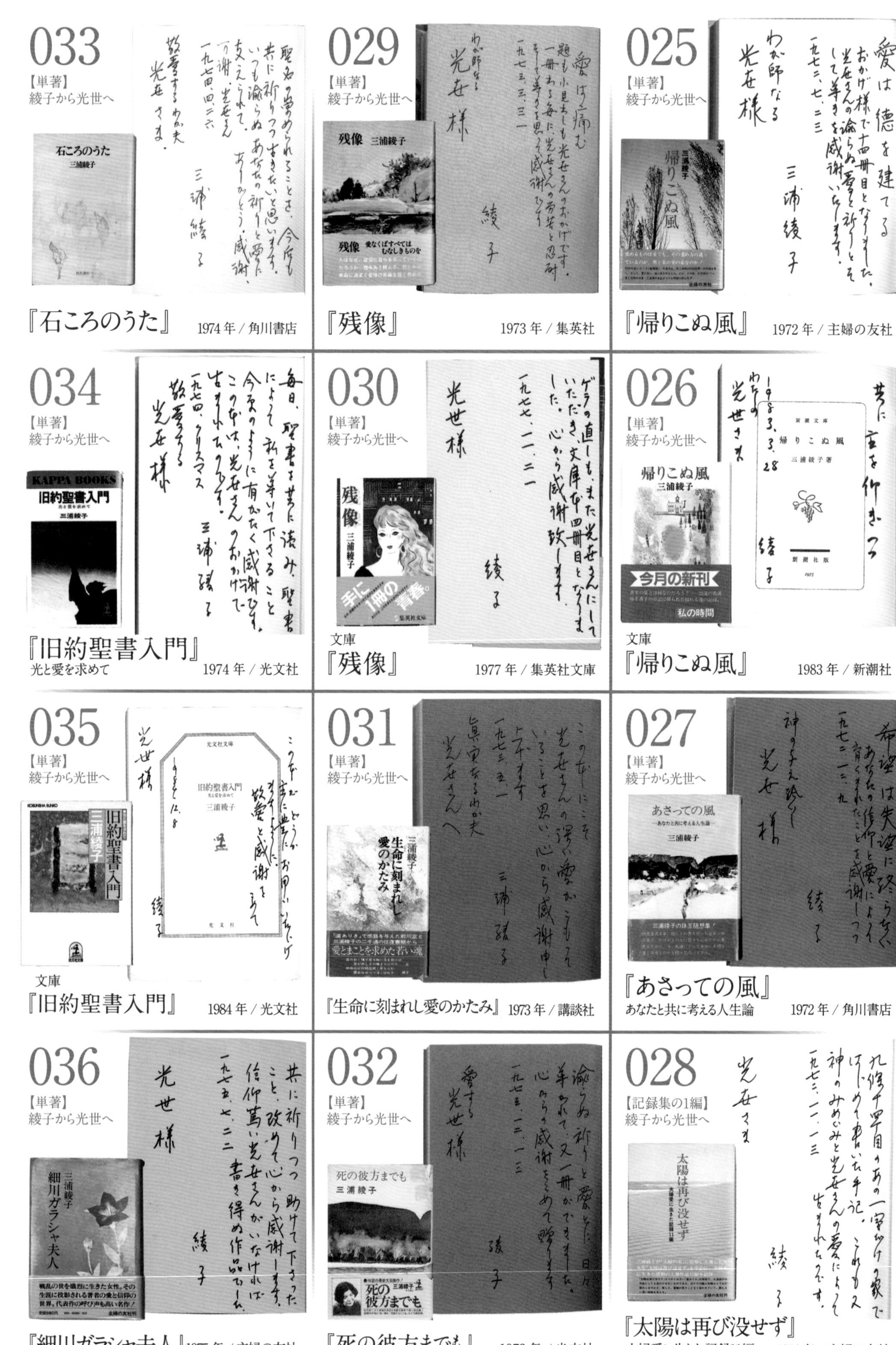

025
【単著】
綾子から光世へ
『帰りこぬ風』 1972年 / 主婦の友社

026
【単著】
綾子から光世へ
文庫
『帰りこぬ風』 1983年 / 新潮社

027
【単著】
綾子から光世へ
『あさっての風』
あなたと共に考える人生論 1972年 / 角川書店

028
【記録集の1編】
綾子から光世へ
『太陽は再び没せず』
夫婦愛に生きた記録11編 1972年 / 主婦の友社

029
【単著】
綾子から光世へ
『残像』 1973年 / 集英社

030
【単著】
綾子から光世へ
文庫
『残像』 1977年 / 集英社文庫

031
【単著】
綾子から光世へ
『生命に刻まれし愛のかたみ』 1973年 / 講談社

032
【単著】
綾子から光世へ
『死の彼方までも』 1973年 / 光文社

033
【単著】
綾子から光世へ
『石ころのうた』 1974年 / 角川書店

034
【単著】
綾子から光世へ
『旧約聖書入門』
光と愛を求めて 1974年 / 光文社

035
【単著】
綾子から光世へ
文庫
『旧約聖書入門』 1984年 / 光文社

036
【単著】
綾子から光世へ
『細川ガラシャ夫人』 1975年 / 主婦の友社

037
【単著】
綾子から光世へ
『天北原野　上』1976年 / 朝日新聞社

038
【単著】
綾子から光世へ
『天北原野　下』1976年 / 朝日新聞社

039
【単著】
綾子から光世へ
新装版『天北原野』1989年 / 主婦の友社

040
【単著】
綾子から光世へ
『石の森』1976年 / 集英社

041
【単著】
綾子から光世へ
文庫
『石の森』1979年 / 集英社

042
【単著】
綾子から光世へ
『広き迷路』1977年 / 主婦の友社

043
【単著】
綾子から光世へ
文庫
『広き迷路』1987年 / 新潮社

044
【単著】
綾子から光世へ
『泥流地帯』1977年 / 新潮社

045
【単著】
綾子から光世へ
文庫
『泥流地帯』1982年 / 新潮社

046
【単著】
綾子から光世へ
『果て遠き丘』1977年 / 集英社

047
【単著】
綾子から光世へ
文庫
『果て遠き丘』1978年 / 集英社

048
【単著】
綾子から光世へ
『新約聖書入門』
心の糧を求める人へ
1977年 / 光文社

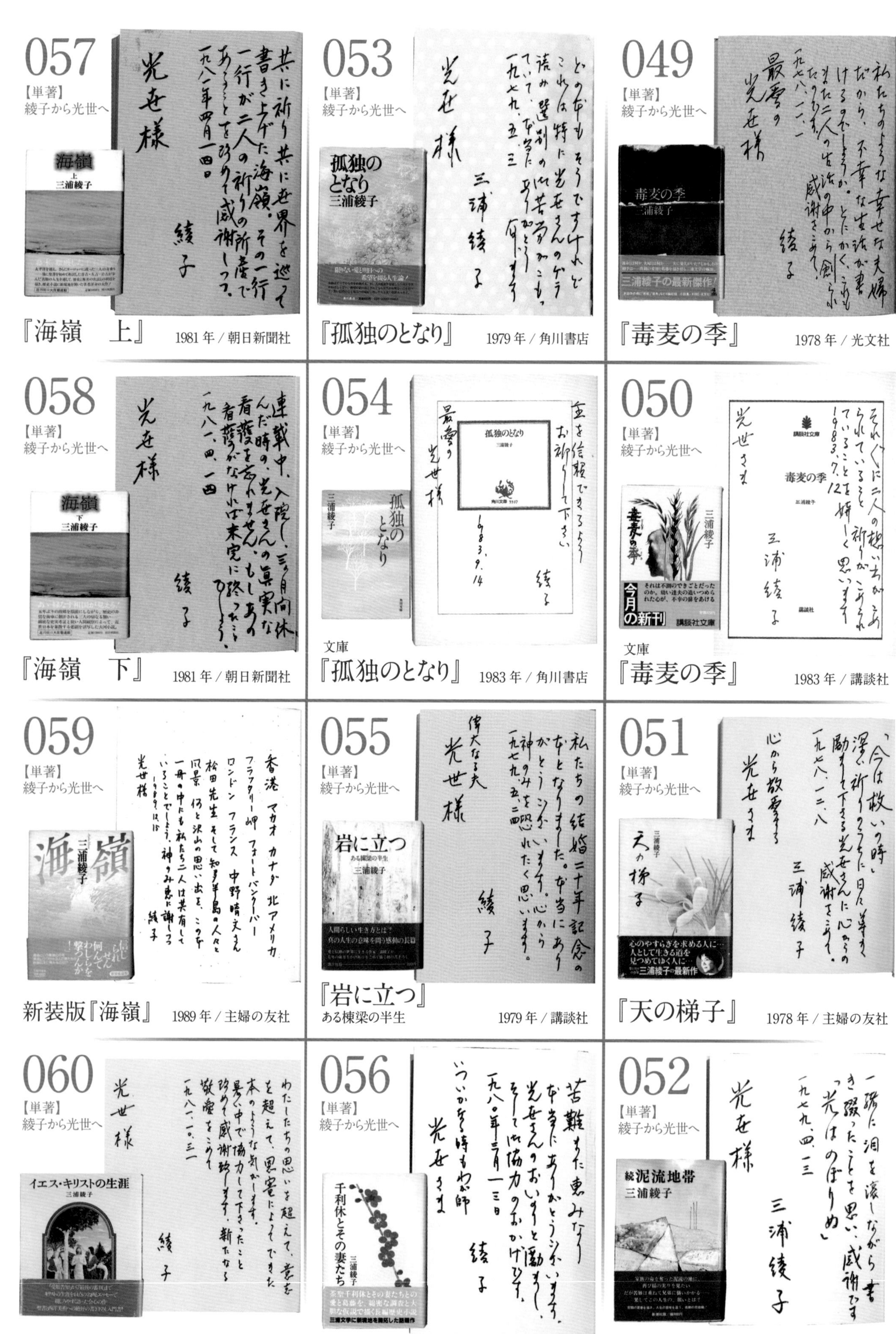

049
【単著】
綾子から光世へ
『毒麦の季』 1978年 / 光文社

050
【単著】
綾子から光世へ
文庫
『毒麦の季』 1983年 / 講談社

051
【単著】
綾子から光世へ
『天の梯子』 1978年 / 主婦の友社

052
【単著】
綾子から光世へ
『続泥流地帯』 1979年 / 新潮社

053
【単著】
綾子から光世へ
『孤独のとなり』 1979年 / 角川書店

054
【単著】
綾子から光世へ
文庫
『孤独のとなり』 1983年 / 角川書店

055
【単著】
綾子から光世へ
『岩に立つ』
ある棟梁の半生 1979年 / 講談社

056
【単著】
綾子から光世へ
『千利休とその妻たち』 1980年 / 主婦の友社

057
【単著】
綾子から光世へ
『海嶺　上』 1981年 / 朝日新聞社

058
【単著】
綾子から光世へ
『海嶺　下』 1981年 / 朝日新聞社

059
【単著】
綾子から光世へ
新装版『海嶺』 1989年 / 主婦の友社

060
【単著】
綾子から光世へ
『イエス・キリストの生涯』 1981年 / 講談社

061
【単著】
綾子から光世へ

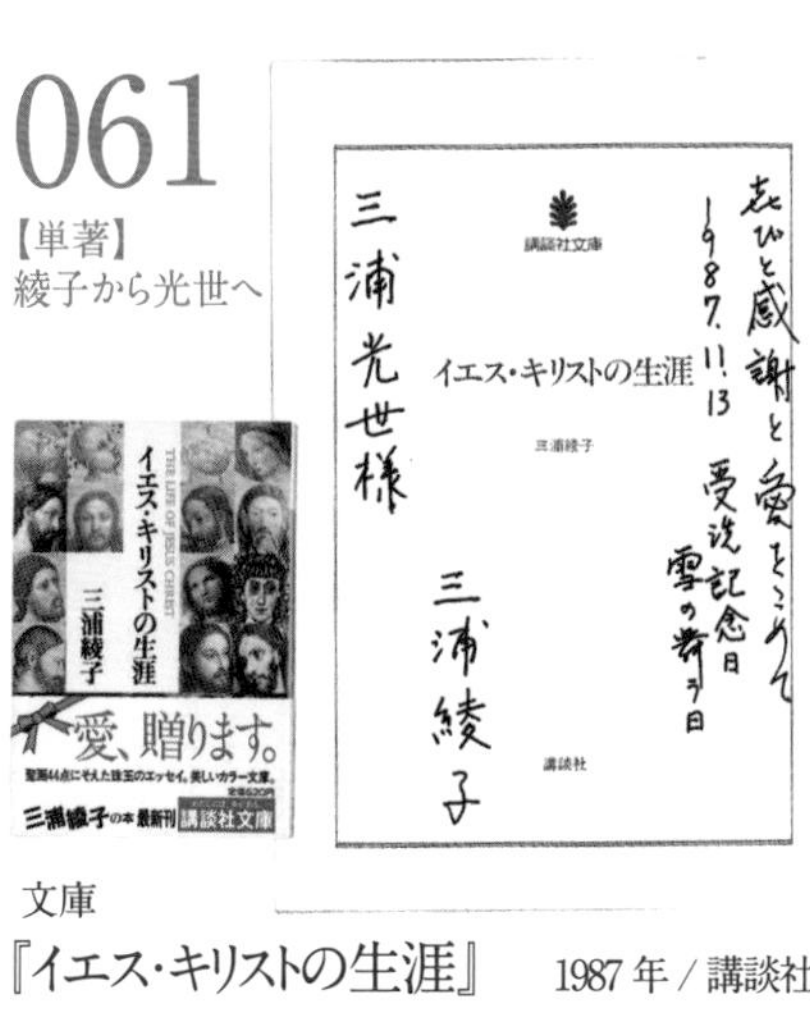

喜びと感謝と愛をこめて
1987.11.13
受洗記念日
雪の降る日
三浦光世様
三浦綾子

講談社文庫
イエス・キリストの生涯
三浦綾子
講談社

文庫
『イエス・キリストの生涯』 1987年 / 講談社

062
【単著】
綾子から光世へ

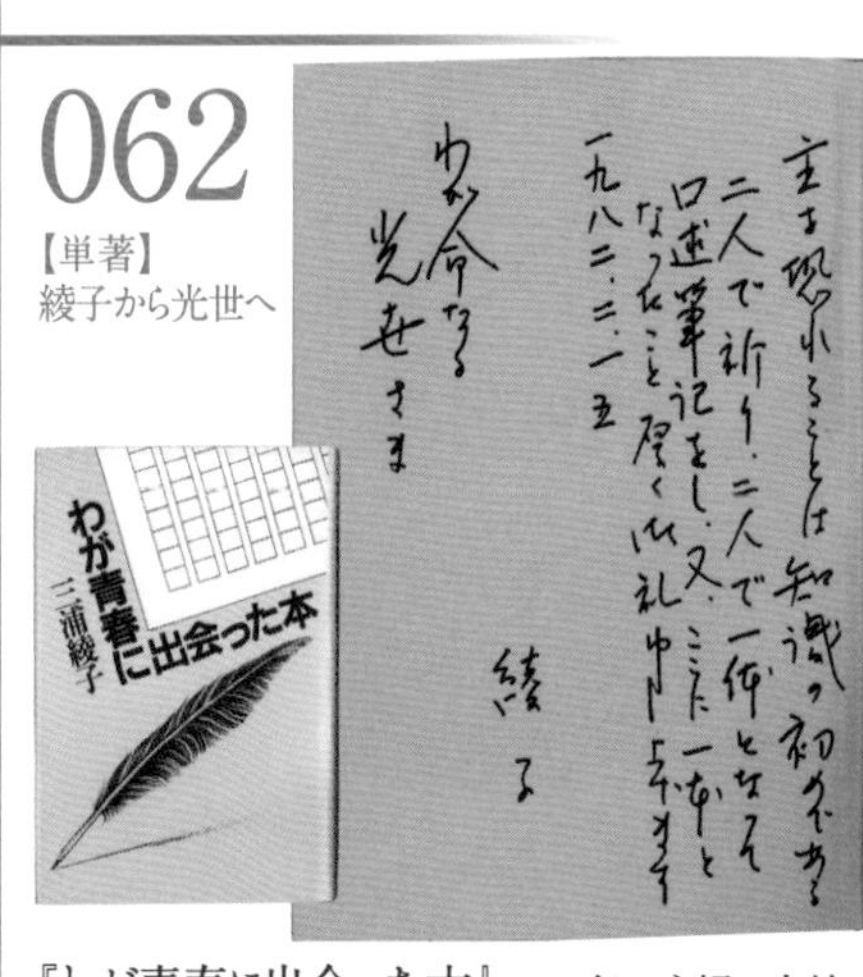

主を恐れることは知識の初めである
二人で祈り、二人で一冊となる
口述筆記をし、又ここに一冊と
なったことを深く御礼申上げます
一九八二、二、一五
わが命なる
光世さま
綾子

『わが青春に出会った本』 1982年 / 主婦の友社

063
【単著】
綾子から光世へ

「愛は望む」
絶望的な時代に、のぞみを失わず
主とあなたに頼んで生きたく
思います。
一九八二、三、二七 母の命日
敬愛する
光世様
三浦綾子

『青い棘』 1982年 / 学習研究社

064
【単著】
綾子から光世へ

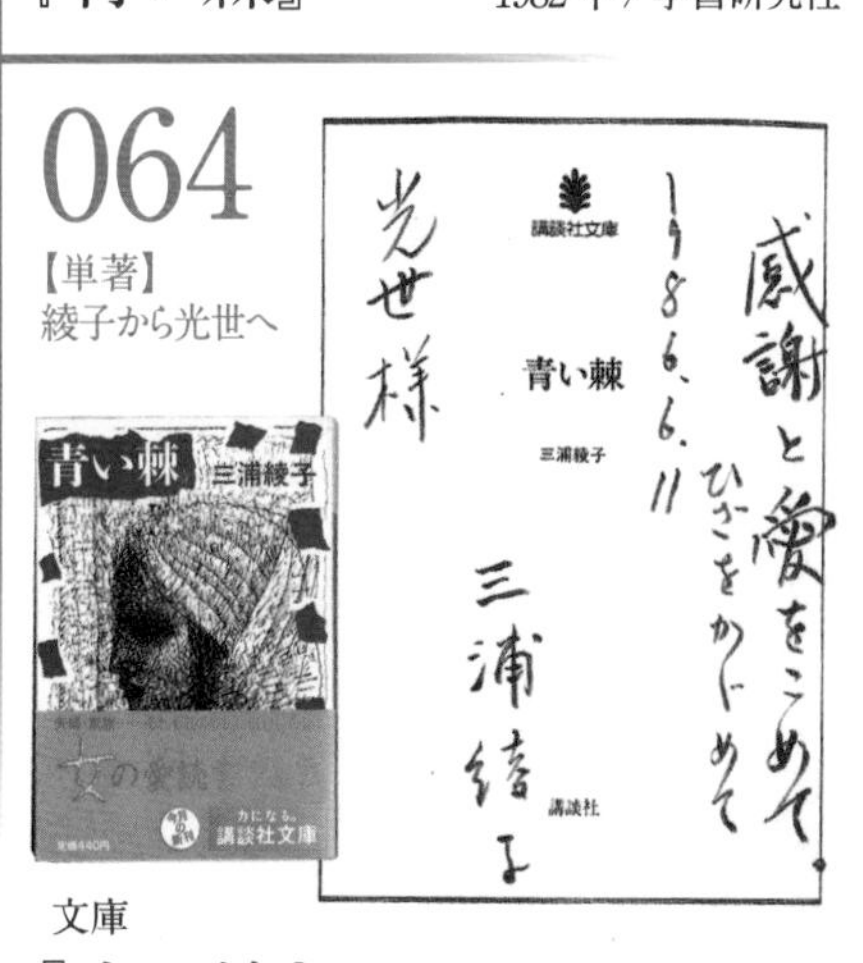

感謝と愛をこめて
ひざをかがめて
1986.6.11
光世様
三浦綾子

講談社文庫
青い棘
三浦綾子
講談社

文庫
『青い棘』 1986年 / 講談社

065
【単著】
綾子から光世へ

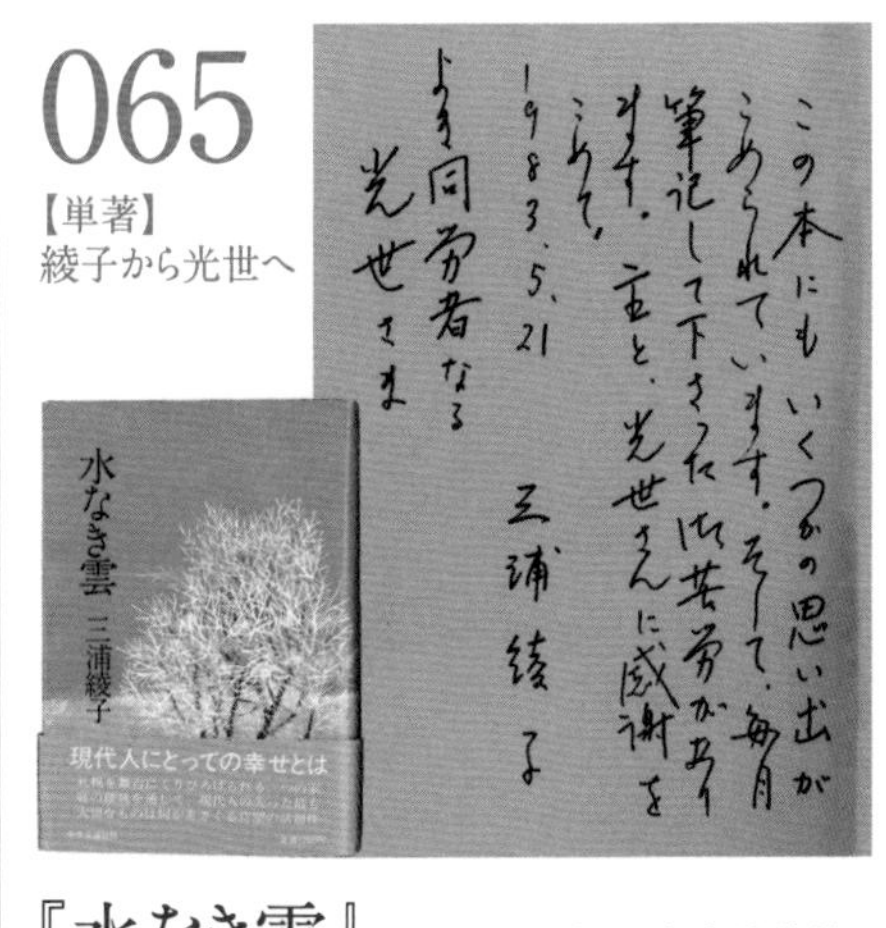

この本にもいくつかの思い出が
こめられています。そして、毎月
筆記して下さった苦労があり
ました。主と、光世さんに感謝を
こめて。
1983.5.21
よき同労者なる
光世さま
三浦綾子

『水なき雲』 1983年 / 中央公論社

066
【単著】
綾子から光世へ

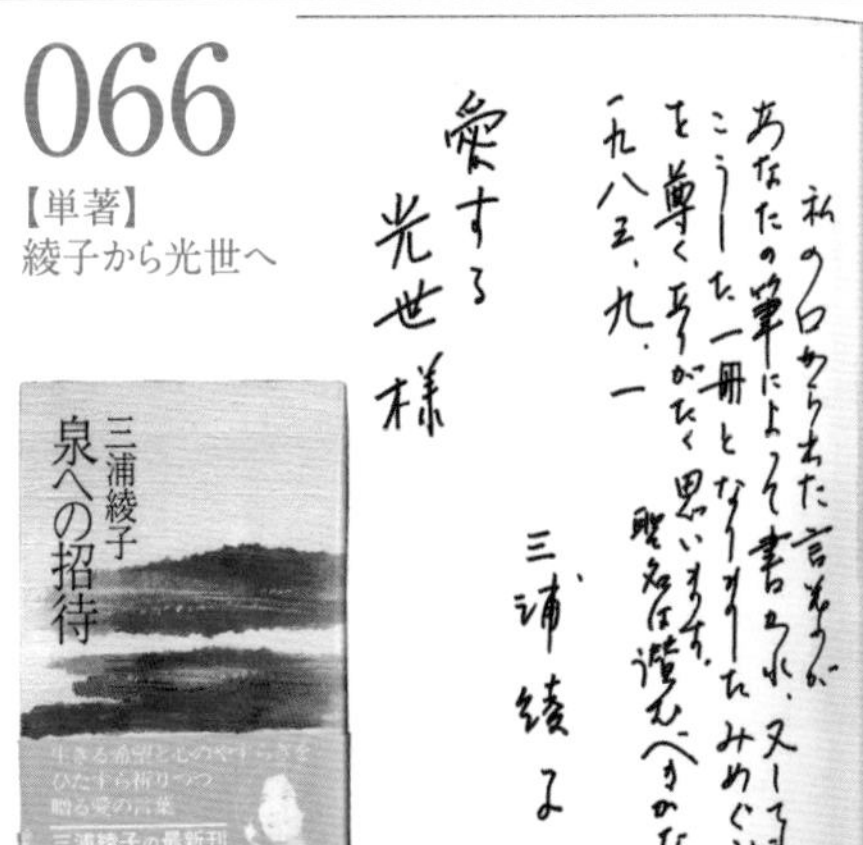

私の口から出た言葉が
あなたの筆によって書かれ、又しても
こうした一冊となりました。みめぐみ
を尊く有がたく思います。
聖名讃むべきかな。
一九八三、九、一
愛する
光世様
三浦綾子

『泉への招待』1983年 / 日本基督教団出版局

067
【単著】
綾子から光世へ

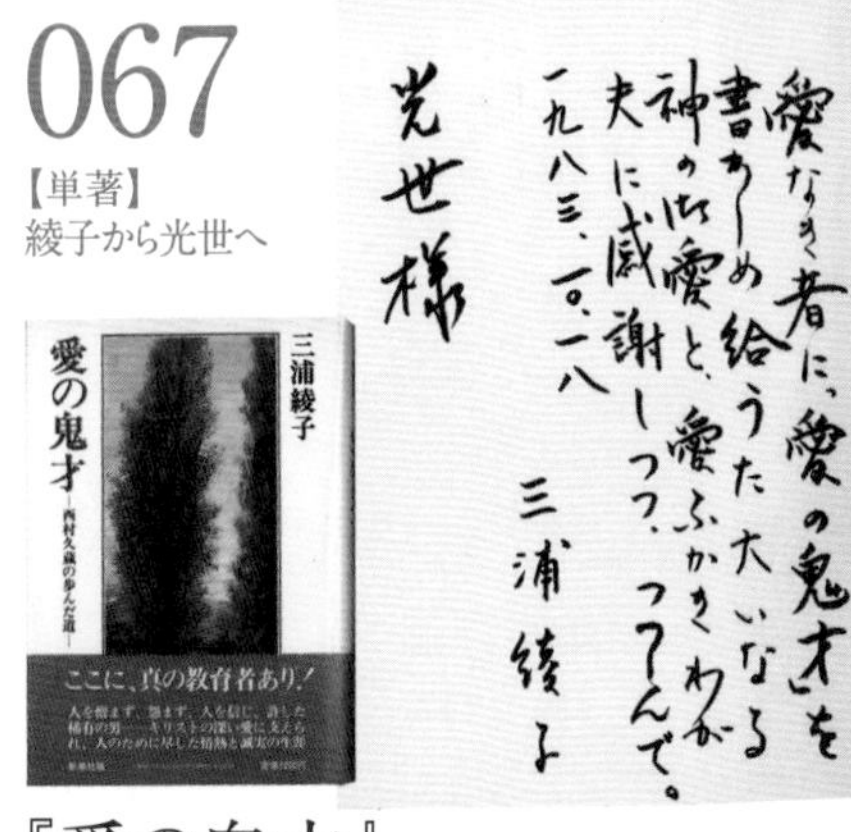

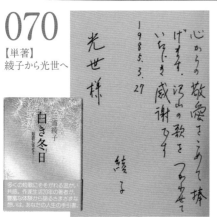

愛なき者に、愛の鬼才を
書かしめ給うた大いなる
神の恵愛と、愛ふかきわが
夫に感謝しつつ、つつしんで。
一九八三、一〇、一八
光世様
三浦綾子

『愛の鬼才』
西村久蔵が歩んだ道 1983年 / 新潮社

068
【単著】
綾子から光世へ

十九年間で四十五冊の本を
出すことができました。心から
光世さんのお祈りとご協力を思って
感謝します
1983.11.21
光世様
三浦綾子

『藍色の便箋』 1983年 / 小学館

069
【単著】
綾子から光世へ

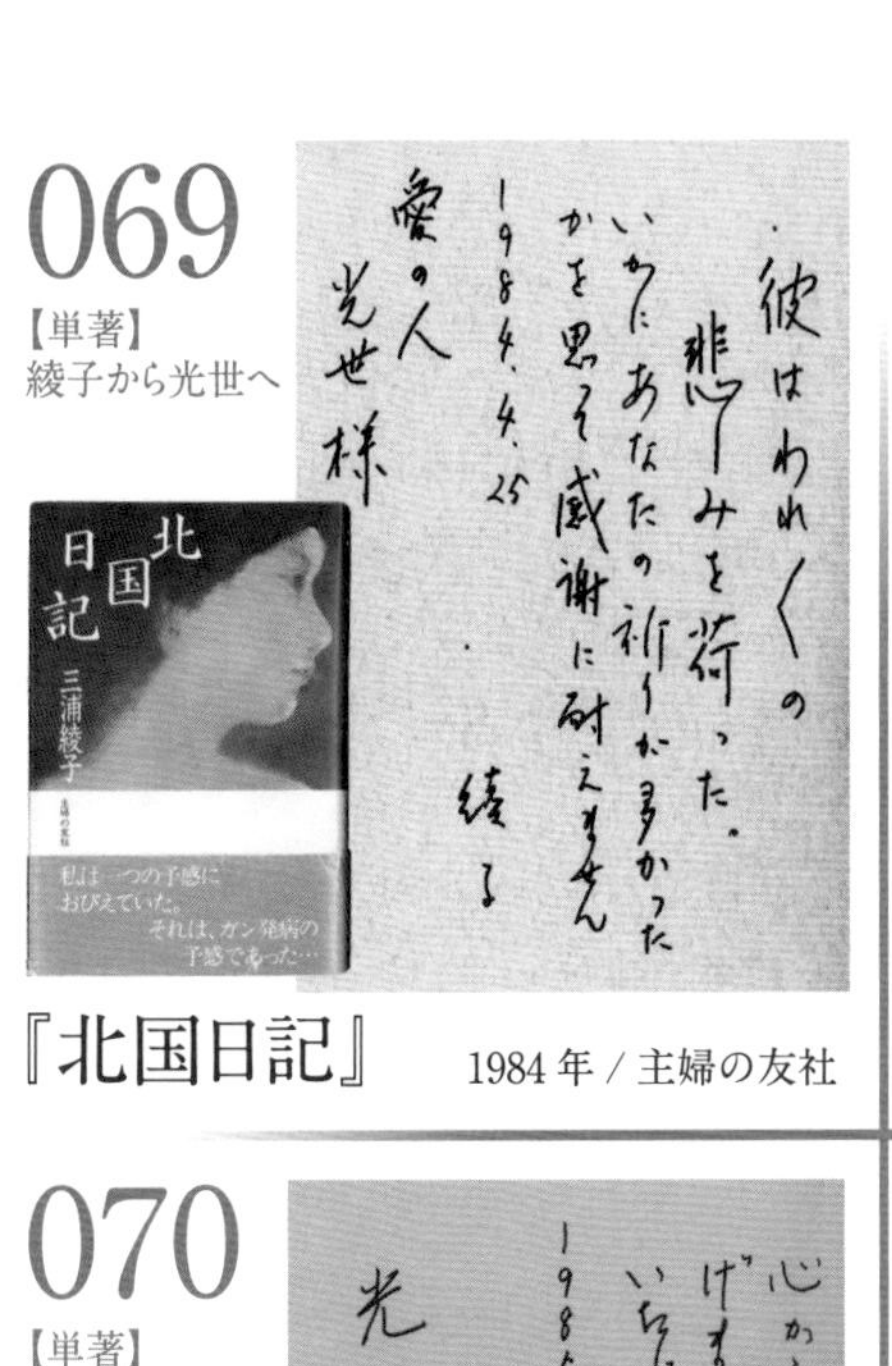

「彼はわれわれの
悲しみを荷った。」
いかにあなたの祈りが多かった
かを思って感謝に耐えません
1984.4.25
愛の人
光世様
綾子

『北国日記』 1984年 / 主婦の友社

070
【単著】
綾子から光世へ

心からの敬愛をこめて捧
げます。泥流の歌をつくらせて
いただき感謝です
1985.3.27
光世様
綾子

『白き冬日』 1985年 / 学習研究社

071
【単著】
綾子から光世へ

光世様
二人で生きているうちに、うまれた
随筆です。一人では決してでき
なかった「二人の生活」
ありがとうさま
あやこ
1985.11.18

『ナナカマドの街から』 1985年 / 北海道新聞社

072
【単著】
綾子から光世へ

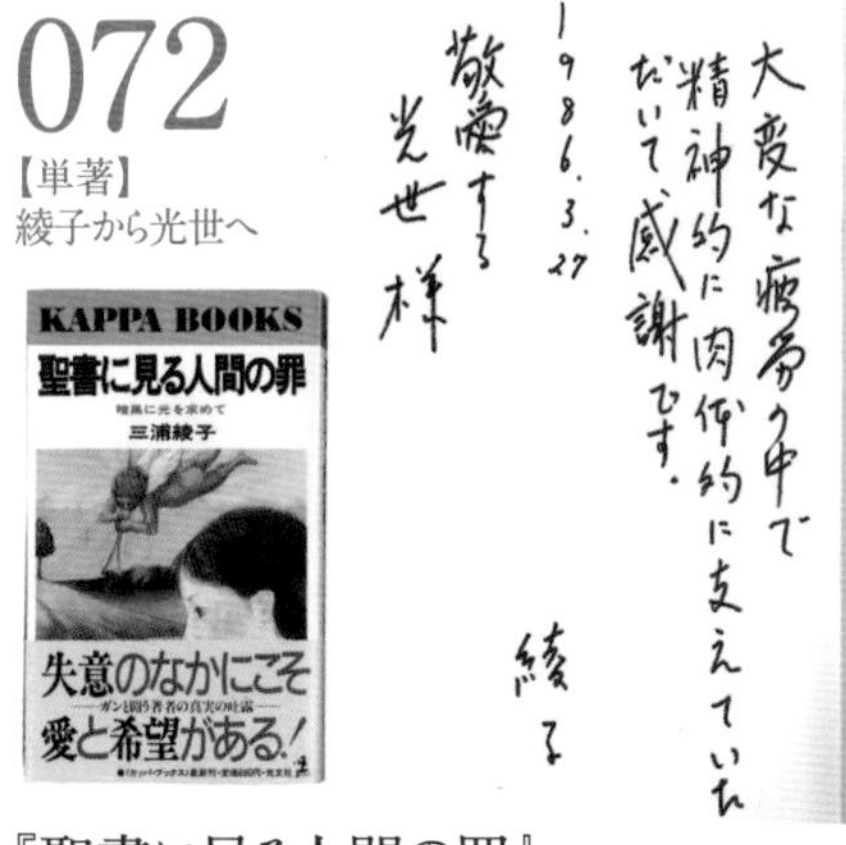

大変な疲労の中で
精神的に肉体的に支えていた
だいて感謝です。
1986.3.27
敬愛する
光世様
綾子

『聖書に見る人間の罪』
暗闇に光を求めて 1986年 / 光文社

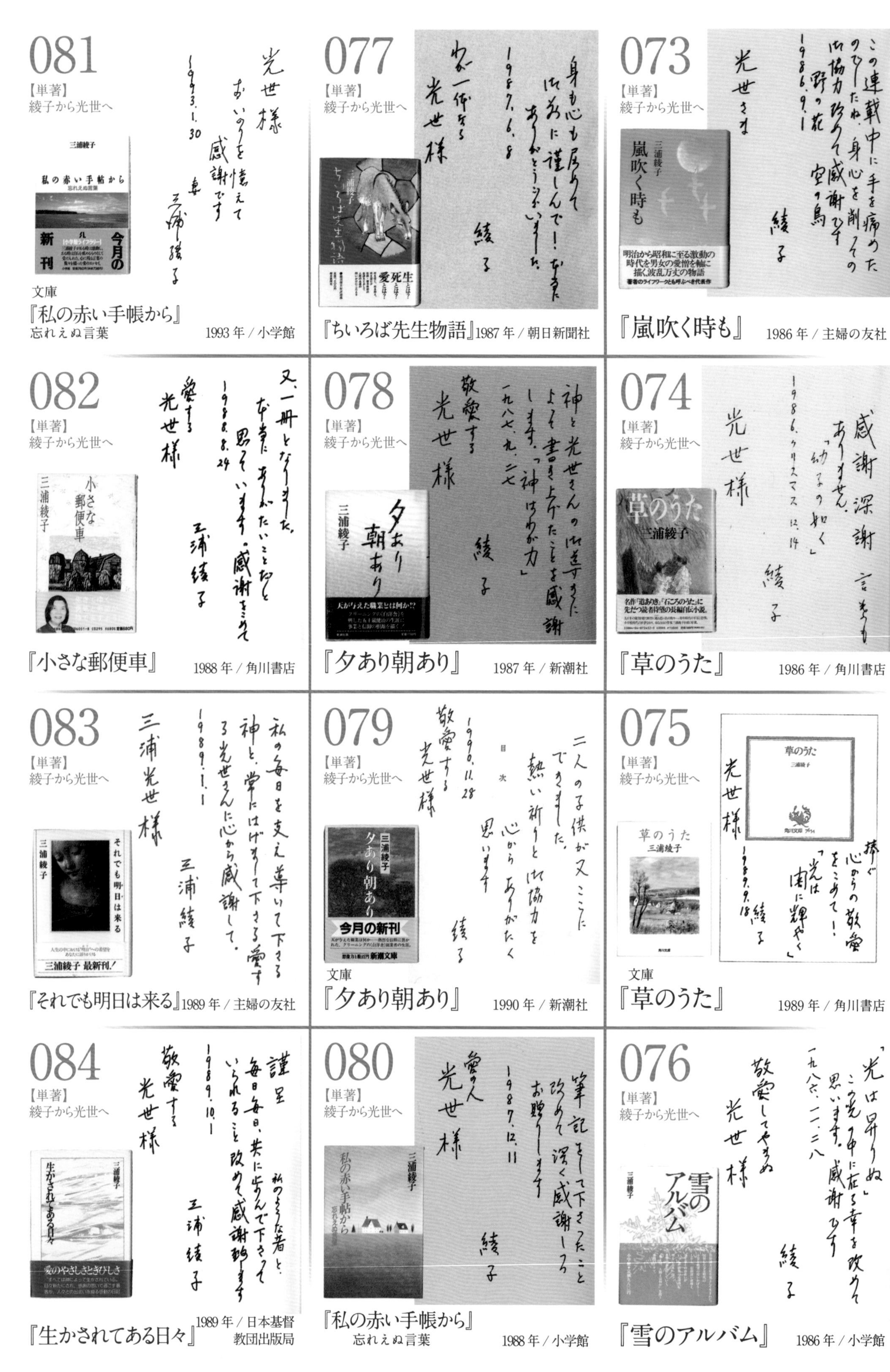

073
【単著】
綾子から光世へ
『嵐吹く時も』 1986年／主婦の友社
074
【単著】
綾子から光世へ
『草のうた』 1986年／角川書店
075
【単著】
綾子から光世へ
文庫
『草のうた』 1989年／角川書店
076
【単著】
綾子から光世へ
『雪のアルバム』 1986年／小学館
077
【単著】
綾子から光世へ
『ちいろば先生物語』1987年／朝日新聞社
078
【単著】
綾子から光世へ
『夕あり朝あり』 1987年／新潮社
079
【単著】
綾子から光世へ
文庫
『夕あり朝あり』 1990年／新潮社
080
【単著】
綾子から光世へ
『私の赤い手帳から』
忘れえぬ言葉 1988年／小学館
081
【単著】
綾子から光世へ
文庫
『私の赤い手帳から』
忘れえぬ言葉 1993年／小学館
082
【単著】
綾子から光世へ
『小さな郵便車』 1988年／角川書店
083
【単著】
綾子から光世へ
『それでも明日は来る』1989年／主婦の友社
084
【単著】
綾子から光世へ
『生かされてある日々』 1989年／日本基督教団出版局

085
【単著】
綾子から光世へ
『あのポプラの上が空』 1989 年 / 講談社

086
【単著】
綾子から光世へ
『あなたへの囁き』
愛の名言集 1989 年 / 角川書店

087
【単著】
綾子から光世へ
『われ弱ければ』
矢嶋楫子伝 1989 年 / 小学館

088
【単著】
綾子から光世へ
文庫
『われ弱ければ』
矢嶋楫子伝 1993 年 / 小学館

089
【単著】
綾子から光世へ
『風はいずこより』 1990 年 / いのちのことば社

090
【単著】
綾子から光世へ
『心ある家』 1991 年 / 講談社

091
【単著】
綾子から光世へ
『母』 1992 年 / 角川書店

092
【単著】
綾子から光世へ
『夢幾夜』 1993 年 / 角川書店

093
【単著】
綾子から光世へ
『明日のあなた』
愛するとは許すこと 1993 年 / 主婦と生活社

094
【単著】
綾子から光世へ
『銃口 上』 1994 年 / 小学館

095
【単著】
綾子から光世へ
『銃口 下』 1994 年 / 小学館

096
【文学アルバム】
綾子と光世の言葉
『幼な児のごとく』
三浦綾子文学アルバム 1994 年 / 北海道新聞社

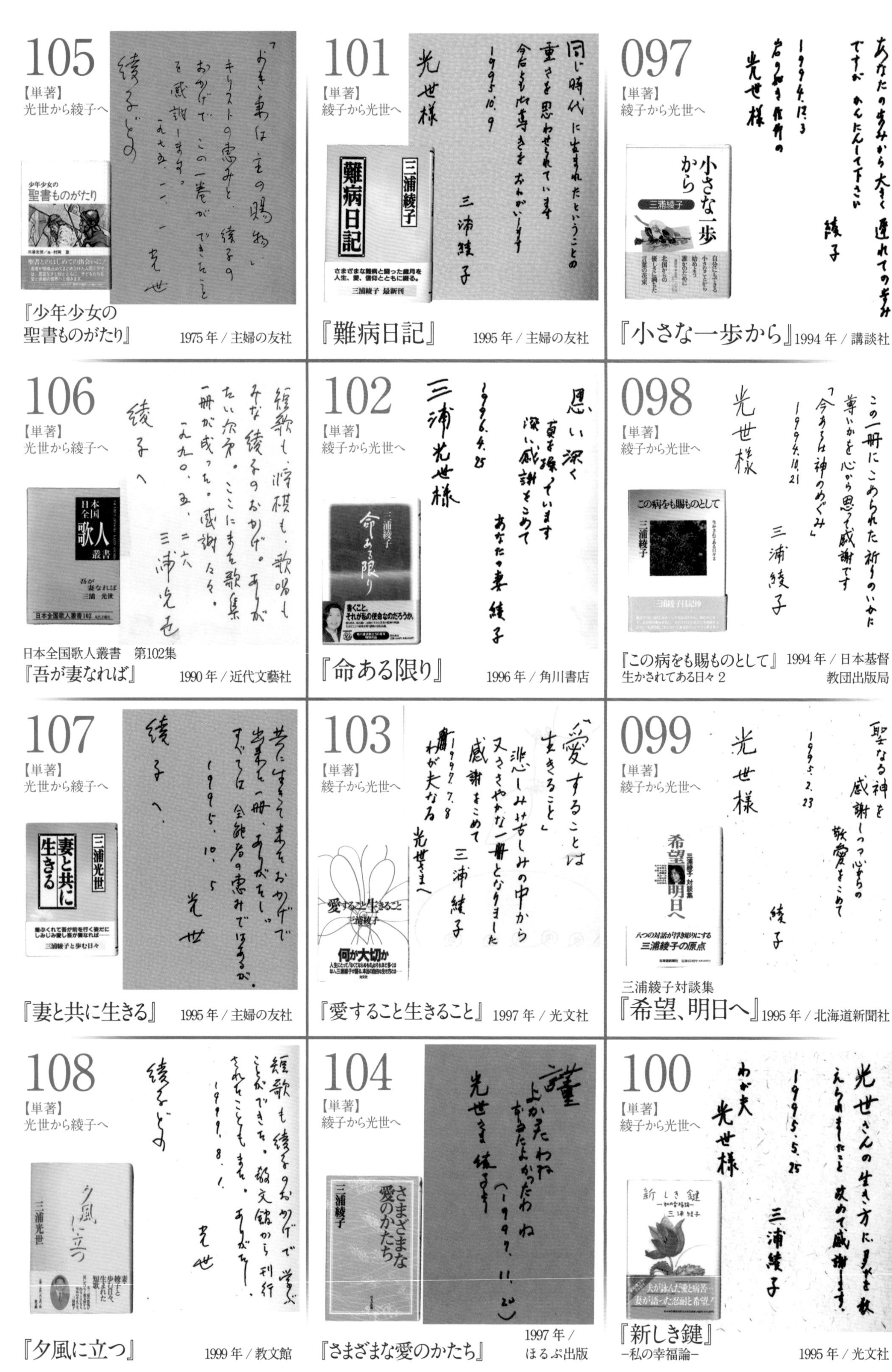

097
【単著】
綾子から光世へ
あなたの歩みから大きく遅れての歩みですが かんにんして下さい
綾子
光世様
『小さな一歩から』1994年／講談社

098
【単著】
綾子から光世へ
この一冊にこめられた祈りのいかに尊いかを心から思って感謝です
「今あるは神のめぐみ」
1994.10.21
光世様
三浦綾子
『この病をも賜ものとして』生かされてある日々2
1994年／日本基督教団出版局

099
【単著】
綾子から光世へ
聖なる神を感謝しつつ心からの敬愛をこめて
1995.2.23
光世様
綾子
三浦綾子対談集
『希望、明日へ』1995年／北海道新聞社

100
【単著】
綾子から光世へ
光世さんの生き方に多くを教えられましたこと 改めて感謝します。
1995.5.25
わが夫
光世様
三浦綾子
『新しき鍵』－私の幸福論－
1995年／光文社

101
【単著】
綾子から光世へ
同じ時代に生まれたということの重さを思わせられています
1995.10.9
光世様
三浦綾子
『難病日記』1995年／主婦の友社

102
【単著】
綾子から光世へ
思い深く
頭を垂れています
深い感謝をこめて
あなたの妻 綾子
1996.4.25
三浦光世様
『命ある限り』1996年／角川書店

103
【単著】
綾子から光世へ
「愛することは生きること」
悲しみ苦しみの中から ささやかな一冊となりました
感謝をこめて
三浦綾子
1997.7.8
わが夫なる
光世さまへ
『愛すること生きること』1997年／光文社

104
【単著】
綾子から光世へ
謹
(1997.11.20)
光世さま
綾子
『さまざまな愛のかたち』1997年／ほるぷ出版

105
【単著】
光世から綾子へ
一九七五.一一.一
光世
綾子どの
『少年少女の聖書ものがたり』1975年／主婦の友社

106
【単著】
光世から綾子へ
一九九〇.五.二六
三浦光世
綾子へ
日本全国歌人叢書 第102集
『吾が妻なれば』1990年／近代文藝社

107
【単著】
光世から綾子へ
1995.10.5
光世
綾子へ
『妻と共に生きる』1995年／主婦の友社

108
【単著】
光世から綾子へ
1999.8.1
光世
綾子どの
『夕風に立つ』1999年／教文館

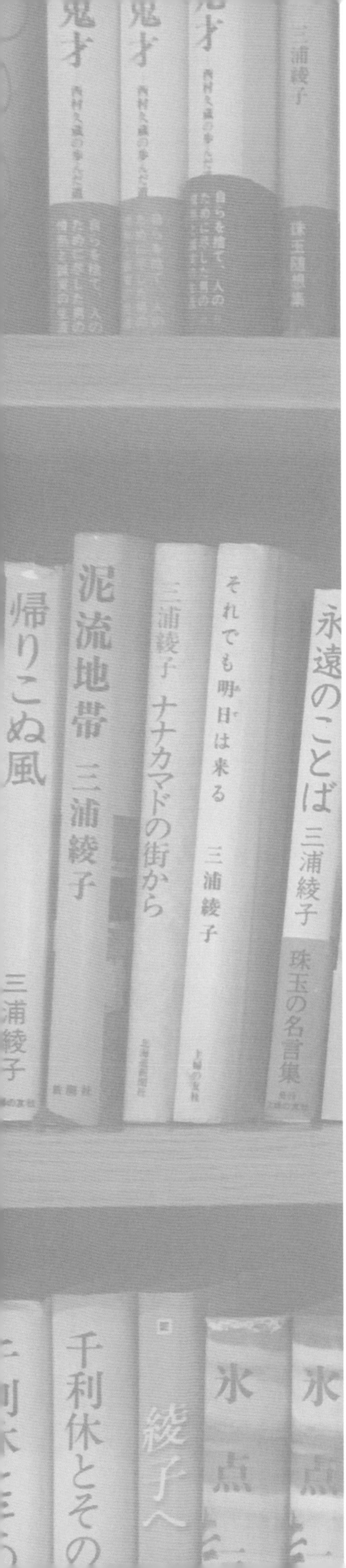

109
【夫妻共著】
お互いの言葉

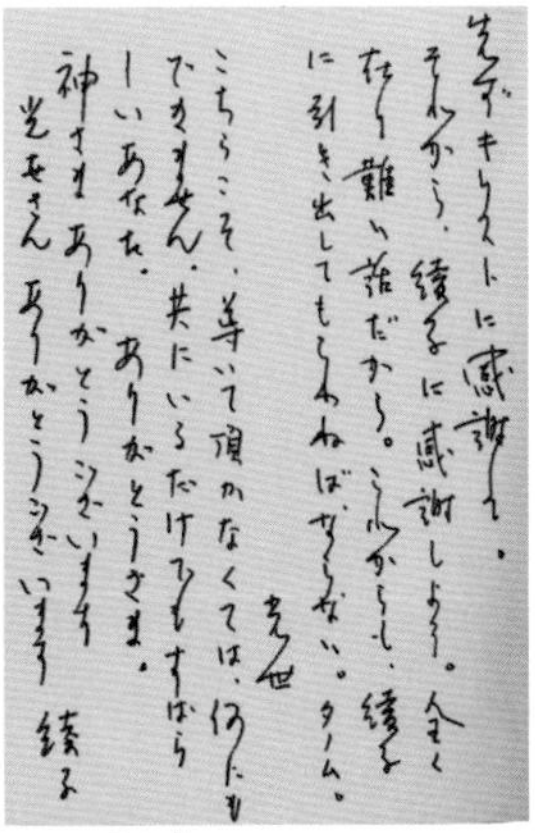

『愛に遠くあれど』
夫と妻の対話　1973年／講談社

110

【夫妻共著】
光世から綾子へ

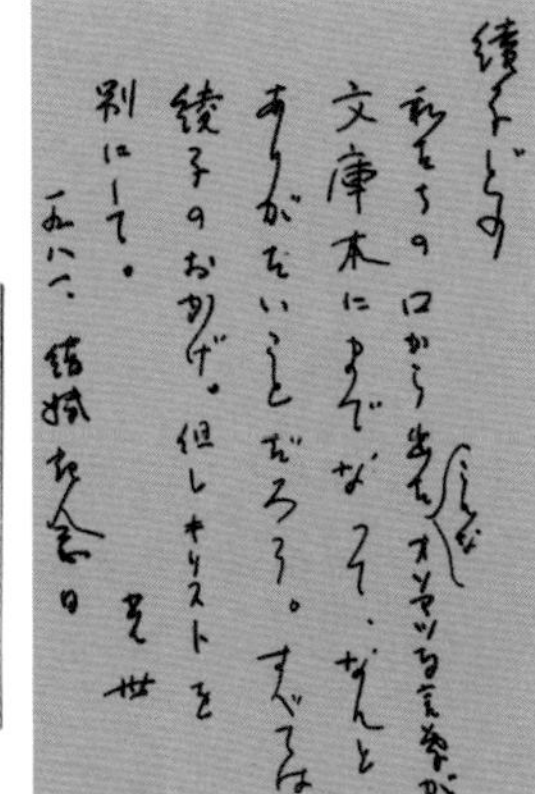

文庫
『愛に遠くあれど』
夫と妻の対話　1973年／講談社

111
【夫妻共著】
お互いの言葉

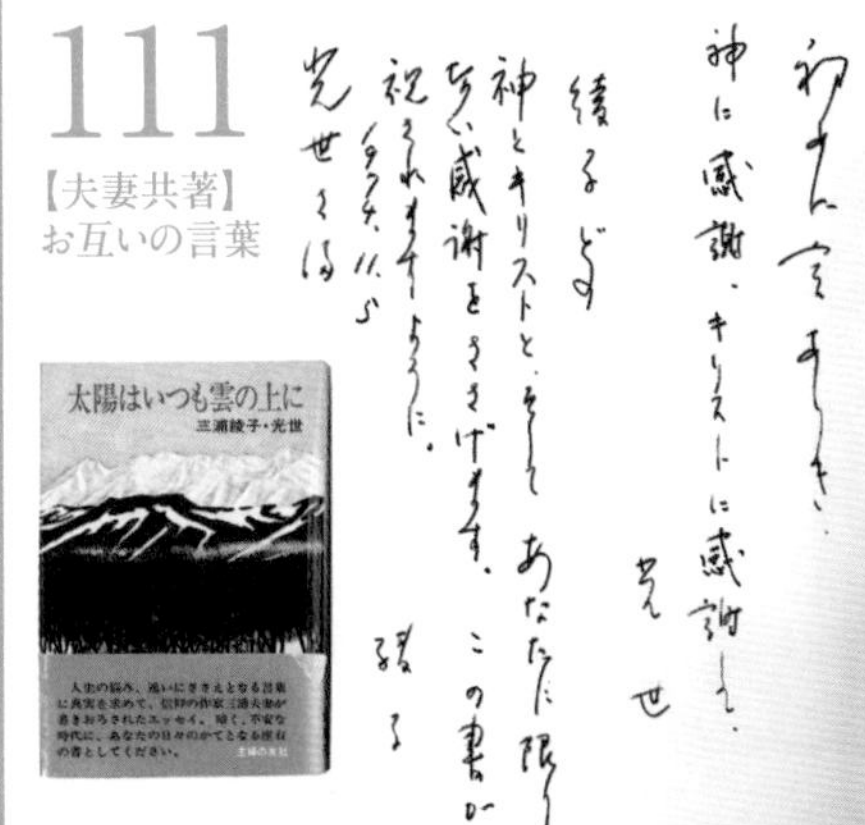

『太陽はいつも雲の上に』1973年／主婦の友社

112
【夫婦共著】
お互いの言葉

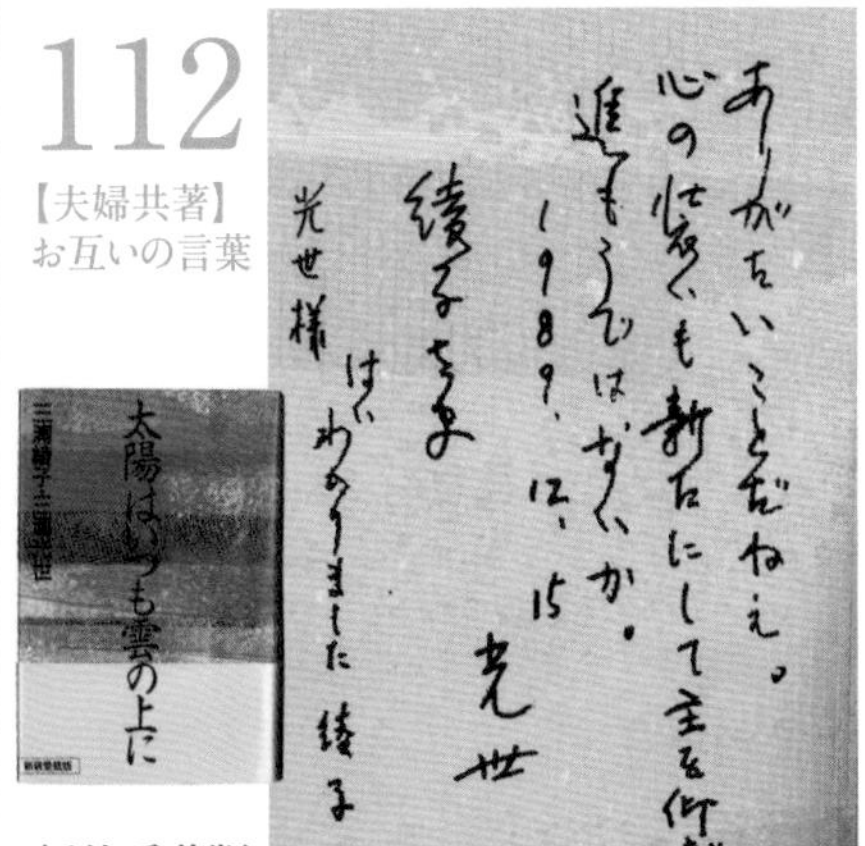

新装愛蔵版
『太陽はいつも雲の上に』1989年／主婦の友社

113
【光世以外との共著】
お互いの言葉

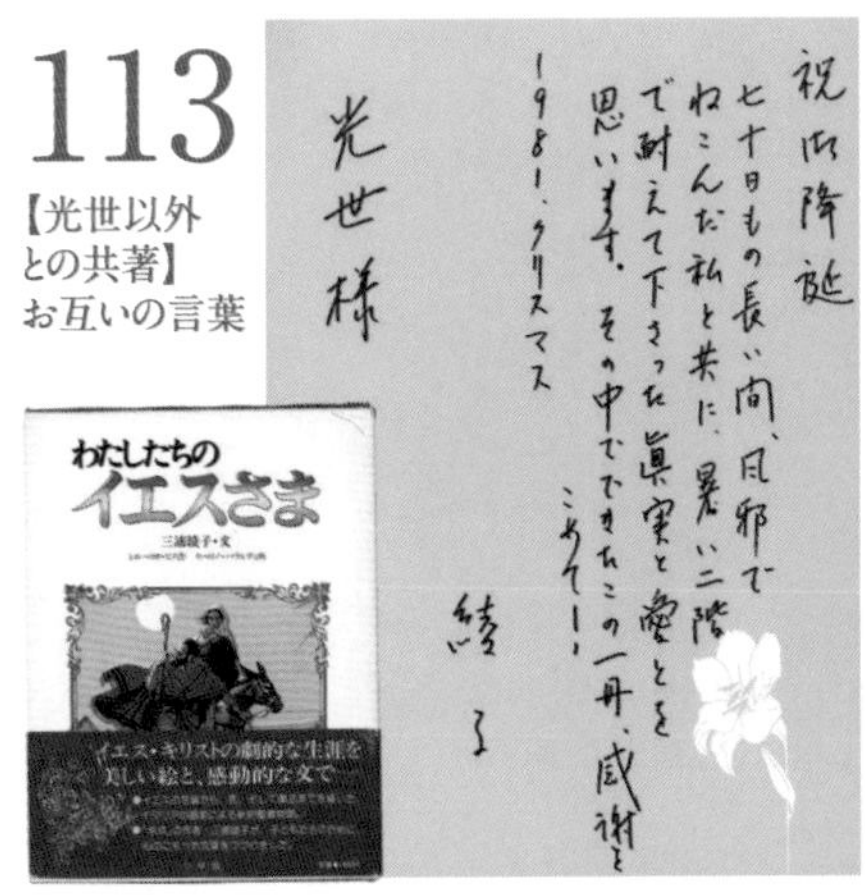

『わたしたちのイエスさま』　1981年／小学館

114
【光世以外との共著】
綾子から光世へ

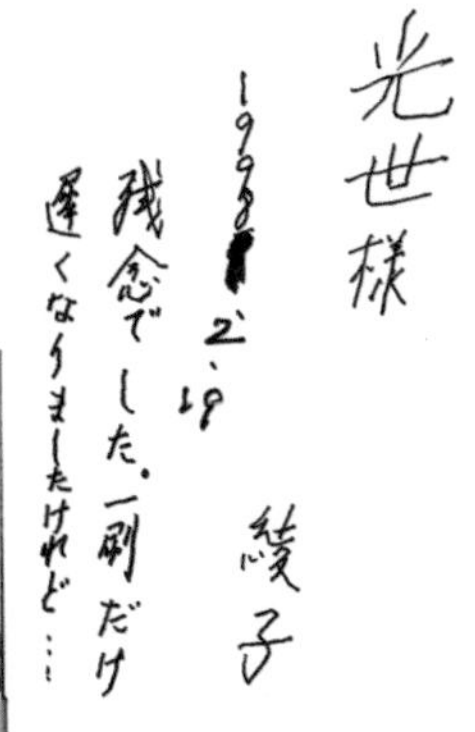

光世様
1988.2.18
残念でした。一刷だけ遅くなりましたけれど…
綾子

『銀色のあしあと』　1988年／いのちのことば社

115
【光世以外との共著】
綾子から光世へ

光世様
1991.9.28
キリストの祈りがあって人の祈りが生まれました。そのことを深く感じたいと思います。あなたの信仰を敬しつつ
綾子

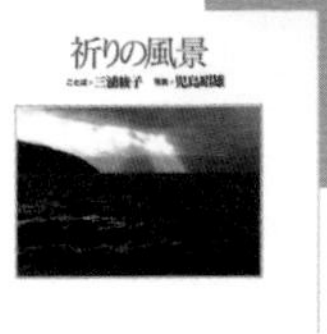

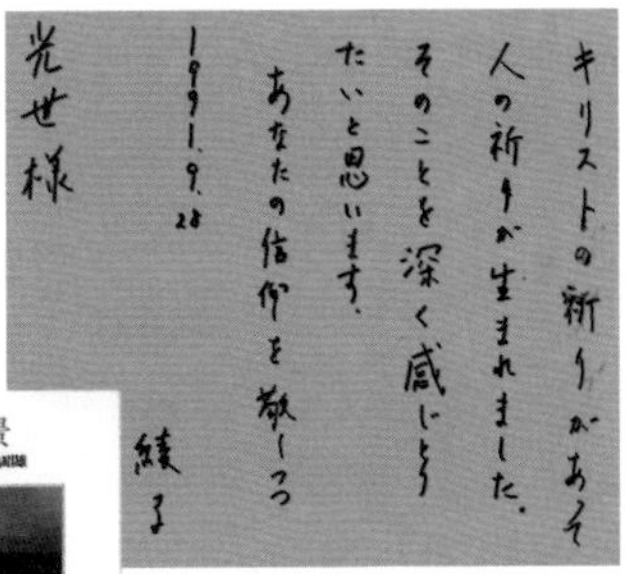

『祈りの風景』1991年／日本基督教団出版局

116
【光世以外との共著】
綾子から光世へ

わが夫
光世様
1994.2.14
すべての途で主を認めよ
日々のいのりに支えられて感謝です。
妻
綾子

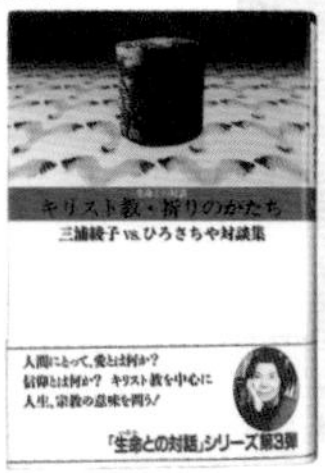

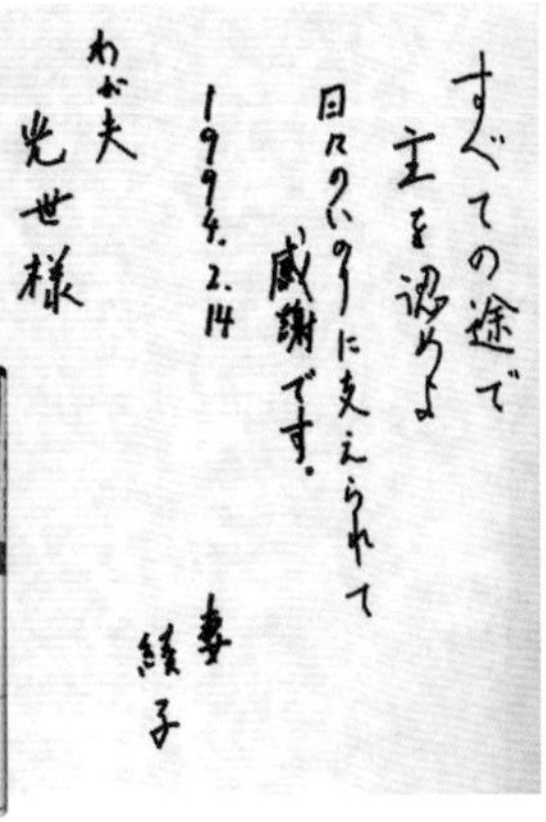

『キリスト教・祈りのかたち』
三浦綾子vs.ひろさちや対談集　1994年／主婦の友社

117
【作品集】
綾子から光世へ

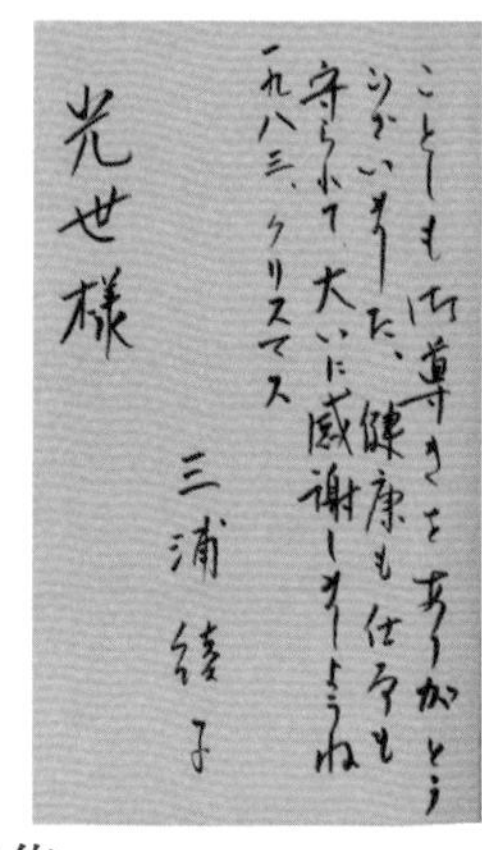
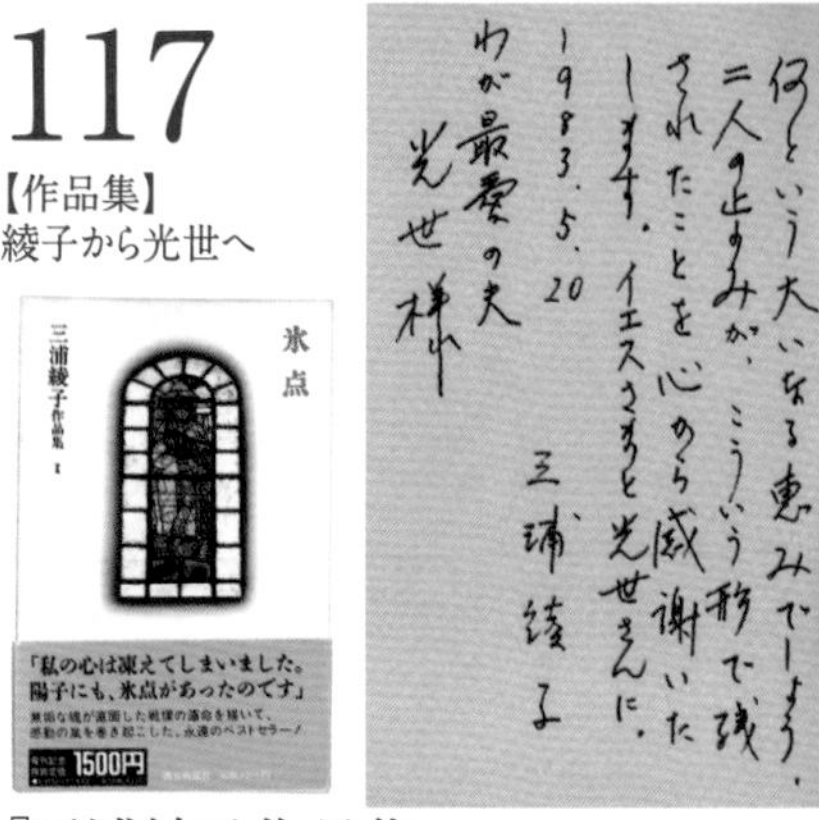

『三浦綾子作品集
第一巻』
1983年 / 朝日新聞社

118
【作品集】
綾子から光世へ

『三浦綾子作品集
第二巻』
1983年 / 朝日新聞社

119
【作品集】
綾子から光世へ

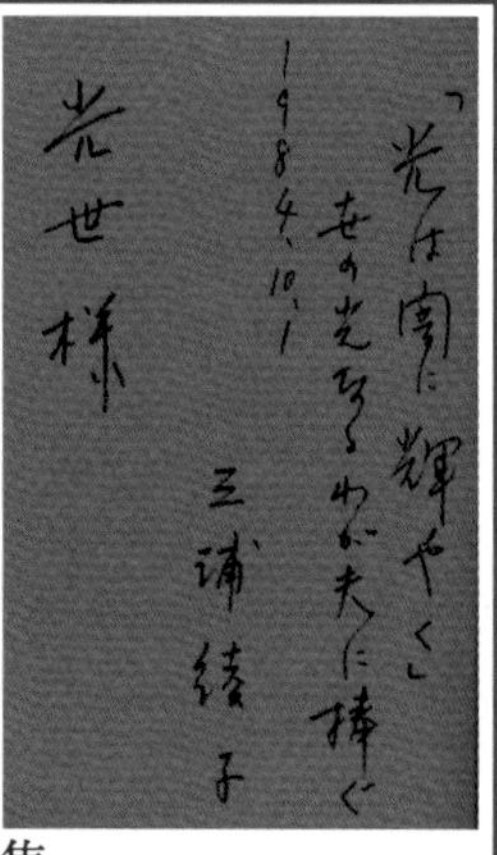

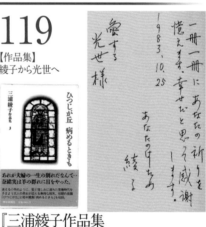

『三浦綾子作品集
第三巻』
1983年 / 朝日新聞社

120
【作品集】
綾子から光世へ

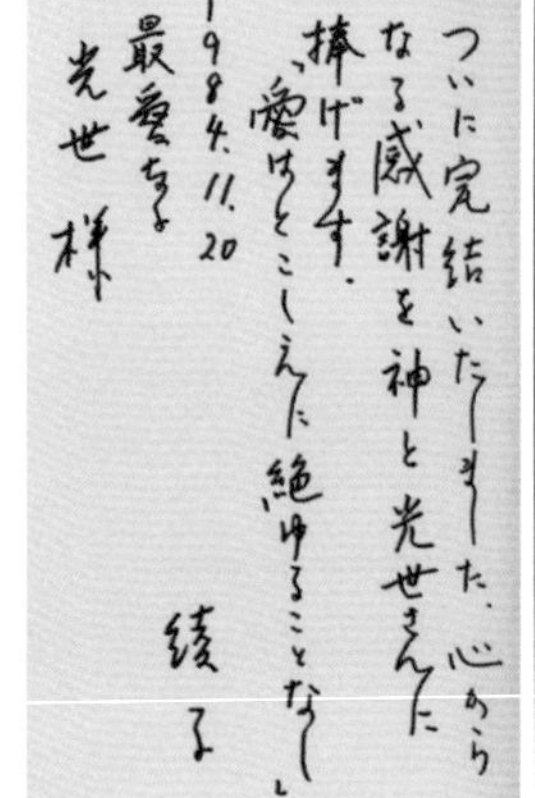
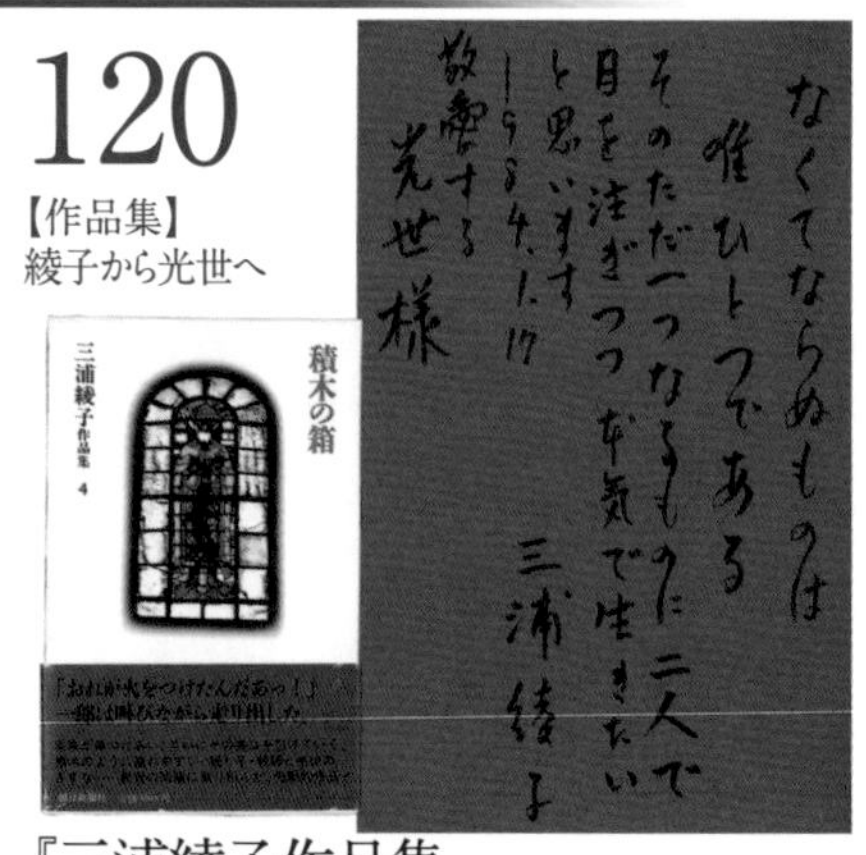

『三浦綾子作品集
第四巻』
1984年 / 朝日新聞社

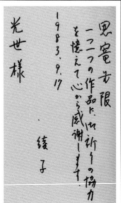

121
【作品集】
綾子から光世へ

『三浦綾子作品集
第五巻』
1983年 / 朝日新聞社

122
【作品集】
綾子から光世へ

『三浦綾子作品集
第六巻』
1984年 / 朝日新聞社

123
【作品集】
綾子から光世へ

『三浦綾子作品集
第七巻』
1984年 / 朝日新聞社

124
【作品集】
綾子から光世へ

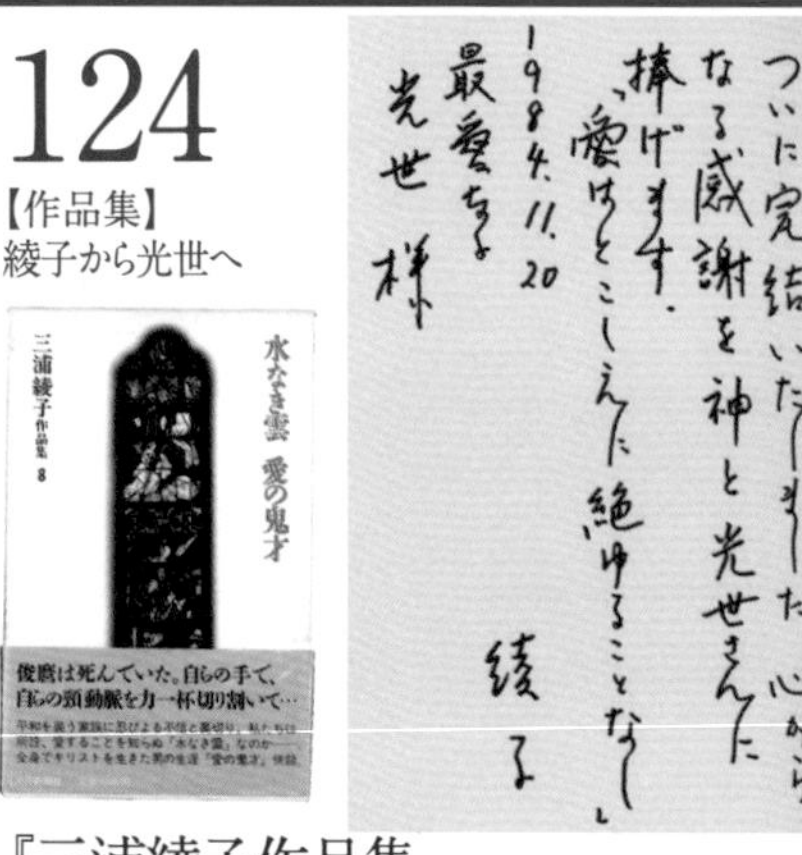

『三浦綾子作品集
第八巻』
1984年 / 朝日新聞社

125
【作品集】
綾子から光世へ

『三浦綾子作品集
第九巻』
1983年 / 朝日新聞社

126
【作品集】
綾子から光世へ

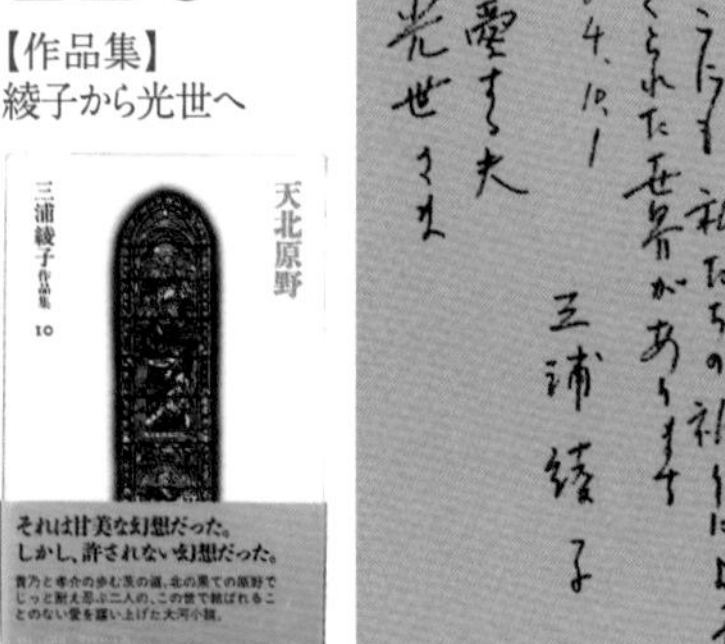

『三浦綾子作品集
第十巻』
1984年 / 朝日新聞社

127
【作品集】
綾子から光世へ

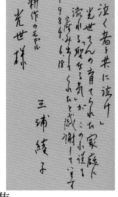

『三浦綾子作品集
第十一巻』
1984年 / 朝日新聞社

128
【作品集】
綾子から光世へ

『三浦綾子作品集
第十二巻』
1983年 / 朝日新聞社

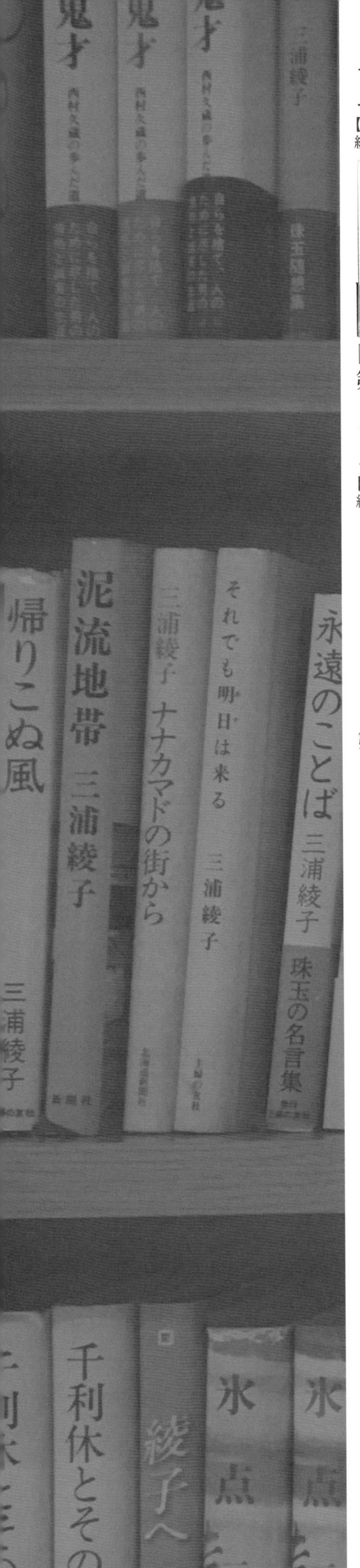

129

【作品集】
綾子から光世へ

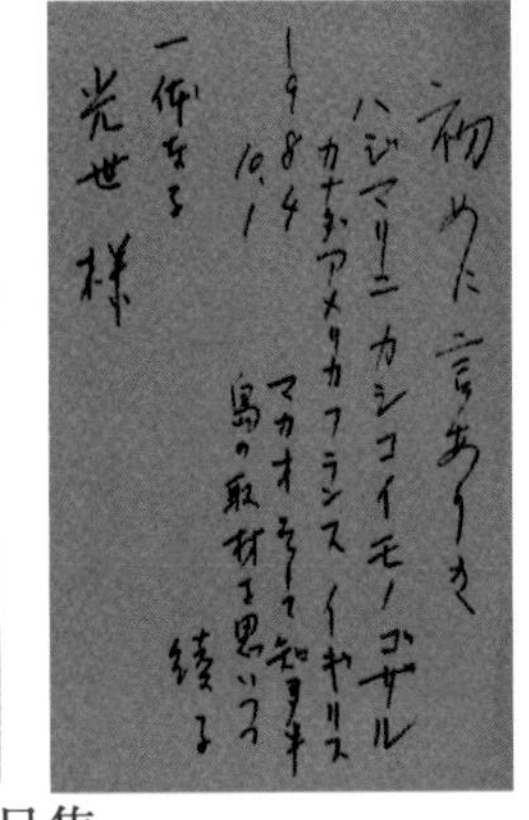
初めに言ありき
ハジマリニ カシコイモノ ゴザル
カナダアメリカ フランス イギリス
マカオ そして知多半
島の取材を思いつつ
綾子
1984 10.1
一体なる
光世様

『三浦綾子作品集 第十三巻』 1984年／朝日新聞社

130

【作品集】
綾子から光世へ

神が二人にどんなことをして
下さったかを思い改めて感謝
します。
1983.7.14
綾子
主がお与え下さった
光世様

『三浦綾子作品集 第十四巻』 1983年／朝日新聞社

131

【作品集】
綾子から光世へ

三浦綾子作品集 15
石ころのうた 生命に刻まれし愛のかたみ
生きるということは おし流されることなのか

光世さんの寛容が無ければ
どうしてこんな本を出すことが
できたでしょうか。改めて深く
感謝致します
1984.5.10
綾子
光世様

『三浦綾子作品集 第十五巻』 1984年／朝日新聞社

132

【作品集】
綾子から光世へ

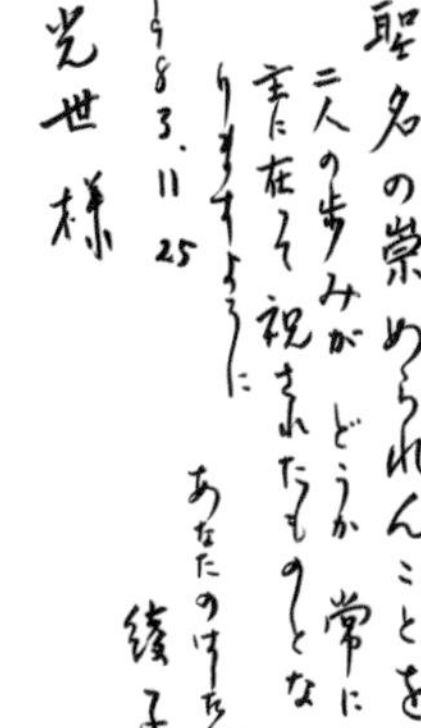
聖名の崇められんことを
二人の歩みがどうか常に
主在って祝されたものとな
りますように
あなたの[illegible]
綾子
1983.11.25
光世様

『三浦綾子作品集 第十六巻』 1983年／朝日新聞社

133

【作品集】
綾子から光世へ

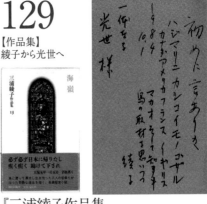

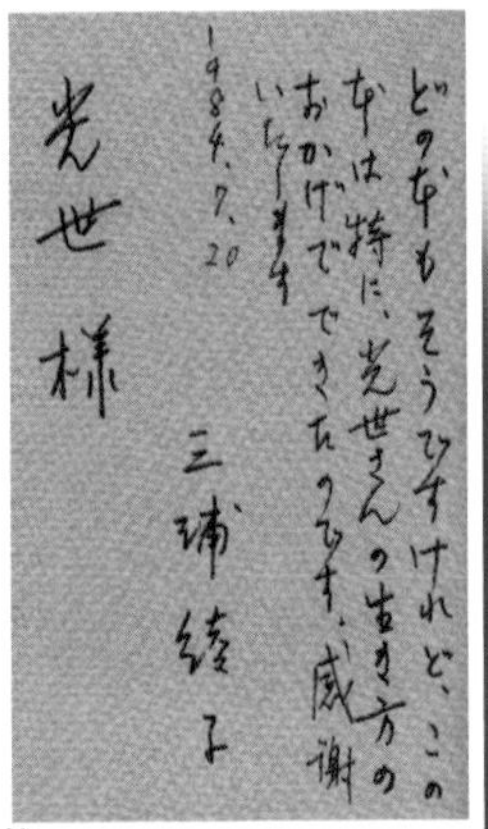
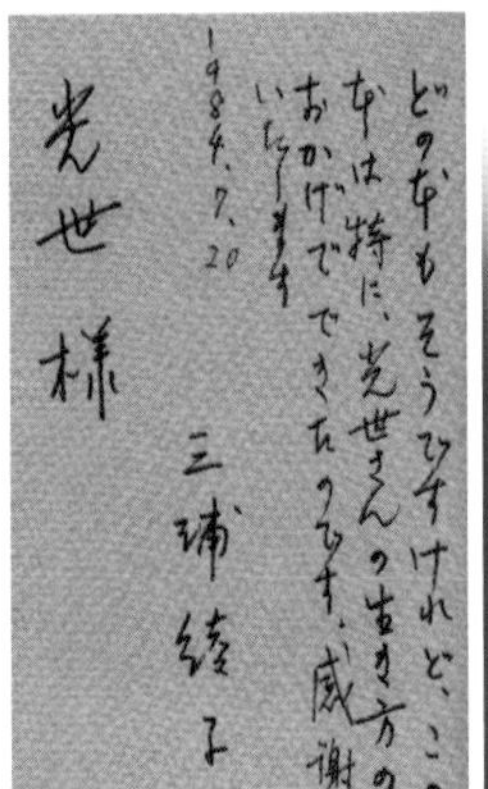
どの本もそうですけれど、この
本は特に、光世さんの生き方の
おかげでできたのです。感謝
いたします。
1984.7.20
三浦綾子
光世様

『三浦綾子作品集 第十七巻』 1984年／朝日新聞社

134

【作品集】
綾子から光世へ

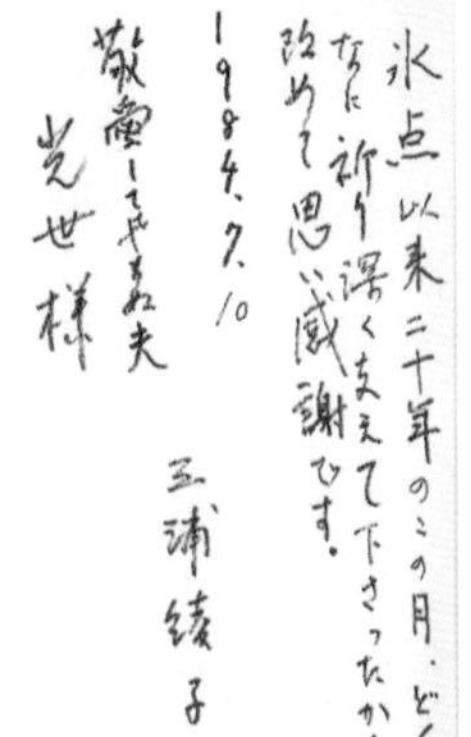
氷点以来二十年のこの月、どん
なに祈り深く支えて下さったかを
改めて思い感謝です。
1984.5.10
三浦綾子
敬愛してやまぬ夫
光世様

『三浦綾子作品集 第十八巻』 1984年／朝日新聞社

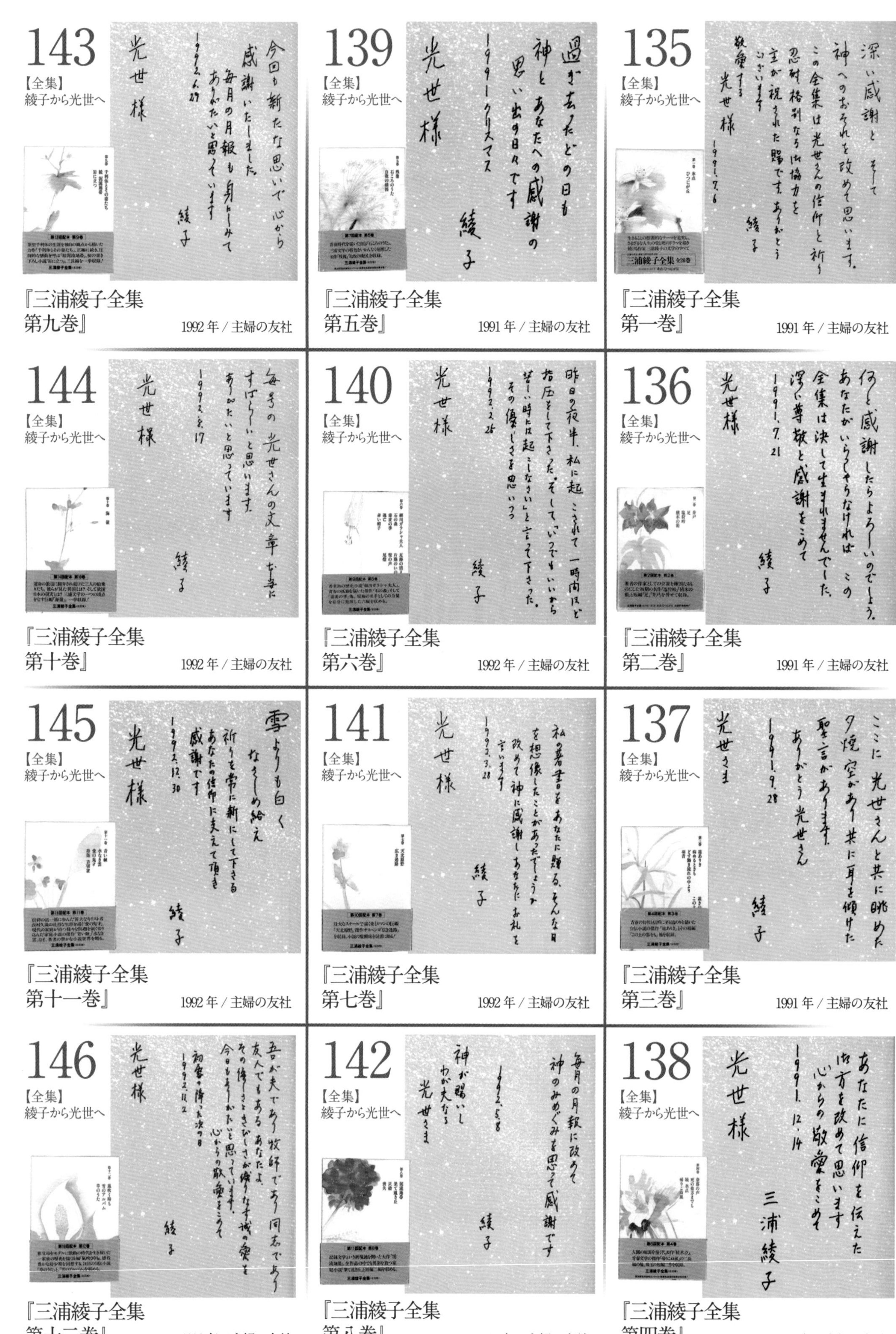
135
【全集】
綾子から光世へ
深い感謝と そして
神へのおそれを改めて思います。
この全集は光世さんの信仰と祈り
忍耐 格別なる御協力を
主が祝された賜です ありがとう
ございます
敬愛する
光世様
1991.7.6
綾子
『三浦綾子全集
第一巻』
1991年 / 主婦の友社

136
【全集】
綾子から光世へ
何と感謝したらよろしいのでしょう。
あなたがいらっしゃらなければ この
全集は決して生まれませんでした。
深い尊敬と感謝をこめて
1991.7.21
光世様
綾子
『三浦綾子全集
第二巻』
1991年 / 主婦の友社

137
【全集】
綾子から光世へ
ここに 光世さんと共に眺めた
夕焼空があり 共に耳を傾けた
聖言があります。
ありがとう 光世さん
1991.9.28
光世さま
綾子
『三浦綾子全集
第三巻』
1991年 / 主婦の友社

138
【全集】
綾子から光世へ
あなたに信仰を伝えた
貴方を改めて思います
心からの敬愛をこめて
1991.12.14
光世様
三浦綾子
『三浦綾子全集
第四巻』
1991年 / 主婦の友社

139
【全集】
綾子から光世へ
過ぎ去ったどの日も
神とあなたへの感謝の
思い出の日々です
1991 クリスマス
光世様
綾子
『三浦綾子全集
第五巻』
1991年 / 主婦の友社

140
【全集】
綾子から光世へ
昨日の夜半、私に起こされて 一時間ほど
指圧をして下さった。そして「いつでもいいから
苦しい時には起こしなさい」と言って下さった。
その優しさを思いつつ
1992.2.26
光世様
綾子
『三浦綾子全集
第六巻』
1992年 / 主婦の友社

141
【全集】
綾子から光世へ
私の著書をあなたに贈る。そんな日
を想像したことがあったでしょうか
改めて神に感謝しあなたにお礼を
言います
1992.3.28
光世様
綾子
『三浦綾子全集
第七巻』
1992年 / 主婦の友社

142
【全集】
綾子から光世へ
毎月の月報に改めて
神のみめぐみを思って感謝です
1992.5.8
神が賜いし
わが夫なる
光世さま
綾子
『三浦綾子全集
第八巻』
1992年 / 主婦の友社

143
【全集】
綾子から光世へ
今回も新たな思いで心から
感謝いたしました
毎月の月報も楽しみで
ありがたいと思っています
1992.6.27
光世様
綾子
『三浦綾子全集
第九巻』
1992年 / 主婦の友社

144
【全集】
綾子から光世へ
毎号の光世さんの文章本当に
すばらしいと思います
ありがたいと思っています
1992.8.17
光世様
綾子
『三浦綾子全集
第十巻』
1992年 / 主婦の友社

145
【全集】
綾子から光世へ
雪よりも白く
なさしめ給え
祈りを常に新にして下さる
あなたの信仰に支えて頂き
感謝です
1992.12.30
光世様
綾子
『三浦綾子全集
第十一巻』
1992年 / 主婦の友社

146
【全集】
綾子から光世へ
吾が夫であり牧師であり同志であり
友人でもある あなたよ
その偉大さきびしさが織りなす神の愛を
今日もありがたいと思っています
心からの敬愛をこめて
初雪の降った次の日
1992.11.2
光世様
綾子
『三浦綾子全集
第十二巻』
1992年 / 主婦の友社

147
【全集】
綾子から光世へ

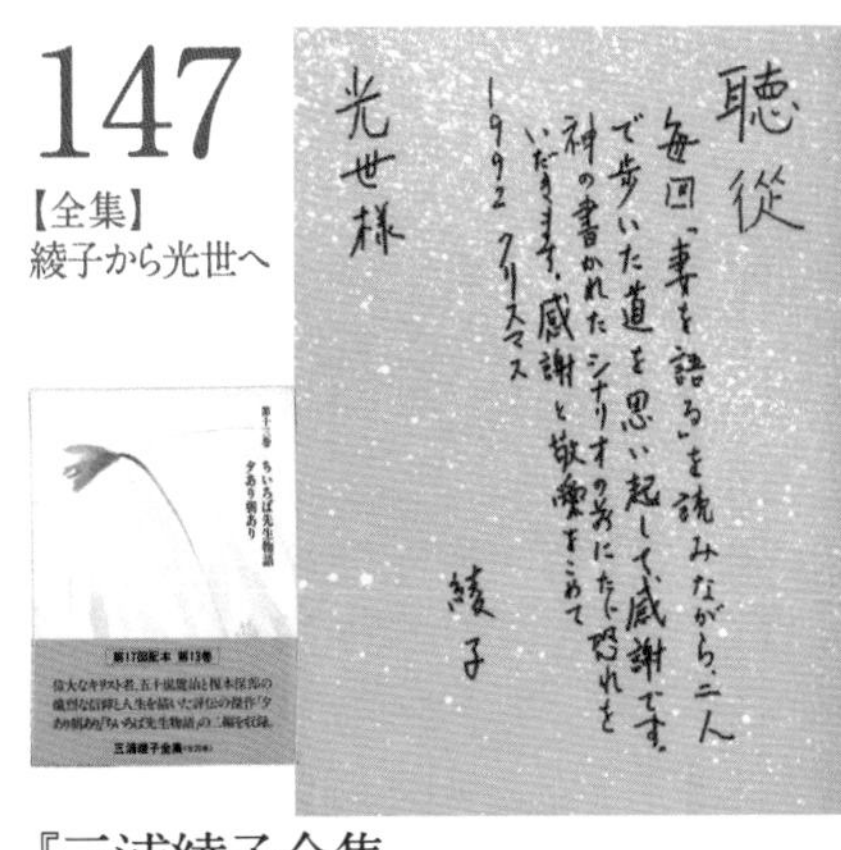

毎回「事を語る」を読みながら、二人で歩いた道を思い起して感謝です。

『三浦綾子全集
第十三巻』
1992年 / 主婦の友社

148
【全集】
綾子から光世へ

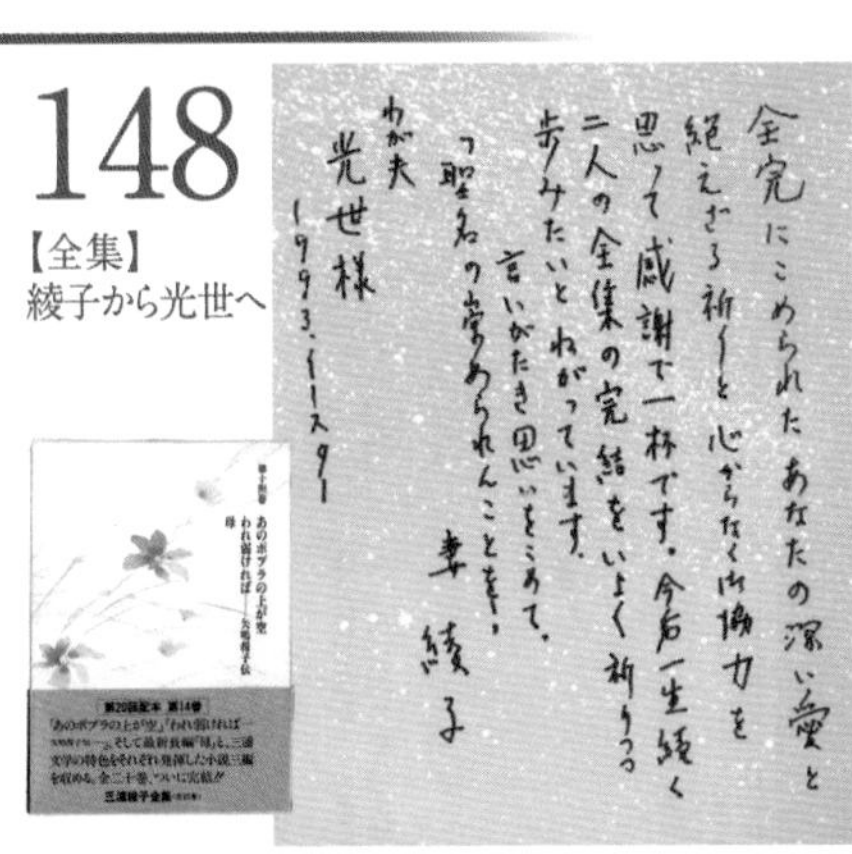

全完にこめられたあなたの深い愛と

思って感謝で一杯です。今后一生続く

言いがたき思いをこめて、

『三浦綾子全集
第十四巻』
1993年 / 主婦の友社

149
【全集】
綾子から光世へ

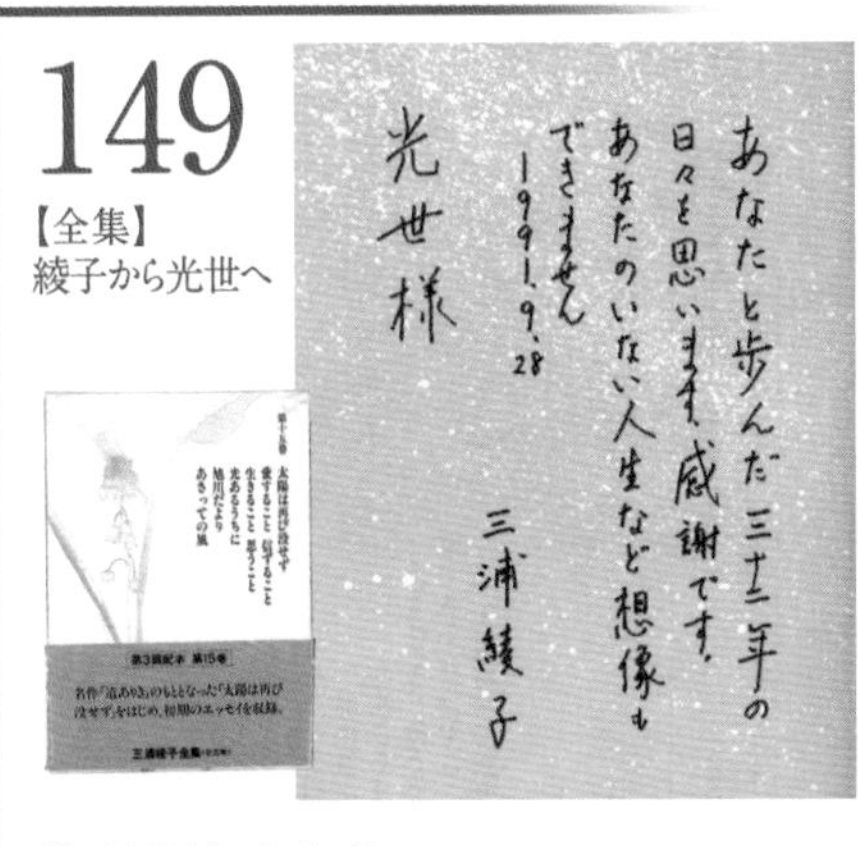

日々を思います。感謝です。
あなたのいない人生など想像も

『三浦綾子全集
第十五巻』
1991年 / 主婦の友社

150
【全集】
綾子から光世へ

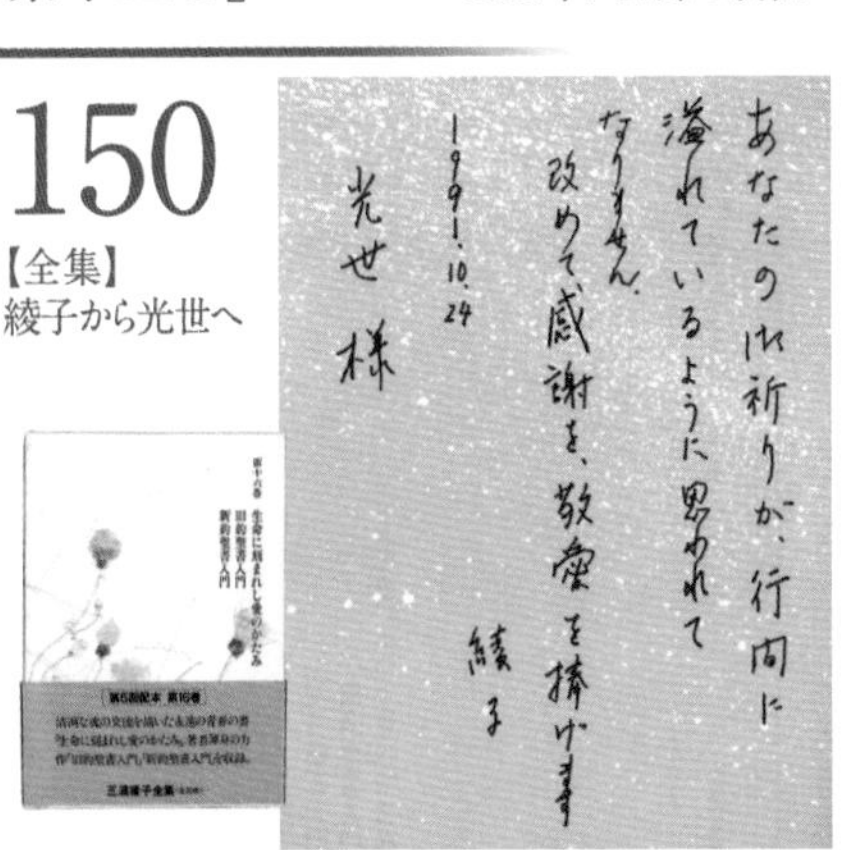

あなたのお祈りが、行間に
溢れているように思われて
なりません。
改めて感謝を、敬愛を捧げます
綾子
1991.10.24
光世様

『三浦綾子全集
第十六巻』
1991年 / 主婦の友社

151
【全集】
綾子から光世へ

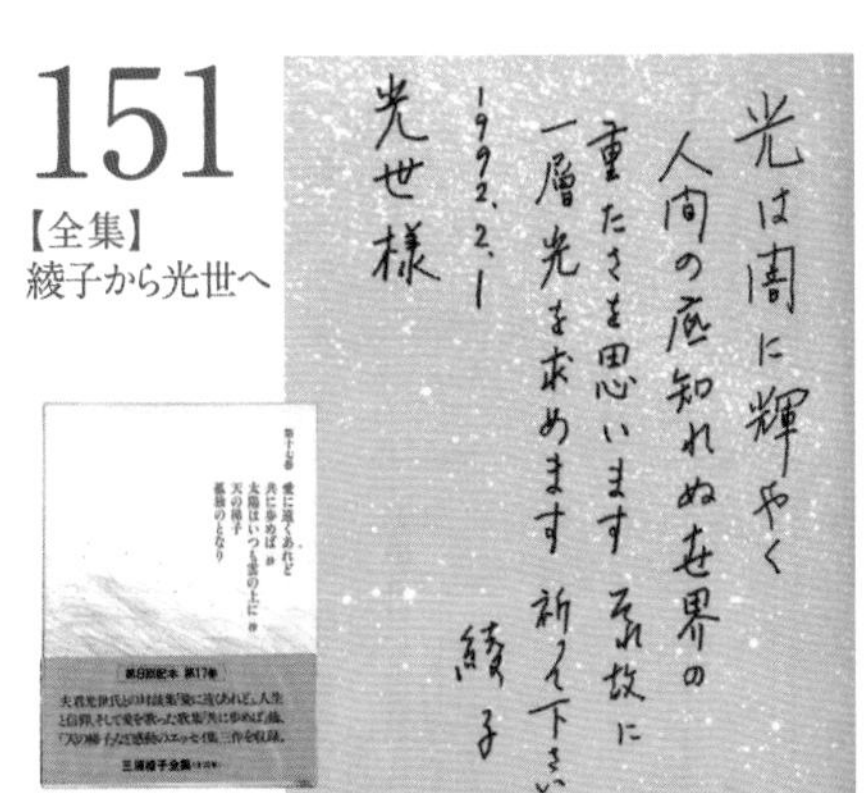

光は闇に輝やく
人間の底知れぬ世界の

一層光を求めます 祈って下さい

『三浦綾子全集
第十七巻』
1992年 / 主婦の友社

152
【全集】
綾子から光世へ

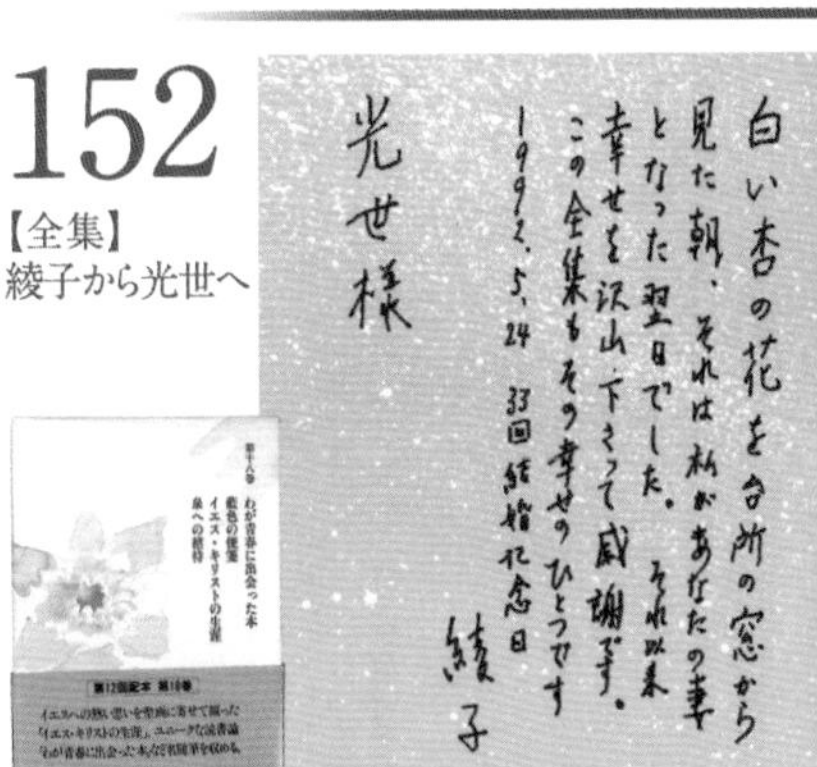

白い杏の花を台所の窓から
見た朝、それは私があなたの妻
となった翌日でした。それ以来

1992.5.24 33回結婚記念日

『三浦綾子全集
第十八巻』
1992年 / 主婦の友社

153
【全集】
綾子から光世へ

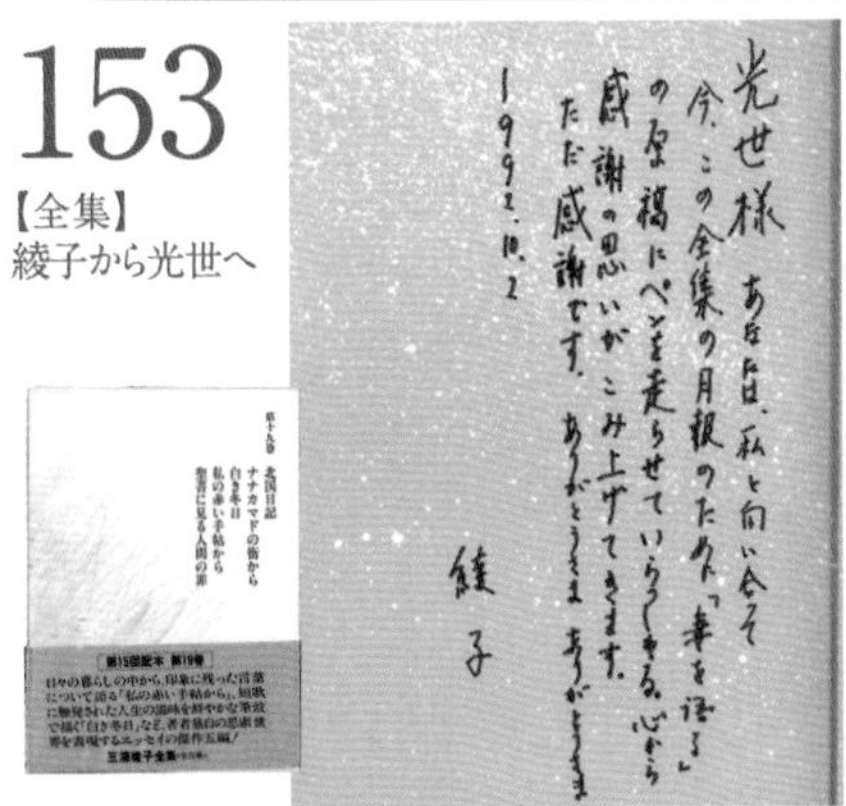

感謝の思いがこみ上げてきます。心から

『三浦綾子全集
第十九巻』
1992年 / 主婦の友社

154
【全集】
綾子から光世へ

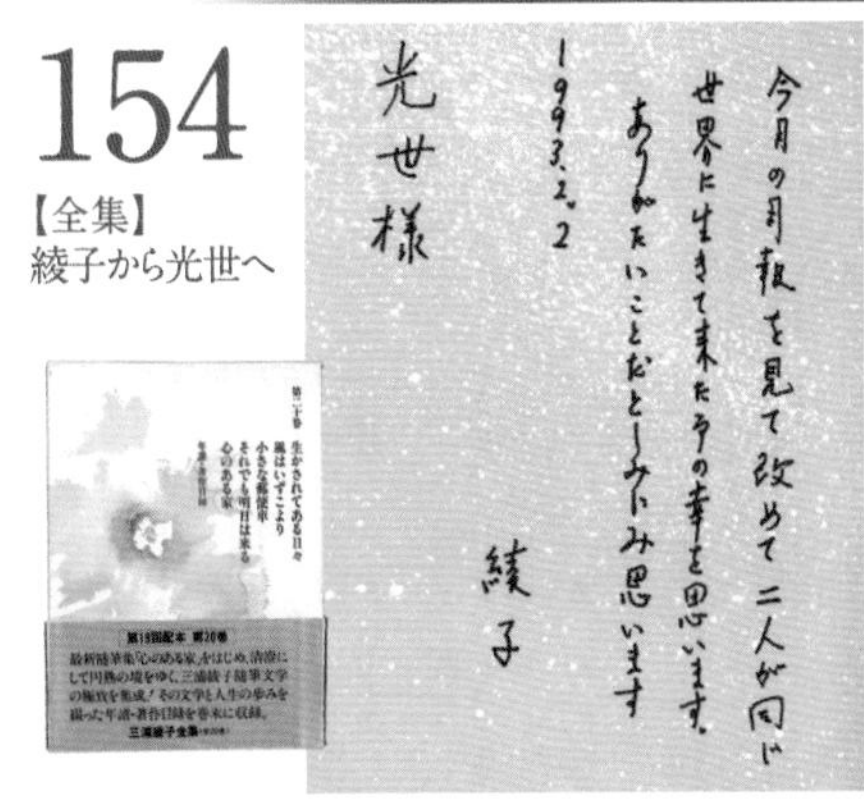

今月の月報を見て改めて二人が同じ

『三浦綾子全集
第二十巻』
1993年 / 主婦の友社

※この一覧は三浦綾子・光世が生前中に刊行された書籍にお互いへの感謝の言葉を署名し送られた、署名本です。現在絶版の本も含まれます。2023年11月現在、三浦綾子記念文学館で所蔵している本で構成しています。出版社名は概ね初版刊行時の表記に統一しました。なお、初版刊行時の出版社名〈角川書店〉の、2023年時点の正式クレジットは下記の通り。単行本は〈KADOKAWA〉、文庫本は〈KADOKAWA／角川文庫〉加えて、単行本の同タイトルは「現在は角川文庫より電子書籍のみ発売中」、文庫本の同タイトルは「現在は電子書籍のみ発売中」

三浦綾子さんが自筆で署名して贈った本は数多くあるだろう。だが、この作家が、『氷点』いらい、本を出すたびに、夫君の光世さんに感謝の言葉を記して献呈した署名本があることは知られていなかった。

一九六五年十一月にデビュー作『氷点』が出版されたとき、その初版本の見返しに彼女は、次のように謝辞を記して光世さんに献本している。

神の与え給うた　わが夫三浦光世様へ
いいつくしがたき　感謝と愛を以て　この本を捧ぐ　　綾子

それいらい、新しく本が出るたびにかならず第一に、三浦綾子さんは、光世さんにあてて感謝の言葉を記した一冊を贈るのをつねとした。総数、一四九点におよぶ。

その献辞署名本が、一九九九年の秋、作家が重篤な病状にあったとき、（中略）光世さんから三浦綾子記念文学館へ寄贈された。

妻から夫への感謝の言葉を記した直筆の署名献呈本に目をとおしおわったとき、だれでもがそうだと思うのだが、私たちは心をうたれた。

それは、夫妻を結びつけている愛と信頼による深い魂の交流をあざやかに告げる記録そのものであったからだ。夫婦として共に生き、共に歩むことの高い意味を、三浦綾子さんは、短い謝辞の言説をかりて実にみごとな形でうきぼりにしていたからである。

知られているように、三浦光世さんは、作家のマネージャー役だけでなく、口述筆記をとおして彼女の作家活動を全面的に支えるパートナーの役割をはたした。それだけではない。病身で、しかも絶えまなく難病におそわれどおしであった綾子さんを毎日支えつづけた。パーキンソン病の晩年には、それこそ心身をけずるようにして介護にあたった。

まさに夫婦一体の二人三脚の毎日であったといってよい。三浦家二階の書斎は二人の共同作業場であったが、それはまた、深い愛にむすばれた夫妻の日常のありかたを象徴する場であったといえる。そこから生みだされた作品であるからこそ、三浦綾子さんは、いわば魂のトポス（場）を分けあう者としての光世さんに、心から感謝の言葉をささげたのだといえよう。

いうまでもなく、お二人の夫婦愛をささえている基盤には、キリスト教信仰があって、それをたえまなく深めあっていく日常のいとなみこそが、その夫婦愛をふだんに純粋化し高めていく力となったと思われる。この点で、三浦綾子さんは、妻である自分の立場を、ひとりのキリスト者として、徹底してバイブルの導きにしたがわせた、といってよい。光世さんへの感謝が、同時に神への感謝とかさねられているのは自然のなりゆきだったといえる。

三浦綾子記念文学館　初代館長　高野斗志美
『遺された言葉』「この本の成立ち」より抜粋　2008年／講談社

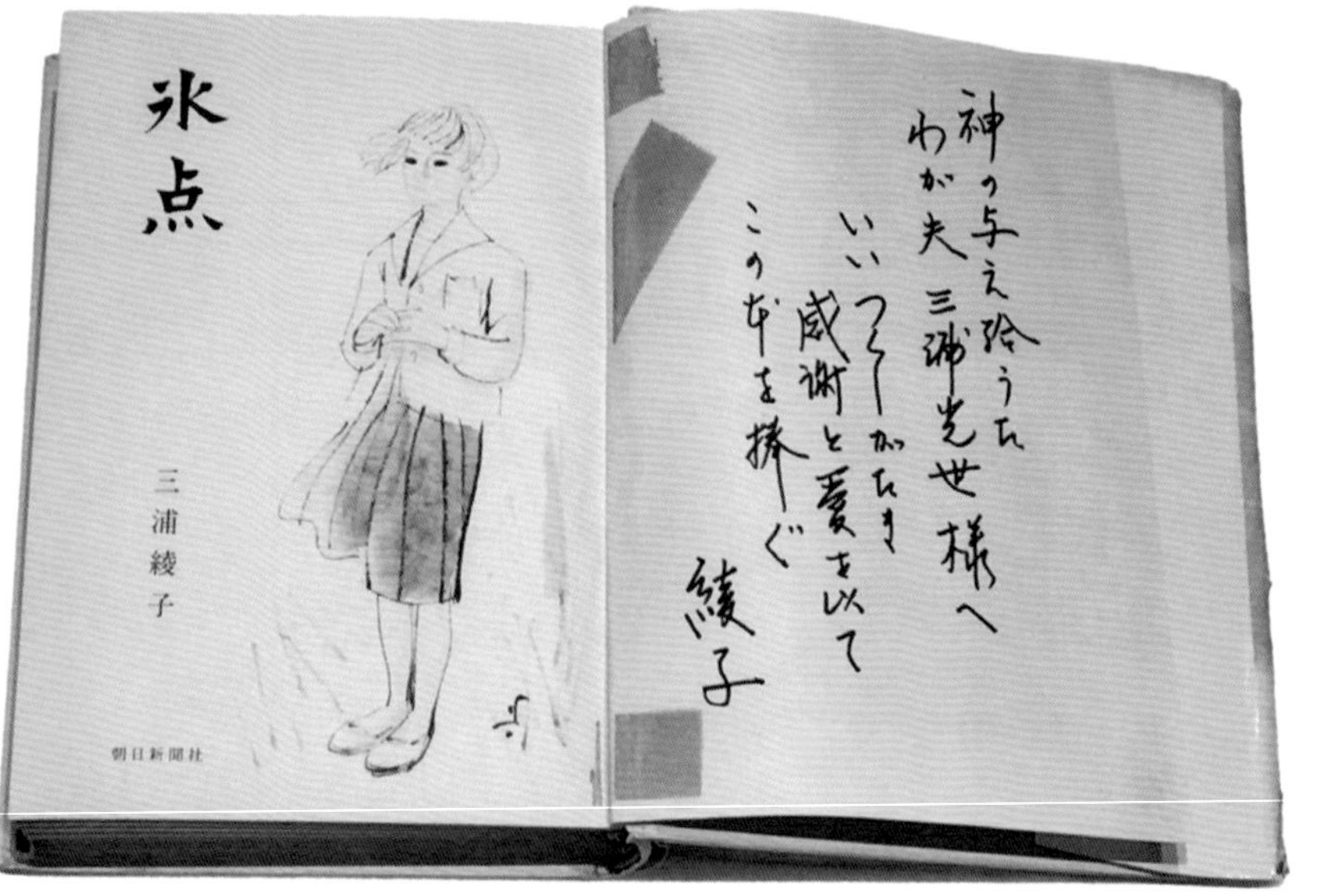

『氷点』初版　綾子から光世へ贈られた初めての署名本　1965年／朝日新聞社

三浦綾子記念文学館　本館第５展示室　署名本の言葉を集めた展示パネル風景

謹
上がったわね
す[illegible]によかったわね
（1997、11、20）
光世さま 綾子より

綾子・最後の作品となった『さまざまな愛のかたち』（1997年／ほるぷ出版）で光世に贈った最後の言葉。パーキンソン病のため文字にも震えが表れていた。

光世の挽歌・四首

モニターに現はるる搏動の刻々に弱まりてああ妻が死にゆく

気管閉塞の苦悶訴ふる術もなくテーブルにただに面伏せゐしか

「もうどこへも行くな」と和服の肩を抱き妻に言ひゐき夢の中にて

三浦光世・綾子の墓と刻みし下十カ月家に置きし遺骨を納む

『綾子へ』（2000年／角川書店）より

写真　三浦綾子記念文学館

■協力

相沢 明
青山秀行（北海道新聞記者）
赤木国香（北海道新聞記者）
秋田雨雀・土方与志記念 青年劇場
旭川市
旭川市中央図書館
旭川駐屯地北鎮記念館
朝日新聞本社事業部
粟野恵美
石井一弘
榎本和子
大平将視
小川萌永
片山礼子（旭川大学非常勤講師）
熊本県立美術館
久保弦也
光文社
国土交通省北海道開発局 旭川開発建設部
後藤静子
小林多喜二祭実行委員会
堺市博物館
佐久間淳史（歌志内市郷土館「ゆめつむぎ」学芸員）
サロベツ・エコ・ネットワーク
市立小樽文学館
女子学院
新日本出版社
太刀川写真館
東京都
苫前町教育委員会
中西清治
長崎市遠藤周作文学館
難波真実
日本キリスト教会札幌北一条教会
日本基督教団旭川六条教会
花香純夫
藤田尚久
北海道新聞社
松尾幸人
森下辰衛（三浦綾子読書会代表）
山内亮史（旭川大学理事長　旭川大学教授）
りんゆう観光（カムイミンタラ）　《五十音順》

三浦綾子生誕100年＋α
記念文学アルバム　増補版　ひかりと愛といのちの作家

2023年12月1日　初版1刷発行
監修　上出恵子（活水女子大学名誉教授）
編集　小泉雅代、梶浦浩子、山田美穂
デザイン　齋藤玄輔
デザイン協力　山口千尋
印刷・製本　株式会社グラフィック
発行所　公益財団法人 三浦綾子記念文化財団
発行者　三浦綾子記念文学館　館長　田中綾
ISBN978-4-910881-07-2

MIURA AYAKO LITERATURE MUSEUM 三浦綾子記念文学館

〒070-8007 北海道旭川市神楽7条8丁目2番15号
電話 0166-69-2626　FAX 0166-69-2611　toiawase@hyouten.com